LA TRAHISON DE NATHAN KAPLAN

Du même auteur

LA TENTATION DE LA VAGUE, roman
Nouvelle édition Cigas SAS 2022, L'Harmattan 2019,

LES MOYENS DE SON AMBITION, roman
Cigas SAS 2022, 2020

PIÈCE UNIQUE, roman
Cigas SAS 2021

ALAIN SCHMOLL

LA TRAHISON DE NATHAN KAPLAN

Imaginé d'après un fait divers récent

Roman

ISBN : 978-2-9578072-6-0
EAN : 9782957807260

Dépôt légal : novembre 2022

Conception et réalisation de la couverture : 2LI (www.2li.fr)
Photos de la couverture : ©Christian Wiediger ©tamara-bellis
©bannon-morrissy ©stephan-louis/Unsplash
©Svetlanabar / Pixabay

30 bis rue de Bailly 93210 La Plaine Saint-Denis
accueil.cigas@outlook.fr

Notre raison est souvent déçue
par l'inconstance des apparences
Blaise Pascal

Il n'y a pas grande distance entre
la trahison de l'absence et l'infidélité.
Simone de Beauvoir

1

Avril 2019

Mardi matin, 5 h 55

— Attention ! Le voilà !

Jamil a sursauté. Il a failli par réflexe appuyer sur le démarreur. Une fois de plus, il s'en est voulu de l'émotivité qui l'étreignait dès lors que les événements se précipitaient.

— Non, pardon, fausse alerte, a repris calmement son voisin, bien calé dans son siège.

Jamil a empli ses poumons d'air à fond avant de les vider lentement en silence, trois fois de suite. Il entendait distinctement son cœur battre dans sa poitrine, un vacarme qu'il trouvait terrifiant, parce qu'il lui semblait résonner sourdement dans le véhicule, et même au-dehors, jusque dans le ciel nocturne du quartier où il était stationné. D'un coup d'œil discret sur sa droite, il s'est rassuré en constatant l'absence de réaction de Tiburce, assis à côté de lui.

Il aurait bien voulu faire preuve des qualités de sang-froid dont il s'était vanté, lorsqu'il avait été recruté pour participer à cette mission. Une mission spéciale, qu'on lui avait présentée comme de la plus haute importance ! Une opération top-secret, dont la décision avait été prise au plus haut niveau !

*

— Tu vois, Jamil, lui avait dit Jean-Marc après l'avoir laissé présenter des états de service quelque peu enjolivés, l'important dans l'action, c'est de faire ce qu'on a prévu, tout ce qu'on a prévu et rien que ce qu'on a prévu. Tu peux me croire, j'ai au compteur vingt-cinq ans d'opérations au service de la France. Je te dis pas, j'en ai vu des vertes et des pas mûres, je te raconterai un jour ; en tout cas, je sais de quoi je parle. Alors, écoute bien, il faut avoir l'esprit d'équipe, les idées claires, la tête froide et les nerfs solides. Tu vois ?

— Ouais, c'est clair.

Ils étaient assis autour d'une petite table, à l'écart des oreilles indiscrètes. On entendait de temps en temps des bruits assourdis de détonation. Jean-Marc avait repris, s'efforçant de ne pas parler à voix trop haute.

— Je répète : l'esprit d'équipe, la tête froide, les idées claires, les nerfs solides. Et surtout, bien écouter ton chef. T'es jeune, tu n'es pas du sérail, mais ma première impression est que t'es un mec comme il faut, Jamil. Alors tu vois, la Maison m'a confié une mission spéciale, on vient de te recommander à moi, je te choisis pour équipier, mais en opération, ce qui est en jeu, c'est ma crédibilité à moi seul. Tu comprends ? Parce que si les choses ne se déroulent pas comme prévu, c'est moi qui prendrai. On me le fera payer cher…

Un voile sombre avait semblé passer sur ses yeux. Il avait détourné le regard et marmonné les dents serrées, à voix basse, à peine audible.

— Déjà qu'ils m'ont mis sur le dos l'histoire du violoncelliste…

Il avait émis comme un ricanement ou un sanglot amer, puis s'était repris.

— Mais je te préviens…

Sa voix s'était élevée dans les aigus, tandis que son visage s'empourprait :

— Quand les choses se passent mal, je couvre mes gars. Mais si ça tourne mal parce qu'ils n'ont pas suivi mes directives, parce qu'ils n'en ont fait qu'à leur tête, ils plongent avec moi. Et on règle nos comptes ensemble… pour de bon !

Son regard s'était fait dur, menaçant. Jamil restait immobile, presque tétanisé. Jean-Marc avait poursuivi.

— Je ne peux pas prendre toutes les conneries des autres sous mon bonnet.

Il avait à nouveau laissé échapper son espèce de hoquet désabusé, avant de se remettre à bougonner, les yeux baissés.

— S'il y en a un qui aurait pu confirmer que je plaisante pas, c'est Méraldor ; mais justement…

Il avait continué sur un ton agressif, regardant ailleurs.

— Il y a des loupés que je peux pas accepter. Pour le Service et les affaires, c'est pas possible. Sylvain et Patrick, ils sont pas du genre à rigoler, et ils me le pardonneraient pas. Et moi, ces missions spéciales, servir la France, c'est ma vie.

Jamil ne savait pas trop si les propos de son interlocuteur lui étaient destinés ou s'il s'adressait à lui-même. Il avait écouté sans un mouvement, et il n'avait pu empêcher ses yeux de s'arrondir d'incompréhension inquiète. Jean-Marc l'avait regardé et avait poursuivi sur un ton plus calme, s'efforçant d'être rassurant :

— Ben non, tu peux pas savoir… Il peut arriver… il est arrivé qu'un gars panique, qu'il improvise et que ça parte en vrille… Laisse tomber, tu n'as pas le besoin d'en connaître… Bien ! Je reprends. Donc, dans le boulot, une fois qu'on a bien réfléchi et qu'on a bien mis au point les modes opératoires, on s'y tient dans les moindres détails et on garde la tête froide. Tu vois ?

— Vous pourrez compter sur moi, Tiburce.

Tiburce ! C'est comme ça que Jean-Marc lui avait demandé de l'appeler. On n'était jamais trop prudent, avait-il précisé, il suffisait qu'un type entende son nom par hasard, que ce type se dise « Jean-Marc ? Tiens, tiens ! Ce ne serait pas Jean-Marc Démesseau, des fois ? » et hop ! ça serait rapporté à…, à…, il avait fait une grimace et un geste du bras censés évoquer des personnes mystérieuses, puissantes, dont il valait mieux taire les noms. Jean-Marc ne voulait pas qu'on puisse l'identifier, avait-il expliqué, car cela aurait permis, ensuite, de remonter aux autres, aux collègues, à la hiérarchie. Il fallait cloisonner le réseau, filtrer le besoin d'en connaître pour éviter les implications en cascade, c'était la règle.

— D'ailleurs, dans tous les services secrets du monde, les agents ont un pseudo, avait-il ajouté. L'oublier serait une faute grave. Utiliser le vrai nom d'un agent serait même une faute extrêmement grave, avait-il continué sur un ton solennel, en durcissant son regard.

Et pour lui-même, avait demandé Jamil. Bien qu'il ne soit pas encore un véritable agent du Service, n'était-ce pas embêtant qu'on puisse l'identifier ? Tiburce avait semblé réfléchir, hésiter, puis du bout des lèvres, il avait reconnu que oui, ça pouvait être ennuyeux.

— Vous avez qu'à m'appeler James, avait alors suggéré Jamil, en insistant sur la prononciation à l'anglaise, c'est le nom que me donnent mes potes et les meufs.

Tiburce l'avait regardé bizarrement, avait eu l'air de retenir une envie de rire et lui avait asséné une bonne claque sur l'épaule.

— OK, James. On va faire comme ça.

*

<u>Nuit du lundi au mardi, 0 h 10</u>

Assis au volant de la vieille Land Rover, Jamil se sentait pleinement heureux. L'idée de participer à une mission ultra-confidentielle classée secret-défense le comblait. Eliminer un espion, un espion ennemi ! Non seulement c'était jouissif, c'était l'aventure, la vraie, comme dans les séries à la télé ou sur Netflix, mais en plus, il était payé pour ça ! Il avait déjà palpé deux mille balles et il en toucherait trois mille de plus après. Un job sympa, qui ressemblait à un jeu et qui était payé ! Et par-dessus le marché, ça n'était pas n'importe quel espion, il était question d'un agent du Mossad !

Dans sa banlieue, il avait entendu parler du Mossad. Des potes des cités voisines invoquaient ce nom chaque fois qu'un événement imprévu venait contrarier leurs projets ou ceux de leurs idoles. Un service secret israélien, un organisme sioniste qui se croyait au-dessus des lois, qui avait toutes les audaces. Quand ils s'étaient rencontrés, au club, Tiburce lui avait tout expliqué. Des explications qu'il lui avait même répétées plusieurs fois depuis : il se préparait quelque chose de terrifiant. Ce type-là, l'espion, celui qu'ils guettaient, un Juif sioniste, avait pour projet d'organiser un attentat contre la France, contre des Français, et de faire porter le chapeau aux Musulmans. Une mission qui lui avait été assignée par le Mossad. Mais la police, ou la DGSE, ou bien les services secrets — Jamil n'avait pas compris qui précisément, enfin c'était pareil, c'étaient tous des keufs, quoi !... Donc les flics avaient eu vent de ses préparatifs et quelque part en haut lieu, on avait donné des instructions à Sylvain — à moins que ce ne soit à Patrick, il n'avait pas bien saisi lequel des deux était le patron —.

Les instructions étaient de neutraliser l'espion. Le neutraliser ! Lorsqu'il y pensait, Jamil retenait un sourire, il savait ce que ce mot voulait dire : en finir une fois pour toutes avec lui. Les grands chefs en avaient confié la mission à Jean-Marc et Jean-Marc, euh... Tiburce l'avait recruté, lui, Jamil, comme assistant opérationnel. Il faisait quasiment partie d'un vrai service Action rattaché au plus haut niveau de l'Etat. Quel dommage qu'il ne puisse pas en parler à sa famille ni à ses potes !

Tout était calme dans cette banlieue résidentielle élégante éloignée de la capitale. Aucune voiture, aucun piéton ne circulaient dans la rue principale qui traversait le quartier, menant d'un côté au centre-ville, de l'autre à la vaste forêt domaniale où les citadins se rendaient en famille les jours de week-end.

Rien non plus dans les petites avenues, qui se déployaient en pétales depuis le grand carrefour et dont il avait pu voir qu'elles étaient joliment arborées. Le ciel était noir, seule une luminescence jaunâtre en provenance des rares réverbères préservait de l'obscurité.

Tiburce avait décidé qu'ils se mettraient en place lorsque la nuit tomberait. Ils eurent de la chance de pouvoir garer leur imposant véhicule non loin du carrefour et à proximité du portail qui donnait accès à la maison de leur cible. Un emplacement idéal, suffisamment proche pour surveiller d'éventuelles allées et venues pendant la nuit, mais pas juste devant, pour éviter le risque de se faire remarquer par ses occupants, parmi lesquels, selon Jamil, devaient se trouver des gardes du corps armés et entraînés, peut-être même des soldats. On les avait avertis que leur homme serait présent ces jours-ci à son domicile et ils purent l'apercevoir au volant de son Audi lorsqu'il rentra chez lui un peu avant vingt-trois heures. A leur arrivée, les fenêtres étaient toutes éclairées. Il n'en restait plus qu'une, à l'étage. Dans les résidences voisines, tout était éteint.

Plus de deux heures qu'ils étaient là, assis dans l'antique véhicule dont le moteur était arrêté, afin de ne pas attirer l'attention. Pas de chauffage, donc. Ils avaient laissé les vitres légèrement ouvertes, pour éviter de les voir se recouvrir de buée. Pendant la soirée, une fraîcheur de plus en plus aiguë de début de printemps avait balayé l'habitacle. Et ça allait durer toute la nuit, s'est dit Jamil.

Ils étaient heureusement chaudement habillés. Tiburce avait suffisamment roulé sa bosse sous tous les climats pour envisager toutes les éventualités.

— Ce qui compte, tu vois, c'est la préparation, avait-il entrepris d'expliquer plus tôt. Et la préparation, c'est de l'anticipation. Faut bien réfléchir à l'avance à ce qu'il pourrait arriver. Mais les aléas ne s'inventent pas, il faut les avoir vécus. Rien ne remplace l'expérience.

Un sourire avait égayé le visage rond de Tiburce, tandis que son front se décrispait. Il avait continué :

— Tiens ! Je t'en raconte une. C'était au Tchad, une nuit où on planquait dans le désert à l'entrée d'un bled. L'état-major nous avait envoyés en détachement sur les traces d'un groupe suspect, ça ressemblait à une katiba. Le soir, on apprend que le groupe s'est dispersé pour éviter de bivouaquer, mais on nous informe que deux gars, identifiés comme des islamistes dangereux, sont hébergés dans un village, tout près. Mais on ne savait pas où exactement dans le bled, tu vois. On n'allait quand même pas entrer dans chaque habitation, tu vois. On savait qu'ils devaient repartir le lendemain matin à cinq heures, alors on a pris position sur tous les accès au village. Une section en bas, une section en haut.

Tiburce avait accompagné son exposé de larges gestes des bras, censés montrer les grands mouvements de l'opération. Satisfait du panorama qu'il avait dressé, il avait continué.

— T'imagines pas le froid qu'il faisait, heureusement que j'avais ordonné aux gars de ma section de prendre des couvertures et des thermos avec du café. Dans l'autre section, ils ont attrapé la crève, il y en a même eu un qui s'est chopé une pneumonie et qu'il a fallu rapatrier…

— Ah bon ! avait répondu Jamil, j'aurais pensé qu'il faisait chaud dans le désert, en Afrique…

— La journée, oui ! Mais dans les massifs du Tibesti, la nuit, à certaines périodes, même s'il ne gèle pas, il fait un froid de gueux, tu vois.

— Ouais, je vois. Et vous les avez attrapés, les deux terroristes ?

— Eh bien ! Ça n'a pas été facile, figure-toi. Il a même fallu un peu de…

Tiburce s'était tu soudain, prétextant un bruit extérieur à surveiller. Aucun bruit suspect, en fait. Il s'était rappelé son devoir de rester discret sur son passé, car tout ne lui appartenait pas en propre dans ce qu'il nommait son passé. Il lui revenait à l'esprit les préceptes qu'on lui avait enseignés à l'Armée et qui s'avéraient encore plus impératifs dans les services secrets. Le silence était une règle qui s'imposait à tous ceux qui avaient l'honneur de protéger l'ordre public et de préserver les intérêts nationaux, particulièrement s'ils étaient contraints d'opérer dans les zones grises de la légalité. Une règle que dans le rôle d'instructeur qu'il jouait auprès de son jeune équipier, il ne devait pas oublier de transmettre. Tiburce était lucide, il connaissait sa propre tendance à la volubilité, c'était tellement plaisant de raconter sa vie d'aventures ! C'était de surcroît enrichissant pour les jeunes recrues, comme Jamil… Mais non, on ne transigeait pas avec la règle, il lui fallait prendre sur lui, se taire, pour montrer l'exemple.

Suivant les consignes de Tiburce, ils portaient tous deux des sous-vêtements chauds sous des pulls à col roulé en laine et des parkas fourrées de couleur noire. Sauf quand ils discutaient, comme à présent, ou lorsque le besoin de respirer confortablement devenait impérieux, ils ne quittaient pas leurs cagoules, noires aussi, qui ne laissaient apparaître que la partie haute de leur visage, ce qui avait le double mérite de le protéger des basses températures et de le rendre impossible à identifier, presque invisible, même. En revanche, malgré deux paires de chaussettes et des bottines fourrées, ils avaient les pieds raidis par le froid. Pas mieux pour les mains, les gants n'empêchaient pas les picotements dans les doigts et Tiburce se félicitait d'avoir choisi un mode opératoire ne nécessitant pas l'utilisation des armes qu'il avait apportées. C'était bien clair, elles n'étaient là que « pour le cas où ».

Nuit du lundi au mardi, 0 h 20

Il faisait noir, il faisait froid. Dans le silence qui les enveloppait comme de l'ouate, ils pouvaient percevoir un bruit de roulement continu, probablement l'autoroute, à plusieurs kilomètres. Le temps semblait s'être arrêté. Plus d'une fois, Jamil a senti son corps s'engourdir et éprouvé le besoin de changer de position en vidant puis remplissant ses poumons. Tiburce, pour sa part, paraissait capable de rester totalement immobile et silencieux pendant des heures, tassé sur son siège, le menton sur la poitrine, les jambes écartées, les pieds à plat au sol. Son ventre rond, relâché, se soulevait imperceptiblement au rythme de sa respiration.

— C'est à l'armée que j'ai appris la nécessité de se tenir comme ça, avait-il expliqué. Pour pas se faire remarquer avant le lancement d'une opération, alors que t'es déjà sur le terrain, il faut savoir se fondre dans le paysage. En fait, il faut faire le mort pour rester en vie. T'as compris ? Faire le mort pour rester en vie, ha ha ha !

C'était la troisième ou quatrième fois qu'il prononçait devant Jamil ce qu'il croyait être un mot d'esprit. Comme à chaque fois qu'il estimait dire quelque chose de drôle, il l'avait accompagné d'un rire bêlant et d'un violent coup de coude complice dans l'estomac de son jeune équipier. Un genre de bourrade que ce dernier n'appréciait pas, d'autant qu'il n'était pas sensible à l'humour de Tiburce. S'il n'avait jusqu'alors pas réagi, c'était par souci de ne pas décevoir l'homme qui allait lui donner accès à un monde professionnel, dont il était persuadé qu'il était taillé sur mesure pour lui. Mais là, en pleine nuit, tenaillé par le froid, l'anxiété, le besoin de sommeil et une envie pressante d'uriner, Jamil perdit le peu de subtilité et de contrôle de soi dont il avait jusque-là fait preuve. Il repoussa sèchement le bras de Tiburce en protestant avec agacement.

— Ah ! Lâche-moi avec tes manies !

Le visage rond de Tiburce vira au cramoisi derrière sa cagoule. Il rumina en silence pendant quelques secondes, puis sa réponse fusa.

— T'es pas le premier jeunot que je forme, sache-le… J'en viens à me demander si tu ne fais pas partie de ceux qui croient tout savoir avant de commencer, parce que moi — et Tiburce se tapait la poitrine du poing —, moi, figure-toi que je peux me vanter de connaître mon métier. Alors, tu ferais bien de m'écouter, parce que si je dis et redis certaines choses, c'est parce qu'elles sont importantes, tu vois ? Et si je les dis de façon décontractée, tu vois, c'est pour qu'elles rentrent plus vite dans ta petite caboche de rien du tout… Maintenant, si tu sais déjà tout mieux que moi et si tu trouves mes conseils déplacés, c'est simple, on arrête tout, tu me ramènes chez moi avec ma bagnole et je reprogramme l'opération avec un jeune qui saura m'écouter…

Jamil faisait de grands gestes de dénégation avec ses bras, pour essayer de calmer son chef.

— Non ! Mais non, Tiburce. J'ai pas dit ça, excuse-moi. C'est qu'à force de ne pas bouger, j'ai eu une crampe et j'étais très mal, là, à l'instant. Sur le coup, j'ai pas bien réagi, c'est sorti malgré moi, excuse-moi. Tu sais que j'apprécie ce que tu fais pour moi, j'admire ton expérience, j'en ai bien besoin, j'en suis bien conscient.

Tiburce s'apaisa, non sans avoir continué à grommeler de façon indistincte pendant une minute ou deux.

— N'en parlons plus ! admit-il finalement. C'est vrai, c'est pas évident de passer la nuit à deux dans la bagnole, sans bouger, sans sortir. On peut avoir ses nerfs.

— J'en peux plus, Tiburce. J'ai une envie de pisser pas possible. Est-ce que je peux sortir deux minutes, chercher un coin, un arbre, où…

— Mais t'es malade ! Et les analyses d'ADN, t'as jamais entendu parler ?

— Justement, il n'y a pas d'ADN à prélever dans l'urine.

Tiburce se tourna vers Jamil, l'air dubitatif.

— Qu'est-ce que t'en sais ?

— Je le sais, c'est tout. Je l'ai lu quelque part, dans un magazine ou sur un site.

— Même si c'est vrai, il ne faut pas laisser de traces, dit Tiburce après quelques secondes de réflexion. Il y a les bouteilles vides, derrière. Débrouille-toi avec. J'avais de bonnes raisons de pas vouloir qu'on emporte des canettes, tu vois ?… Allez, mon gars, à la guerre comme à la guerre ! reprit-il sur un ton autoritaire, en croyant voir une grimace déformer le visage de Jamil.

Dans la pénombre, Jamil chercha à tâtons derrière son siège, mit la main sur le grand sac à dos, dans lequel ils avaient entassé tout ce qui pourrait leur servir lors de la mission. Jamil savait que la première poche contenait ce que Tiburce nommait le matériel militaire. Il ouvrit la fermeture-éclair et fit glisser sa main en reconnaissance sur les objets sans les voir, les énumérant mentalement : deux flingues — des pistolets semi-automatiques, un Browning GP35 et un Beretta 92 —, deux couteaux d'assaut dans leur étui, trois matraques, un pulvérisateur de gaz innervant, trois lourdes boules de pétanque et trois ou quatre gros pavés qu'ils avaient ramassés sur un chantier. Le matériel militaire comportait aussi plusieurs barres à mines et deux battes de baseball, posées à plat sous une bâche. Jamil regretta à nouveau que le plan mis au point par Tiburce ne prévoie pas d'utiliser ces outils… sauf si… !

Rassuré par l'impression d'invulnérabilité que conférait son contenu, Jamil referma la poche et ouvrit la seconde, réservée à leur alimentation, des cacahuètes, des amandes, des gâteaux secs, des barres chocolatées, et de quoi boire. Il extirpa au hasard l'une des bouteilles en plastique, qui, à en juger par son poids, devait être vide. A l'odeur, elle avait contenu l'une des bières ingurgitées par Tiburce. Jamil ressentit un début de nausée. Partie en recherche, sa main rapporta sa bouteille de coca. Il la vida en deux gorgées, puis l'utilisa pour se soulager en rotant, l'air dégoûté, les yeux au plafond.

*

Lundi, 18 h 50

En toute fin d'après-midi, comme ils en étaient convenus, Jamil était allé retrouver Tiburce chez lui, dans le dix-neuvième arrondissement de Paris, à proximité de la place des Fêtes. Ce serait leur quartier général, avait dit Tiburce. Ils s'y prépareraient, puis se rendraient ensemble du côté du domicile de l'espion, plus tard dans la soirée.

Sur les instructions de Tiburce, Jamil était venu par les transports en commun ; un long trajet depuis sa banlieue. En sortant du métro, il était allé dans un bar commander un expresso et un verre d'eau, afin d'avaler deux gélules d'amphétamines. Il voulait être en forme, il aurait pu fumer un joint, mais Tiburce aurait identifié l'odeur et l'aurait sur-le-champ renvoyé chez lui. Un pote lui avait refilé un flacon d'amphètes, c'était ce que les sportifs prenaient pour se détendre avant les matches. Il en reprendrait deux le moment venu.

Il avait eu du mal à s'orienter et avait tourné plusieurs fois en rond dans le quartier, avant de trouver enfin, au hasard d'un dédale de passages, en contrebas du complexe de dalles en béton et d'immeubles d'habitation de grande hauteur qui constituait la Place des Fêtes, la rue qui lui avait été indiquée. L'étroit trottoir était encombré de deux-roues, de poubelles et de toutes sortes de plots inamovibles semés par les services municipaux, comme ils avaient pris l'habitude de le faire dans toutes les rues parisiennes. Dans le jour qui commençait à tomber, il avait longé des immeubles anciens étriqués sans caractère et de vieilles bâtisses plus ou moins délabrées, avant d'arriver, avec une bonne vingtaine de minutes de retard, au numéro que Tiburce lui avait fait noter.

C'était une petite maison d'un étage sur rez-de-chaussée, isolée de la rue par une cour minuscule. Des pavés inégaux étaient noircis par des coulures d'huile provenant d'une moto, parquée à l'abri d'un vieux mûrier à feuilles de platanes, le long de la grille extérieure, dont les barreaux rouillés, tordus ou cassés surplombaient un muret recouvert de crasse et orné de graffitis datant de plusieurs années.

Adossé à un pilier, où des restes de gonds à moitié descellés attestaient de l'existence passée d'un portail aujourd'hui disparu, se tenait Tiburce, l'air renfrogné, cigarette au bec, jetant ostensiblement un coup d'œil à sa montre.

— Je t'attendais plus tôt, avait-il grommelé, en catapultant sa clope au sol et en l'écrasant du talon.

— Ecoute ! C'est un quartier pas possible. Ça fait une heure que je tourne.

— Faut prendre ses précautions, mon gars ! Se préparer, anticiper, même pour un simple trajet. Je te l'ai dit…

— T'as raison, excuse-moi, Tiburce.

— Allez ! Laisse tomber, c'est pas grave. Rentrons, on a du travail.

Tiburce était bavard et Jamil savait déjà qu'il tenait cette maison de sa mère, décédée quelques années plus tôt. Il y avait vécu enfant. Il y était revenu, lui avait-il dit, quand il s'était séparé de sa femme, bien qu'il eût fallu y engager des travaux de rénovation. Mais à l'époque, il n'en avait eu ni le temps ni les moyens, un divorce, ça coûte cher, s'était-il justifié. L'état général laissait clairement à désirer. L'enduit de façade, sombre et craquelé, était rongé par une vigne vierge ayant abandonné tout espoir de couleur.

Tiburce fit entrer Jamil dans une pièce de séjour dont l'aspect n'avait rien à envier à celui de l'extérieur. Des murs n'ayant pas reçu la moindre couche de peinture depuis un demi-siècle. Des fissures inquiétantes en plafond, des tâches de salpêtre un peu partout. Au sol un vieux parquet aux lames disjointes noircies, sur lequel était installée une table branlante en bois recouverte d'une toile cirée jaune citron ; plusieurs piles de dossiers y étaient disposées. Le reste de l'ameublement consistait en quelques chaises rustiques au cannage fatigué, une télévision sur pied devant un fauteuil au cuir râpé et aux coussins ramollis, une armoire bibliothèque aux étagères encombrées de toutes sortes d'objets et un buffet de vague style Second Empire.

— Depuis que ça va mieux financièrement, j'ai commencé les travaux, mais je suis loin d'avoir fini, s'excusa-t-il. Viens dans la cuisine, j'ai préparé de quoi dîner.

Surprise ! L'équipement de cuisine était tout neuf, ultramoderne, étincelant de propreté. A croire qu'il n'avait jamais servi ou que son propriétaire venait de passer deux heures à l'astiquer. Tiburce fit courir sa main avec fierté sur le plan de travail en granit, sur les portes de meubles en stratifié laqué, sur les poignées en aluminium brossé. Il fit coulisser les tiroirs pour que Jamil puisse se rendre compte de la douceur de leur glissement. Il montra les avantages des appareils électroménagers, les gadgets intégrés... Jamil était impressionné.

— Merde, commenta-t-il, t'as dû payer une blinde ! Je dis ça parce qu'avec mes sœurs et mes frères, on voulait refaire la cuisine des parents et on a vu ce que ça coûtait...

Tiburce se rengorgeait, un petit sourire aux lèvres.

— C'est les affaires ! La cuisine, c'est avec le fric empoché pour les missions spéciales de l'année dernière. Avant, j'avais déjà refait les deux chambres et la salle de bain à l'étage, expliqua-t-il en élevant la main et l'index, que Jamil suivit docilement du regard.

— Tu vois que je t'embarque pas dans des coups foireux, insista Tiburce. Les missions spéciales, ça rapporte. L'Etat est généreux avec ceux qui prennent des risques en secret pour lui. Tu comprends bien qu'il faut pas se louper, hein !

— Tu vis seul ? demanda Jamil, en regardant tour à tour, d'un air pénétré, la cuisine rutilante et le séjour décrépi.

— Oui, mais t'inquiète pas, je ne manque pas de copines. Et quand elles viennent, je ne te dis pas comme ça leur plaît...

Assis autour de la table et de sa toile cirée jaune citron, sur laquelle ils avaient étalé leur « matériel militaire », Tiburce et Jamil achevaient de mastiquer leurs sandwiches tout en débattant de la meilleure façon de « neutraliser » leur cible.

— La Maison tient à ce que ça ait l'air d'un accident. Donc pas question de se servir des flingues, dit Tiburce.

— Avec les flingues, est-ce que les flics penseront forcément à un meurtre ? demanda Jamil, qui ne cessait de tripoter les deux pistolets, comme s'il s'agissait de fétiches.

— Tu voudrais faire croire à un accident de chasse ? railla Tiburce, lâchant un rot après avoir bu trois gorgées de bière.

— Ben, une balle perdue, par exemple...

— Ah, ouais ! Une balle perdue, en pleine nuit, comme ça, dans le quartier ?

— L'avantage du flingue, c'est que les choses sont réglées vite et sûrement. Pan !

— Oublie les flingues, on a la chance d'avoir plusieurs types de matériel.

— Ah oui, tu veux parler des couteaux ! Mais je te le dis tout de suite, Tiburce ! Moi, attaquer notre bonhomme au schlass, c'est pas vraiment mon truc. Il va gicler le sang, on en aura partout, je supporterai pas.

Tiburce restait silencieux, observant son jeune équipier avec une bienveillance affectée, comme pour l'inciter à mener tout seul sa réflexion. « C'est ainsi qu'on forme les nouveaux », se répétait-il patiemment. Jamil repoussa sa chaise, déploya sa longue carcasse maigre et se mit à arpenter la pièce de long en large, les mains croisées derrière le dos, faisant mine de se creuser les méninges, les sourcils froncés sur des yeux mi-clos, les lèvres pincées devant une mâchoire légèrement proéminente. Tiburce le suivait du regard, assis, conscient que debout, sa petite taille le désavantagerait aux côtés de sa jeune recrue. Après plusieurs déambulations, Jamil reprit la parole, en baissant le ton, comme s'il révélait un secret :

— Je sais qu'il existe des poisons gazeux. Tu les claques comme ça sur le plancher d'une voiture. Toi, tu restes dehors, tu maintiens les portes fermées. Le type, il meurt en deux minutes et ça ne laisse aucune trace. On croit qu'il a eu une crise cardiaque.

— C'est quoi comme poison ?

— Ah, je sais pas !... Je peux me renseigner, peut-être...

— Ah ouais ! Peut-être !

— Peut-être aussi qu'on peut le tabasser avec les battes de baseball ou les barres à mines, reprit Jamil après un moment. Mais faudra vérifier qu'il est bien mort.

— Je t'ai dit que ça doit avoir l'air d'un accident.

— On pourra penser qu'il a été agressé par des voleurs ou des loubards, qui lui sont tombés dessus par hasard. On lui piquerait sa montre et son portable pour faire plus vrai.

Tiburce secoua la tête. Il se leva et alla chercher une autre bouteille de bière à la cuisine.

— Moi, je verrais plutôt un accident de la circulation, dit-il en revenant.

Jamil s'était rassis et se passait la main sur le crâne, au travers d'une épaisse tignasse brune. Il resta dans l'expectative un instant, puis réagit.

— Tu veux dire qu'on l'écraserait en voiture, pendant qu'il traverserait la rue ?

Il réfléchit puis reprit.

— C'est pas facile, on pourrait le rater. Et après, il se méfierait. Et même si ça marchait, on nous retrouverait, il y aurait des marques sur la voiture.

Tiburce avait décapsulé sa bouteille. Il en porta le goulot à sa bouche. Après l'avoir reposée, il écarta d'un geste les arguments de celui qu'il appelait son équipier.

— J'ai un vieux quatre-quatre tout-terrain, dit-il très posément, un Land-Rover Defender, avec lequel j'ai pas mal bourlingué et que j'ai ramené d'Afrique. On peut l'équiper d'un gros pare-buffle, très costaud, que j'ai acheté pour presque rien, dans un surplus militaire en Libye. Je t'assure qu'on peut renverser un mec avec, sans que ça laisse de traces.

Un nouveau silence. Jamil continuait à contempler les pistolets. Tiburce estima qu'il lui avait accordé assez de temps pour réfléchir. Il posa ses coudes sur la table et regarda son équipier droit dans les yeux.

— Arrête de toucher à ces flingues et écoute-moi bien. D'après les infos que j'ai, notre homme sort en vélo tous les matins à six heures et demie. Une promenade de mise en forme d'une demi-heure sur les petites routes de la forêt qui sont tout près. A cette heure-là, il n'y a personne. Il suffit de foncer sur lui par-derrière, il n'a aucune chance de nous éviter. Et s'il n'est pas complètement mort, on roule à nouveau dessus. Au pire, parce qu'il faut penser à tout, je te le rappelle, on l'achève avec des pavés qu'on va aller ramasser sur un chantier, pas loin d'ici. Voilà ! Ça aura vraiment l'air d'un accident !

Tiburce se rengorgea, croisant les bras, regardant Jamil d'un air avantageux, dans l'attente de sa réaction. Jamil hochait doucement la tête, la lèvre approbatrice, signifiant qu'il était convaincu par l'explication et qu'il reconnaissait du coup le professionnalisme de Tiburce. Sous l'effet d'une même impulsion, ils saisirent leur bouteille en plastique, bière pour l'un, coca pour l'autre et les cognèrent légèrement, une façon de trinquer et de sceller leur association.

*

<u>Nuit du lundi au mardi, 0 h 35</u>

Dans la voiture, ils entendirent soudain un frôlement qui les fit sursauter.

— C'est quoi ?

— Chut ! intima Tiburce.

Il jeta un coup d'œil dans le rétroviseur latéral. A la lueur des réverbères, il vit qu'un chien, qui arrivait dans leur dos en trottinant sur le trottoir, s'était arrêté près de la roue arrière et y avait levé une patte. Un instant plus tard, l'animal, un grand labrador noir, qui avait avancé jusqu'à leur niveau, se dressa sur son train arrière, mu par la curiosité. Il colla ses pattes et sa truffe à la vitre, la raclant de ses griffes et y déposant un nuage de buée.

L'ombre d'une silhouette humaine s'allongea sur le trottoir, pénétra dans l'habitacle. Ils en ressentirent le poids sur leurs épaules, mais ne se retournèrent pas. Dans les rétroviseurs, ils virent que quelqu'un marchait vers eux.

— On dort ! ordonna Tiburce à voix basse.

Ils se relâchèrent en arrière sur les appuie-têtes fermèrent les yeux et ne bougèrent plus. Ils entendirent des pas, puis une voix masculine.

— Qu'est-ce que tu fais ? Allez ! Avance, il est tard.

Le chien repartit en trottinant. Le bruit rythmé des pas de l'homme s'arrêta. Que faisait-il ? Regardait-il à l'intérieur du Land Rover ? Allait-il les interpeler ? Tiburce et Jamil persistaient à faire semblant de dormir. Les pas reprirent. Ils entrouvrirent discrètement les yeux, virent que l'homme continuait son chemin, s'immobilisant cependant par deux fois, pour se retourner et les observer. Il appela son chien et l'attacha en laisse. Tous deux s'éloignèrent rapidement et disparurent dans la nuit.

2

2005

La piscine était petite et vieillotte, mais elle était en harmonie avec le paysage. Elle lui avait toujours plu telle qu'elle était et il n'y avait pas touché. Une même pierre, joliment patinée par les ans, avait servi pour la margelle, le dallage en opus de la terrasse et le muret monté à sec, qui clôturait l'ensemble, tranquille oasis protégée du soleil par un antique chêne-liège. Au-delà, précédant les premières fleurs, pistachiers, genévriers, palmiers nains, aloès, cactus et d'autres plantes tapissaient de différents verts fragiles et foisonnants les pentes douces des collines sauvages qui versaient jusqu'à la mer. On apercevait au loin son bleu typique, qui s'affadissait vers l'horizon pour mieux rejoindre un ciel vide de nuages.

Cela faisait douze ans que Sylvain était propriétaire de la villa. Grâce aux biens que ses parents lui avaient laissés, il avait pu saisir une opportunité en or, profitant de conditions très avantageuses. Après la guerre du Golfe, les prix de l'immobilier s'étaient effondrés un peu partout, tout particulièrement sur la Côte d'Azur.

Il avait eu la chance de vendre l'appartement familial de Paris, trois ans auparavant, au plus fort de la bulle immobilière, quelques semaines avant l'invasion du Koweït par l'Irak, un événement qui allait bousculer pendant des mois le train-train de la diplomatie et des affaires en Occident. Fraîchement sorti d'une petite école de commerce, son avenir professionnel n'était alors pas encore tracé. Ne voulant se fermer aucune opportunité, il avait choisi de rester mobile et de ne pas s'acheter d'appartement. Il s'était installé sur la Côte dans une résidence hôtelière, le temps de voir venir. Il avait ouvert un compte dans une banque locale, et y avait placé son pécule sur un plan d'épargne que lui avait proposé le directeur d'agence, un homme à peine plus âgé que lui.

Quelques mois plus tard, le même banquier lui avait présenté au bon moment le propriétaire de la villa, un modeste promoteur du coin, dont les affaires, comme bien d'autres, avaient été balayées par le krach et l'avaient contraint de trouver d'urgence un acquéreur. Malgré son inexpérience, ou peut-être au contraire, en raison de son jeune âge, qui l'enhardissait à formuler des exigences sans limites et à s'abstenir de toute empathie à l'égard d'interlocuteurs en difficulté, Sylvain avait été impitoyable dans la négociation.

La villa était petite, son architecture banale, dans le style régional des années cinquante. Des façades blanches, un toit en tuiles, de grandes portes-fenêtres en arche au rez-de-chaussée, un balcon bordé de balustres à l'étage. Elle n'était pas située dans un quartier résidentiel, mais Sylvain avait été séduit par la vue sur la mer depuis les deux terrasses, l'une de plain-pied, l'autre en contrebas au niveau de la piscine.

Il l'avait achetée sans l'intention d'y habiter à court terme. A vingt-huit ans, célibataire, il venait d'être engagé par le Groupe international d'ingénierie Tollard, qui mettait à sa disposition un petit appartement de fonction, dans la banlieue de Londres, où le siège européen était installé. Sylvain avait confié la gestion de la villa à un agent immobilier local, qui n'avait eu, depuis, aucun mal à la louer à des touristes désireux de séjourner sur la Côte, sans pouvoir s'autoriser des budgets correspondants aux secteurs les plus prisés.

Une époque révolue. Le dernier locataire avait quitté les lieux depuis plusieurs mois. La villa avait été rénovée de fond en comble et meublée à neuf, car Sylvain avait désormais prévu de s'y installer. Les missions pour le compte de Tollard en Afrique et au Moyen-Orient étaient elles aussi de l'histoire ancienne.

Assis sur la terrasse à l'abri du soleil depuis son arrivée au début de l'après-midi, Sylvain contemplait la mer et le paysage, essayant d'imaginer le mode de vie qu'il allait mener. Il a jeté un coup d'œil à sa montre, son rendez-vous n'allait pas tarder. Comme si sa pensée avait eu un effet déclencheur, il a perçu le vrombissement d'une voiture gravissant les lacets de la petite route qui passait devant chez lui. Une voie étroite et sinueuse, presque toujours déserte, que dans l'inconscience de sa jeunesse, il avait aimé parcourir la nuit, dans un sens puis dans l'autre, poussant plus vite et encore plus vite sa Suzuki 600, rétrogradant sans freiner à l'entrée des virages, restant vigilant sur sa trajectoire, se déhanchant au point de frôler la chaussée du genou, comme le font les pilotes de compétition.

S'arrachant à son confortable état contemplatif, il est rentré dans la maison, s'est arrêté un court instant face au miroir du vestibule, a passé ses doigts au travers de ses cheveux châtains pour en remettre les mèches en place, accordant un satisfecit au regard bleu qui adoucissait un visage hâlé au menton violemment carré à force de se vouloir énergique. Il est ressorti du côté de la cour gravillonnée, qui servait d'aire d'accueil et menait à un garage couvert. Quelques minutes plus tard, une Golf GTI noire franchissait le portail et venait bloquer ses roues devant lui, faisant crisser et sauter de petits cailloux blancs.

Quand Sylvain avait compris que son aventure avec le Groupe Tollard allait prendre fin, il n'avait plus eu qu'une seule idée en tête : obtenir, en contrepartie de son départ, une indemnisation substantielle. Très substantielle, même, si possible. De fait, les choses se firent toutes seules. Bien qu'en douze ans de bons et loyaux services il ne l'eût croisé qu'à deux reprises et que plusieurs strates de management les séparassent, le président Europe du Groupe le reçut longuement dans son bureau londonien. Il le fit asseoir confortablement devant une table basse où une bouteille de Chivas et deux verres les attendaient. Après avoir trinqué à leur amitié éternelle, le président Europe revint abondamment sur les succès commerciaux obtenus depuis plusieurs années au Rwanda, au Tchad et en Irak, lui rappelant sa participation active, précieuse, essentielle, même : « si, si, ne soyez pas modeste, on me l'a certifié ! »

La concurrence était rude entre les grandes sociétés d'ingénierie américaines, européennes et asiatiques pour décrocher les contrats de construction et d'exploitation des infrastructures techniques qui faisaient défaut là-bas, au-delà de la Méditerranée, dans ces pays qui cherchaient à sortir du sous-équipement. Tous les coups étaient permis… ou presque. Depuis les attentats du 11-septembre, quatre ans plus tôt, et la nouvelle intervention des Américains en Irak, il devenait de plus en plus compliqué pour des Occidentaux de nouer des relations amicales dans certaines parties du monde.

Le président Europe ne manqua pas de féliciter à nouveau Sylvain pour sa créativité, son audace, son entregent, son efficacité. Cependant, ajouta-t-il, certaines façons d'agir avaient laissé des traces douloureuses dans la mémoire de quelques acteurs locaux, et non des moindres. Des rapports avaient été diffusés dans des ONG, dans les ambassades, jusqu'aux antichambres gouvernementales. Le président du Groupe, à New York, et ses pairs, un peu partout dans le monde, avaient été priés par les autorités de tutelle de prohiber certaines méthodes et de s'entendre sur des pratiques minimales d'éthique, sous peine de voir remettre en question le financement de leurs projets.

Sylvain devait comprendre, continua le président Europe, qu'il fallait mandater des équipes neuves sur le terrain, usant de pratiques rénovées, afin de faire oublier les anciennes. Des échos faisaient état d'amertumes, de doléances, de colères. Il valait mieux que Sylvain ne retourne pas dans les régions où il avait officié et qu'il envisage une nouvelle orientation à sa carrière, hors du Groupe, sachant qu'il disposait de toutes les qualités requises pour réussir. Il fallait aussi que s'efface à jamais la mémoire des actions auxquelles il avait participé. Et le Groupe saurait faire ce qu'il fallait pour que Sylvain ne se sente pas lésé.

Sylvain attendit patiemment qu'un chiffre lui soit notifié. Quand ce fut fait, bien que ce chiffre dépassât largement le montant qu'il escomptait, il afficha un air de vague contrariété. Faisant mine de chercher ses mots avec embarras, il expliqua avec une fermeté glaciale que son avocat avait évalué au double le prix des services qu'il avait rendus, ajouté à celui de son sacrifice expiatoire, sans oublier celui de son silence. Le président Europe ne discuta pas et signifia spontanément son accord, précisant qu'il allait donner les instructions appropriées pour que les formalités s'effectuent dans les meilleurs délais. Les deux hommes se levèrent, se serrèrent longuement la main, se regardant droit dans les yeux en y faisant briller des expressions opposées à ce qu'ils ressentaient réellement.

*

A quarante ans, Sylvain se retrouvait sans job, sans attache, mais muni d'un solide actif bancaire, ou plutôt de deux solides actifs bancaires. Le premier, officiel, était domicilié à Londres, où le chèque de son indemnité de départ avait été déposé. La somme, considérable, s'ajoutait à ce qu'il avait épargné, pendant toutes ces années, sur les salaires et les primes payés par Tollard, en finançant sur notes de frais la plus grande partie de son luxueux train de vie d'expatrié. Ses autres comptes, anonymes, étaient gérés dans une banque de Zurich. Il les avait alimentés régulièrement par des rétrocessions prélevées sur les commissions qu'il avait fait verser par Tollard à des intermédiaires locaux. Il avait eu aussi, à plusieurs reprises, l'occasion d'aider des sociétés à conclure des contrats dans des domaines n'intéressant pas Tollard et il en avait été discrètement rémunéré comme il se devait.

En fin de compte, Sylvain n'était pas mécontent de ce qu'il lui arrivait. S'il était sincère avec lui-même, il devait reconnaître qu'il était las de toutes ces années à bourlinguer d'avion en avion dans des régions inhospitalières ; il ne supportait plus les négociations interminables et tendues sur des chantiers éloignés de toute civilisation ; il en avait soupé des week-ends à accompagner des clients dans des palaces et à s'arranger pour garnir leurs lits de filles tarifées ; et ras-le-bol des réunions ennuyeuses au siège, dans les brouillards humides de Londres.

Il lui fallait du changement et il prit la décision de s'établir dans le Midi. Il en avait la conviction : le climat, la mer, les paysages et le mode de vie de la Côte d'Azur lui offriraient les récompenses qu'il méritait. Il y possédait une villa, il est vrai un peu défraîchie, mais ses moyens étaient suffisants pour voir venir et ils pouvaient servir, avant tout autre emploi, à l'aménager à son goût.

Restait à s'organiser pour lancer au plus vite les travaux et renouveler un mobilier qui, pour l'essentiel, datait du temps de l'ancien propriétaire. Pas question de s'en occuper personnellement au quotidien. Sylvain n'avait plus le droit de se rendre en Afrique ni au Moyen-Orient, mais il s'était engagé à séjourner à Londres pendant au moins trois mois à disposition du Groupe, afin de transmettre ses précieux et confidentiels dossiers aux collègues qui allaient le remplacer.

Il évoqua ces contraintes lors d'un dîner chez des amis à Kensington. Les convives lancèrent des suggestions plus ou moins fantaisistes, accompagnées de numéros de téléphone. On lui glissa celui d'un couple d'amis adorables vivant à Sainte-Maxime depuis dix ans, qui pourraient certainement l'orienter vers un entrepreneur de la région ; puis celui d'un célèbre décorateur londonien qui serait sans nul doute d'accord pour s'occuper de son projet en faisant des allers-retours ; et encore celui d'une amie parisienne, que son mari venait de quitter et qui serait assurément très intéressée, car elle allait avoir besoin de gagner sa vie, et elle avait un goût exquis, il n'y avait qu'à aller voir chez elle... Sylvain s'efforçait de témoigner sa gratitude à tous ces conseilleurs non patentés, en distribuant des regards d'assentiment bienveillants.

Alors qu'on servait le dessert, il fut entrepris par sa voisine de droite, une jeune Française plutôt mignonne, vêtue d'une robe du soir fuchsia fendue haut sur la jambe, sur laquelle il louchait depuis le début du dîner.

— J'ai peut-être la personne qu'il vous faut, lui souffla-t-elle dans le creux de l'oreille, ce qui le fit frissonner.

— Vous êtes merveilleuse, je le sais depuis que je vous ai vue, répondit-il, en lui adressant un sourire séducteur.

— Le nom d'Isabel de Catrigas vous dit-il quelque chose ? insista-t-elle en battant involontairement des cils, tout en faisant mine d'être insensible à son offensive.

Sylvain éleva son index devant les lèvres de la jeune femme et s'approcha de son oreille en retour.

— Chut ! Ne me dites rien de plus pour l'instant. Mais après le dîner, il faudra tout m'expliquer. Je vous emmène prendre un verre, d'accord ?

Elle répondit d'un air embarrassé qu'elle était accompagnée de son fiancé. Sylvain se composa alors une attitude très professionnelle pour noter ses coordonnées sur son

BlackBerry. « Je vous appelle, » conclut-il sur un ton très sérieux.

— Isabel est une jeune architecte d'intérieur qui monte, lui dit-elle deux jours plus tard en agrafant son soutien-gorge, à genoux sur le lit défait de Sylvain, qui lui caressait la hanche. Elle est établie à Paris et sur la Côte d'Azur, où elle a une agence. Elle est très compétente, elle fait travailler des équipes efficaces et soigneuses. C'est une très bonne amie. Tu veux que je te mette en relation ?

*

Elle a refermé la portière de la Golf et s'est avancée vers lui, la main tendue.

— Monsieur Morino, je présume. Isabel de Catrigas, enchantée !

— Très heureux de vous rencontrer enfin, Isabel. Appelez-moi Sylvain, voulez-vous !

Souriant de toutes ses dents, il a serré délicatement la main toute fine de la jeune femme. Ils ne s'étaient encore jamais vus, n'ayant eu jusqu'alors que des entretiens par téléphone. Lorsqu'il l'avait appelée pour la première fois, se recommandant de son amie de Londres, il lui avait laissé carte blanche pour aller sur place à sa guise et lui avait donné l'adresse de l'agent immobilier qui détenait les clés. Il lui avait auparavant dressé les grandes lignes de ce qu'il attendait, et notamment indiqué qu'il voulait qu'on lui livre une maison prête à vivre. Elle s'occuperait de tout, lui avait-elle promis. Elle lui avait posé une longue série de questions sur ses goûts, ses habitudes, son mode de vie, s'enquérant de détails de plus en plus fins après chacune de ses réponses. Il l'entendait prendre des notes.

— Avez-vous un budget ? avait-elle demandé.

— Oui ! Euh, non ! Enfin, je ne sais pas…

Elle avait ri de son embarras et l'avait rassuré, précisant qu'elle allait lui faire plusieurs offres chiffrées et qu'il pourrait choisir. Et de fait, quelques jours plus tard, il reçut un dossier complet comportant plusieurs propositions d'aménagement illustrées de plans, de perspectives, de photos et accompagnées de devis. Ils avaient longuement débattu au téléphone, ils s'étaient mis d'accord, et les travaux avaient commencé aussitôt.

Ils continuèrent à se parler à distance, sans se voir, bien qu'ils en eussent eu l'intention, mais les circonstances ne s'y prêtèrent pas. Les rares fois où Sylvain avait fait l'aller-retour pour constater l'avancement des opérations, Isabel n'avait pu quitter Paris et s'était fait remplacer par un collaborateur. Le téléphone était resté leur unique mode d'échange, à l'exception des photos qu'elle lui envoyait régulièrement pour qu'il donne son avis lors du coup de fil suivant.

Il l'a dévisagée de haut en bas et elle en a probablement fait autant derrière ses lunettes noires. Isabel de Catrigas était très grande, presque de la même taille que lui. Elle portait un tailleur-pantalon blanc, très ajusté, qui révélait sa maigreur et la finesse presque malsaine de ses jambes. Un visage sec, sans maquillage, un long cou, des cheveux bruns savamment ébouriffés. Sylvain lui trouva une allure distinguée, et même aristocratique. Elle lui avait raconté, car il leur arrivait de parler d'autres choses que des travaux, qu'elle était issue d'une famille de grands d'Espagne, avec laquelle elle était fâchée. Elle vivait en France depuis l'âge de dix-sept ans, avait suivi des études aux Beaux-Arts, à Paris, mais se déclarait très inspirée par le design de son pays d'origine.

Ils ont fait le tour des différentes pièces, le salon, la cuisine, les chambres, les salles d'eau, dont les traitements s'inscrivaient dans la même unité, une marque essentielle de son intervention. Elle avait opté pour des peintures couleur sable, les tentures étant d'un ton légèrement plus soutenu. Les mobiliers faisaient une large part aux bois naturels et à l'acier canon de fusil. La vaisselle et le linge de maison étaient simples et de bon goût. La jeune femme avait pris soin de poser ici et là des accessoires aux teintes vives, du rouge, du vert, du jaune, qui diffusaient une atmosphère de gaieté et de bien-être.

Isabel était intarissable lorsqu'elle dissertait sur ses réalisations. Elle a raconté avec une conviction pénétrante les lignes invisibles qui reliaient les meubles entre eux, les relations spirituelles entre meubles et objets, les liens cosmiques entre objets et luminaires. Sylvain écoutait, comme fasciné… mais sans vraiment écouter. Il avait perdu le fil du discours, se laissant juste emporter par la musique de la voix grave d'Isabel et de son très léger fond de prononciation hispanique. Il avait fait le tour des lieux tout seul, dans l'après-midi. Tout lui avait plu, tout continuait à lui plaire, la chose était entendue. Dans l'espèce d'euphorie dans laquelle il était, Isabel aussi lui plaisait. Elle n'était pourtant pas son genre, trop maigre, trop anguleuse, trop osseuse. Mais il la voyait encore telle qu'il l'imaginait lors de leurs conversations téléphoniques. Elle était transformée par un fantasme et il la désirait.

— Si nous prenions un verre, a-t-il suggéré à brûle-pourpoint, la coupant au milieu d'une phrase.

Elle a compris qu'il ne s'intéressait pas à ses propos et en a ressenti plus de surprise que de frustration ou d'irritation.

Il l'a prise par la taille pour la diriger vers les canapés du salon.

— Je suis enchanté, j'aime beaucoup ce que vous avez fait de ma maison, vous êtes magique.

Sylvain parlait d'une voix qui se voulait douce, tout en approchant son visage du sien. Il n'a pas senti, à moins qu'il n'ait préféré l'ignorer, qu'elle cabrait le dos pour échapper à son contact. Elle s'est assise. Il est allé préparer les verres ;

pour lui, une double dose d'un whisky de trente ans d'âge, pour elle, un gobelet d'eau gazeuse ; c'était ce qu'elle avait demandé.

— Il va falloir te décoincer un peu, ma petite ! s'est-il dit en serrant les dents.

— Voulez-vous un glaçon, un zeste de citron ou une goutte de quelque chose ? a-t-il proposé d'une voix mielleuse, sans se retourner.

— Rien du tout, il fait chaud pour la saison, j'ai juste soif. Un grand verre d'eau m'ira très bien. Merci de me l'avoir proposé, c'est très aimable à vous.

Isabel, le dos raide, s'en tenait à un ton mondain impersonnel. Sylvain a posé les verres sur la table basse et s'est assis tout contre elle sur le canapé, allongeant le bras sur le dossier derrière elle. Ils ont trinqué. Leurs regards se sont rencontrés en même temps que leurs verres. Elle n'a pas détourné les yeux. Il s'est enhardi.

— Vous êtes une décoratrice de grande classe, vous êtes éblouissante. Si, si ! Et vous exhalez un charme, une féminité, une sensualité, qui — comment dire ? — me trouble au-delà de... J'aimerais beaucoup...

Elle l'a interrompu par un petit rire de gorge, tandis qu'une expression amusée s'allumait dans son œil.

— Ce que vous dites me fait plaisir, Sylvain. Mais je ne voudrais pas que vous vous fassiez des illusions. Vous êtes ce qu'on appelle un bel homme, je le reconnais... Si, si ! Mais voilà, désolé, ça ne peut pas marcher entre vous et une femme comme moi.

— Je ne suis pas du genre à me laisser décourager.

Elle a secoué la tête, fronçant les sourcils.

— Comment vous expliquer, Sylvain ? Disons que les hommes ne m'intéressent pas.

Il a souri d'un air pénétré.

— Je crois que je comprends. Il y a sûrement de bonnes raisons. C'est peut-être parce que jusqu'à présent vous n'avez rencontré que des hommes sans intérêt. Il faut savoir se donner une chance, non ?

Elle s'est levée et lui a fait face.

— L'élégance est de ne pas insister. Revenons à l'essentiel, si vous voulez bien, Sylvain. Nous avions prévu de nous rencontrer pour motif professionnel. Je suis contente que mon travail vous ait plu et je vous souhaite beaucoup de bonheur dans votre maison. D'ailleurs, a-t-elle poursuivi en sortant de son sac une enveloppe qu'elle lui a tendue, je me suis permis d'apporter la facture... Vous me la réglerez à votre convenance, demain, après-demain, le mois prochain, en fonction de vos possibilités, de vos disponibilités, je sais ce que c'est, ne vous inquiétez pas...

— Mais je ne m'inquiète pas et je n'ai aucun problème de disponibilités, qu'imaginez-vous ? Je vais même vous payer tout de suite. Si vous voulez bien patienter un instant, je vais chercher un carnet de chèques et de quoi écrire.

Sylvain est monté à l'étage en ruminant des états d'âme qui contenaient de la déception, de l'agacement et la vague impression d'avoir été ridicule. Il a décidé de faire attendre la jeune femme et a laissé passer plusieurs minutes avant de redescendre.

Isabel déambulait tranquillement dans le salon, son verre d'eau en main, contemplant les mobiliers, semblant même leur parler. Sylvain s'est assis à la table, a ouvert l'enveloppe, a regardé le montant de la facture et l'a reporté instantanément sur un chèque, qu'il lui a remis après l'avoir signé d'un geste théâtral.

Elle l'a remercié en s'inclinant et lui a tendu la main pour prendre congé. Il l'a raccompagnée jusqu'à sa voiture.

— Ah ! J'oubliais, a-t-il dit. J'ai un autre sujet à vous soumettre.

Il est allé jusqu'au garage, a soulevé la porte basculante et est revenu près d'elle.

— Figurez-vous, chère Isabel, que j'aime les autos et les motos ! Comme vous voyez, l'espace est juste assez grand pour caser cette Mercedes, que j'ai louée en attendant la Porsche Cayenne que j'ai commandée. Je suis aussi en discussion pour racheter une Ferrari ancienne à un collectionneur des environs. Et puis il y a les motos. Vous ne la voyez pas de là où nous sommes, parce que je ne peux la mettre qu'au fond, ce qui n'est pas pratique, c'est une vieille Suzuki que je garde ici depuis douze ans. Je suis en train de vendre la Goldwing avec laquelle je circulais à Londres et je vais m'acheter une Harley, c'est mieux pour la région… Une Harley-Davidson, a-t-il jugé utile de préciser devant l'air interloqué de la jeune architecte.

Elle restait immobile, une main sur la portière ouverte de sa Golf. Il était tout près d'elle.

— Isabel, je vais faire démolir cette espèce de hangar ridicule et je voudrais que vous me construisiez un garage digne de ce nom.

Elle l'avait écouté patiemment et elle a attendu de longues secondes avant de répondre, tout en s'installant au volant.

— Sylvain, ce genre d'ouvrage n'entre pas dans mes compétences d'architecte d'intérieur. Je vous adresserai une liste d'artisans maçons ou charpentiers que vous pourrez consulter et faire travailler en toute confiance. Merci pour tout, je dois rentrer au bureau. A bientôt.

Sylvain a regardé la Golf manœuvrer et repartir, sans rien dire, sans bouger, les mâchoires serrées, la main droite restée suspendue en l'air après avoir salué. Il lui a fallu plusieurs minutes avant de réagir, la facture toujours dans l'autre main. Il en avait inscrit machinalement le montant sur le chèque, sans prendre conscience de la somme que cela représentait. Il est vrai qu'il n'avait pas l'habitude de compter en euros. Il fit le calcul. Le montant était largement supérieur au devis qu'Isabel de Catrigas lui avait fait accepter. Il allait falloir qu'il réapprovisionne le compte qu'il venait d'ouvrir dans une banque locale.

Mentalement, il s'infligea une petite admonestation.

— Mon gars, tu as beau avoir touché un pactole, il faudra faire attention à tes dépenses. En tout cas, tant que tu n'auras pas retrouvé un job qui t'assure un train de vie correspondant à tes aspirations.

Pas de quoi s'inquiéter pour autant. Sylvain a traversé le salon, regardant à nouveau les mobiliers choisis par la décoratrice, cherchant, sans y parvenir, à se souvenir des mots qu'elle avait prononcés. Il a haussé les épaules, pris au passage un cigare et est retourné s'asseoir sur la terrasse, pour contempler le paysage, son paysage. La journée était belle, chaude pour la saison, quelques criquets et grillons bavards s'y étaient laissé prendre et revendiquaient leur place dans le bruissement léger de la nature. La vie s'annonçait douce dans cette région bénie des dieux. Il aspirait la fumée à petites bouffées. Il se sentait serein.

La pensée lui arracha un sourire : il avait obtenu de mettre au compte de Tollard la semaine coûteuse de bamboche et de ski de haute montagne, qu'il venait de passer à Saint-Moritz en compagnie de son copain Waël. Un personnage avec qui ses successeurs dans le Groupe auraient tout intérêt à entretenir une bonne relation après son départ. Il avait en tout cas réussi à les en convaincre.

Waël et Sylvain avaient fait connaissance, il y avait onze ou douze ans, lors d'un des premiers voyages de prospection de Sylvain en Syrie. Issu d'une grande famille maronite de Beyrouth, connue et respectée dans tout le Moyen-Orient, Waël l'avait introduit et piloté au sein d'un cercle d'hommes d'affaires influents. Leur fréquentation s'était révélée être le point de passage obligé pour atteindre les objectifs commerciaux que Tollard s'était assignés. La bienveillance témoignée à Sylvain avait été essentielle dans l'attribution des contrats décrochés par le Groupe.

Les deux hommes étaient du même âge et leur manière d'aborder les affaires était souvent voisine. Peu à peu leur était venue l'habitude de prolonger des opérations menées de concert par des moments de détente pris ensemble. Ils s'étaient découvert les mêmes pôles d'intérêt, les filles, les boîtes de nuit, la moto, la musculation, le tir sportif, le poker... Ils avaient su opportunément mêler l'utile à l'agréable, en entraînant décideurs et prescripteurs dans leur univers festif, transgressif, parfois compromettant.

A Saint-Moritz, où ils avaient clôturé la saison d'hiver, Sylvain avait tout fait pour distraire Waël, qui vivait des moments difficiles. Il ne pouvait rentrer chez lui, à Beyrouth, où faisait rage une guerre civile qui ne disait pas son nom. La menace qui pesait sur lui était réelle. Un de ses proches cousins venait d'être tué dans un attentat à la voiture piégée, quelques semaines après celui qui avait coûté la vie à l'ancien premier ministre Rafic Hariri.

Avant de rejoindre le Badrutt's, le palace mythique de Saint-Moritz, réputé pour ses fêtes exubérantes réservées aux grands de ce monde, aux ultra-riches, aux jetsetters et aux jolies filles, les deux amis avaient fait un détour par Zurich. Waël avait accompagné Sylvain dans une banque et l'avait chaudement recommandé auprès d'un fondé de pouvoir qui gérait l'immense fortune de sa famille. Les fonds de Sylvain étaient en regard infiniment modestes, mais on lui avait certifié qu'il serait traité en client privilégié. Waël l'avait aussi introduit auprès d'une officine fiduciaire, qui s'était chargée de l'immatriculation de sa première société.

Sylvain avait beaucoup réfléchi. Il ne cherchait pas à reprendre un poste dans un grand groupe, même grassement payé. Il voulait plus, beaucoup plus. Il connaissait ses points forts : son entregent, son sens de la formule, son pouvoir de persuasion. Il pouvait aussi compter sur des amis influents et fidèles, qui n'hésiteraient pas à vanter ses compétences dans leur entourage. Il avait décidé de s'installer à son compte, d'être son propre patron. Il était conscient du risque, des aléas, des possibles obstacles, mais il n'avait pas froid aux yeux, il avait déjà vécu des moments difficiles, ces instants de basculement, où l'avenir est incertain, où tout semble perdu. Il s'en était toujours sorti. Pour y parvenir, aimait-il à se rappeler, il ne lui avait fallu, à chaque fois, que de l'audace, de l'énergie et de l'habileté.

Il avait une idée claire de l'activité dans laquelle il voulait se lancer. En ces temps troubles, où les ambitions politiques, les stratégies industrielles et les rackets mafieux pataugeaient dans les mêmes marigots, il existait une forte demande de services dans le domaine de la sécurité, de la protection des personnes, de la surveillance des sites sensibles. C'étaient des métiers accessibles pour un homme de son style. Il pourrait, dans un premier temps, développer ses affaires au fil des opportunités commerciales qui se présenteraient. Il lui faudrait recruter des employés efficaces, du personnel qui n'aurait pas besoin d'être très qualifié, des hommes à sa main, conscients comme lui que, dans certains cas, la fin justifiait les moyens. Le secteur qu'il venait de quitter, celui des grands chantiers outremer, regorgeait de collaborateurs aux ambitions déçues, de techniciens frustrés d'être relégués dans des tâches secondaires, tandis que de jeunes diplômés accédaient à des postes qui leur étaient refusés, à eux, les anciens, malgré leurs états de service, tout simplement parce qu'ils n'avaient pas eu le privilège de faire des études. Beaucoup d'entre eux répondraient à ses appels, il en était certain.

Plus tard, il pourrait se diversifier dans des domaines à plus forte valeur ajoutée, l'intelligence économique, la télé-surveillance, et pourquoi pas, le négoce de matériel militaire, il engagerait alors des ingénieurs, des scientifiques, des psychologues... Plus tard !

On n'en était pas encore là. Pour l'heure, la fiduciaire de Zurich avait rédigé et déposé les statuts de la société holding SMS Plus International (Sylvain Morino Sécurité). Sylvain en était persuadé : pour le réseau de relations qui allait servir de socle à ses affaires, un siège social en Suisse alémanique représenterait un gage de discrétion et de solidité. C'est de là qu'il gérerait les flux financiers alimentés par ses contrats.

Il lui fallait aussi des structures opérationnelles sur le terrain. Dès son retour sur la Côte, il avait créé la société SMS Plus Méditerranée et avait loué deux pièces équipées en bureaux au rez-de-chaussée d'un immeuble de Sophia-Antipolis, la prometteuse technopole qui faisait la fierté du Département, à dix minutes de moto de sa villa. Une adresse prestigieuse et un local tout simple, juste ce qu'il fallait pour installer une secrétaire à temps partiel, qui préparerait les premières propositions et lui ferait signer les premiers contrats. Ce n'était pas un siège choisi pour son apparat, dans l'intention d'impressionner ses prospects. Pour cela, il y avait les bonnes tables de la région, les night-clubs, les week-ends en yacht.

Il lui restait à se trouver un point de chute à Paris. Même s'il s'installait personnellement dans le Midi, il était impensable de ne pas être professionnellement présent à Paris. La société SMS Plus International, que la fiduciaire zurichoise allait créer pour son compte serait le fer de lance de son petit groupe. Là, il fallait être exigeant pour la situation et pour l'image des locaux.

Depuis quelques jours, il épluchait les annonces immobilières. Trois d'entre elles avaient retenu son attention et il avait pris contact. La première proposait une installation clé en main au seizième étage d'une tour de La Défense. Les photos dont il disposait révélaient des espaces élégants et une vue panoramique impressionnante sur une partie de la région parisienne. Le descriptif était lui aussi flatteur, mais le loyer était très élevé.

Dans la deuxième, il était question de bureaux partagés, loués à la journée au sein d'un ensemble conçu à cet effet dans le quartier des Champs-Elysées. Il était possible d'y disposer de services à la demande : accueil téléphonique, secrétariat, reprographie, salles de réunion. Une solution un peu impersonnelle, mais séduisante par sa flexibilité. Le loyer de base était attractif, mais il ne correspondait en fait qu'à un droit d'accès. L'occupation effective d'un bureau et les services étaient facturés en fonction de l'utilisation qu'on en faisait. Sylvain avait calculé que les coûts réels risquaient de grimper de façon vertigineuse.

La dernière annonce lui paraissait la plus intéressante, sous réserve de la visite prévue sur place le surlendemain. Il était question d'espace disponible dans un petit immeuble tertiaire du dix-septième arrondissement.

— Mon père l'a fait construire il y a près de quinze ans, lui avait expliqué au téléphone une femme qui s'était présentée sous le nom de Virginie Déclair. Il a installé ses bureaux sur les trois niveaux supérieurs et a mis en location les deux autres.

— Il faisait quoi ?

— Je vous demande pardon ?

— Vous parliez des bureaux de votre père, quelle était son activité ?

— De la maîtrise d'œuvre et des études techniques dans le bâtiment. Déclair ! C'était assez connu, à l'époque.

— Et aujourd'hui ?

— Déclair existe toujours ! Mon père n'est plus tout jeune, sa santé n'est pas très bonne, il s'est retiré, c'est moi qui dirige l'affaire, maintenant. Mais l'activité a beaucoup diminué. Cela fait déjà plusieurs années que nous n'occupons plus que deux étages. Et je voudrais encore réduire. Nous pourrions libérer trois ou quatre bureaux au quatrième et les mettre à votre disposition.

— Libérer trois ou quatre bureaux ? Vous n'avez pas l'air très fixée.

— Je ne le suis pas ! répondit-elle en éclatant d'un rire cristallin. J'ai dit trois ou quatre ? Ça peut être deux… ou cinq. Je suis très arrangeante. Si vous aussi, tout va bien.

S'il se fiait à sa voix et à son élocution, cette femme devait avoir le même âge que lui, ou à peu près. Sylvain se prit à espérer que les locaux et le quartier lui plaisent. Et si de surcroît, cette Virginie Déclair s'avérait jolie, cela ne gâcherait rien.

3

2005

— Je suis désolée, madame, monsieur Kaplan est en voyage, il m'est impossible de le joindre.

— Quand revient-il ?

— Je vous l'ai dit, madame. En principe, en milieu de semaine prochaine.

— Pourrait-il me rappeler dès son retour ?

— Je lui laisserai votre message. Mais il a un emploi du temps très chargé la semaine suivante.

— Vous avez bien noté mon nom et mon message.

— Oui, madame. Maintenant, si vous voulez bien m'excuser, on m'appelle sur une autre ligne. Au revoir, madame.

— Au revoir, je compte sur…

La secrétaire a raccroché. Virginie Déclair a gardé en main le combiné pendant quelques instants avant de le reposer sur sa base. Ses yeux restaient fixés sur son poste téléphonique. Le cordon spiralé était tellement entortillé qu'il était déformé et qu'il menaçait de se nouer sur lui-même. Ce n'était pas nouveau, elle emmêlait ses cordons de téléphone depuis qu'elle travaillait, c'est-à-dire depuis quinze bonnes années. Seize, même, si elle comptait bien. Longtemps, elle n'y avait pas prêté attention.

Elle laissa le passé resurgir. Quand il venait la voir dans son bureau, il avait l'habitude, après lui avoir susurré en souriant un compliment ou une gentillesse, de baisser les yeux sur son téléphone. Alors, il se taisait et se figeait comme s'il découvrait un embrouillamini catastrophique.

— Regarde-moi ça, s'écriait-il sur un ton faussement réprobateur, tout en l'observant d'un œil à la fois amusé et charmeur. Il soulevait le poste, le renversait, laissant pendre librement le combiné au bout de son cordon, lequel se mettait à tourner lentement sur lui-même jusqu'à son démêlement complet. Il reposait alors le poste sur le bureau. Les premières fois, il se lançait dans une démonstration affectée de solennité, comme s'il s'agissait d'un sujet de prime importance.

— Je ne sais pas comment tu t'y prends. Moi, quand je téléphone, je décroche comme ça, je parle et je raccroche comme cela, avait-il précisé en joignant le geste à l'appui, lui montrant que l'aspect du cordon se trouvait inchangé.

Elle restait muette, plus amusée qu'agacée. Il continuait.

— J'imagine que tu dois faire des tas de mouvements en téléphonant, toujours dans le même sens, et en raccrochant, comme ça, tu as donné une rotation au cordon. Tu vois ? A la fin de la journée, c'est dix, c'est vingt rotations, et voilà, tu te retrouves avec un poste téléphonique qui ressemble à une pelote à tricoter… ou à détricoter.

Ils se mettaient tous les deux à rire, se regardant tendrement.

Que lui a-t-il pris ? Chercher à le joindre, sept ans après ! Sept ans, qu'il était parti, qu'ils ne s'étaient pas revus, qu'ils ne s'étaient pas parlé !

La semaine passée, Virginie avait eu l'impression de franchir un cap. Elle avait regardé les choses en face. Avec lucidité, sans filtre sentimental, sans illusion affective. La société Déclair devait tourner la page Michel Déclair. Définitivement ! Sans espoir de retour ! Son père était trop affaibli par sa maladie, irréversiblement. Il le savait lui-même depuis plusieurs mois. Il l'en avait avertie, il l'avait incitée à se préparer, à plusieurs reprises. Elle a réentendu toutes ses mises en garde.

— Te sens-tu apte à reprendre toute seule le flambeau ? Tu es sûre ?... Ne devrais-tu pas trouver un repreneur ? Encore qu'il soit peut-être trop tard désormais, dans la profession, tout le monde connaît mon âge, mon état de santé, la situation n'est pas optimale pour vendre la société dans les meilleures conditions... Et si tu cherchais un directeur général avec des compétences complémentaires des tiennes ? Tu lui proposerais de l'associer... Ah oui, il faudra le trouver. Dans l'effectif actuel, personne n'a le profil, sauf peut-être Campeau, mais tu ne t'entends pas avec lui. Et puis il est trop vieux. Il faut quelqu'un de ton âge, quarante ans, ou même encore plus jeune... C'est vrai, Nathan Kaplan, c'était le profil idéal. Mais le passé est le passé...

*

Virginie se transporta aux premiers jours. 1989, elle avait à peine vingt-cinq ans. La société était encore dans ses anciens locaux, un plateau tout en longueur dans une tour de bureaux, en banlieue éloignée. Son père avait été appelé d'urgence sur un chantier. Un incident, un accident, elle ne se souvenait pas, mais c'était une obligation, il avait vraiment fallu qu'il s'y rende. Dix minutes plus tard, Simone, la secrétaire, était venue la voir.

— Virginie, votre père a donné rendez-vous à un candidat pour un recrutement. Il est parti en coup de vent, en me demandant d'annuler, mais je n'ai pas pu joindre le monsieur. Il vient d'arriver, je suis embêtée, il n'y a personne pour le recevoir.

— Campeau n'est pas là ?

— Monsieur Campeau est en province aujourd'hui. Virginie, voulez-vous bien recevoir le monsieur, c'est un jeune homme, il s'appelle Nathan Kaplan.

— Simone, je viens juste d'entrer chez Déclair, je ne saurai pas trop quoi lui dire, je ne connais pas encore très bien nos métiers ni notre organisation…

Les deux femmes avaient fini par convenir qu'il aurait été déplacé de laisser repartir le jeune candidat sans l'accueillir correctement. Virginie s'était résolue à faire pour le mieux. Elle était descendue dans le hall, avait jeté un coup d'œil discret au visiteur, une silhouette élancée vêtue d'un trench-coat noir, faisant tranquillement les cent pas sur les dalles de marbre. Elle était passée rapidement aux toilettes pour vérifier que ses cheveux, son maquillage et son décolleté n'exigeaient pas de retouches, puis était venue à sa rencontre en lui tendant la main.

— Monsieur Kaplan ? Virginie Déclair. Mon père… euh ! je veux dire… monsieur Déclair a dû s'absenter et c'est moi qui vais vous recevoir. Vous me suivez ?

Dans l'ascenseur, ils s'observèrent mutuellement tout en faisant mine de regarder l'indicateur lumineux d'étage. Nathan Kaplan avait un visage harmonieux, un teint mat, une épaisse tignasse noire, une bouche gourmande et des yeux verts. Le miroir confirma à Virginie que le gris bleu des siens et la finesse de ses traits étaient à la hauteur.

— Je suis désolée, commença-t-elle lorsqu'ils furent assis autour d'une table, mais je dois vous avouer que je ne travaille chez Déclair que depuis quelques semaines. Je ne suis pas la personne la mieux placée pour vous faire une présentation de la société…

— Oh ! Ne vous inquiétez pas, répondit-il avec un sourire bienveillant, je me suis informé sur la société Déclair, sur son président fondateur, sur ses projets, ses méthodes de travail. J'ai aussi regardé comment fonctionnent ses principaux concurrents français. Actuellement, en matière de maîtrise d'œuvre et d'économie du bâtiment, on ne peut pas trouver mieux que Déclair. Je suis très admiratif du travail de Michel Déclair. C'est l'homme qui monte dans la profession.

Il chercha à percevoir l'effet de ses propos sur son interlocutrice. Se sentant encouragé, il continua.

— J'ajoute que monsieur Déclair et moi, nous sortons tous les deux de l'Ecole Polytechnique, lui il y a un certain temps, moi tout récemment. Comme on dit dans le jargon des grandes écoles, Michel Déclair est un de mes « anciens ».

Elle l'écoutait, secrètement rassurée qu'il ait pris en main la conversation. Il se pencha en avant vers elle, une lueur malicieuse s'étant allumée dans son regard vert.

— Si j'ai bien compris, monsieur Déclair est votre père, n'est-ce pas ? Vous devez être fière de lui.

Elle acquiesça d'un battement des paupières, un geste qui avait le mérite de dissimuler qu'elle avait du mal à soutenir son regard.

Le candidat au recrutement reprit sa démonstration à contre-emploi, évoquant des références de Déclair que Virginie ne connaissait même pas. Il trouvait judicieux que la société, bien implantée en France, soit désormais organisée autour de projets au Maghreb, en Afrique francophone et au Proche-Orient, des territoires où les professionnels nationaux du bâtiment se devaient d'être présents dans l'avenir. Il ajouta qu'il était essentiel d'y développer une approche technologique globale. Il en était d'autant plus convaincu, qu'après Polytechnique, il avait suivi des cursus de recherche appliquée dans plusieurs spécialités. Il conclut en déclarant qu'il tenait absolument à mener sa première vraie expérience professionnelle au sein de Déclair.

— J'ai entendu dire qu'un nouveau poste d'ingénieur commercial venait d'être créé et que la société était à la recherche d'un jeune diplômé.

— Tout à fait. Mon père, enfin je veux dire monsieur Déclair, considère qu'il y a plusieurs opportunités d'affaires à saisir rapidement au Koweït.

— Alors ?... Est-ce que ma candidature convient ?

Nathan Kaplan semblait s'amuser. Virginie était sous le charme, mais embarrassée.

— Il faut que vous voyiez mon père.

— Mais vous, Virginie... Vous permettez que je vous appelle Virginie ?... Vous, qu'en pensez-vous ? demanda-t-il, un sourire de conquérant sûr de son pouvoir de séduction s'élargissant sur son visage.

Virginie décida d'adopter à son tour un mode facétieux. Elle fit mine de réfléchir quelques secondes, les sourcils froncés, le regard vers le plafond, une main en équerre à hauteur de la bouche, le pouce soutenant le menton, l'index contre la joue, le majeur sous le nez. Puis elle répondit, plantant ses yeux dans les siens, cette fois sans les baisser, l'air très sérieux :

— Nathan Kaplan est l'homme qu'il faut à Déclair, c'est évident...

Ils se toisèrent un instant en silence, puis ne purent s'empêcher de sourire, en même temps. Il continua à mener leurs échanges, lui demandant quelle était sa fonction chez Déclair.

— Ça n'est pas encore très défini. Je ne suis là que depuis quelques semaines, je vous l'ai dit. Pour l'instant, je m'occupe de communication, je suis en train de préparer une plaquette de présentation. Mon père voudrait que je me charge aussi des ressources humaines...

— Et bien voilà ! s'écria-t-il avec malice. Les ressources humaines ! C'est donc à vous de décider de m'embaucher... ou de ne pas m'embaucher !

Elle lui répondit sur le même ton

— Je tâcherai de plaider votre candidature, en dépit de tous les points faibles que j'entrevois dans votre personnalité et que vous essayez de cacher fébrilement… Sans y parvenir…

Il souriait de plus en plus largement.

— Vous avez fait des études de psycho ?

— Une maîtrise de psychologie, une de littérature, une d'anglais et une de sciences économiques.

— Bigre ! Je suis impressionné.

Il hocha la tête d'une allure pénétrée, puis se redressa sur son fauteuil, le menton sur la main en équerre, mimant la position méditative qu'elle avait adoptée un instant plus tôt.

— Bon ! finit-il par dire. Moi, je vous embauche… Vous êtes contente ?

Ils rirent de concert. Oui, elle était contente et elle était sensible à son charme. Mais surtout, elle sentait que ce jeune homme, Nathan Kaplan, pouvait apporter un souffle d'air frais, une vague de fantaisie, dans la société fondée par son père, une société où le personnel, essentiellement masculin, était constitué d'ingénieurs, dont les valeurs de base étaient la rigueur, l'application, l'austérité. Des valeurs qui rendaient ces hommes ennuyeux !

*

Elle ne s'était pas trompée. Nathan Kaplan allait leur montrer à tous que la décontraction, l'humour et la bonne humeur n'excluaient pas l'ambition, le sérieux et l'efficacité.

Il avait pris ses fonctions chez Déclair dans les semaines qui avaient suivi. Ingénieur commercial débutant, il avait été désigné pour épauler un vieux routier du BTP international, du nom de Philippe Garron. Michel Déclair leur avait assigné plusieurs cibles, au Koweït, ainsi que Virginie l'avait annoncé, mais aussi en Irak et en Arabie Saoudite, des projets d'hôtels, de bureaux, d'immeubles résidentiels.

Pendant plusieurs semaines, les deux hommes firent d'incessants allers-retours entre la France et le Moyen-Orient, assurant la liaison entre les cabinets d'architectes, les services de conception technique de Déclair et les représentants locaux des maîtres d'ouvrages susceptibles de leur confier des missions de conduite d'opérations. Après la signature de chaque contrat, il fallait, pour Philippe Garron et Nathan Kaplan, réunir et guider l'équipe qui élaborerait le dossier technique d'exécution et consulterait les entreprises des différents corps de métier. Puis, à l'approche du démarrage des travaux de construction, venait le moment d'installer sur place les effectifs correspondant aux missions complètes de maîtrise d'œuvre et d'économie.

Nathan prenait rapidement la mesure de son job, gagnant la confiance de ses équipes, qui percevaient en lui un manager compétent, loyal et disponible. Comme il n'était pas le dernier à aimer s'amuser une fois le travail accompli, il se taillait une réputation de bon camarade et de boute-en-train qui le rendait attachant aux yeux de tous. Au fil des mois — et cela n'émanait pas d'une volonté de sa part —, il s'affranchissait peu à peu de la tutelle de Philippe Garron, sans que celui-ci en prenne conscience.

Le climat des relations politiques et diplomatiques, habituellement tendues au Moyen-Orient, menaçait de s'obscurcir, au risque de perturber la vie quotidienne des populations et le bon fonctionnement des affaires. Mais en dépit de ce contexte préoccupant, les ingénieurs et techniciens de Déclair poursuivaient normalement leurs missions, ce qui laissait augurer la remontée de résultats financiers satisfaisants pour la société.

Sur ses entrefaites, l'Irak envahit le Koweït. S'en suivit en 1991 l'opération Tempête du désert, l'intervention militaire des Américains et de leurs alliés, la guerre du Golfe, déclenchant la tourmente sur les métiers de l'immobilier et du BTP, un peu partout dans le monde.

Au Moyen-Orient, plusieurs projets furent abandonnés. Il fallut démanteler des installations de chantier, annuler des marchés de travaux, résilier des contrats, licencier et renvoyer du personnel dans les pays d'origine. Philippe Garron était désemparé, déprimé, laissant à Nathan les rênes des affaires régionales de Déclair. Il avait à peine vingt-sept ans. Il se battit avec succès pour obtenir le versement d'indemnités de rupture de la part d'investisseurs ayant renoncé à leurs projets.

Rentré à Paris, il parvint à faire jouer des clauses d'assurance-crédit au profit de Déclair, qui en avait grand besoin. Le marché français s'était lui aussi effondré, des projets étaient suspendus ou réduits à leur plus simple expression. Les maîtres d'ouvrage, en difficultés financières, n'honoraient plus leurs engagements. Les banques étaient empêtrées dans des financements accordés à la légère, en des temps où l'on n'était pas regardant sur les risques. Déclair se retrouvait dans l'obligation de licencier une partie de son personnel, alors même qu'il prenait possession de son nouveau siège social. Heureusement, Michel Déclair s'était toujours comporté en gestionnaire avisé et la société avait les reins solides.

Il fallait toutefois trouver de l'activité pour remplacer celle qui avait été annulée. Et Nathan Kaplan eut l'intuition et la détermination d'orienter Déclair vers des affaires auxquelles personne n'avait pensé, une démarche qui fit de lui, aux yeux de tous, le bras droit de Michel Déclair, lequel le considéra dès lors comme son fils spirituel.

*

Son téléphone a sonné. Sa secrétaire la prévenait que c'était l'heure du rendez-vous qu'elle avait accordé à Bernard

Campeau, à sa demande. Elle a prétexté un travail urgent à terminer, décalant l'entretien d'une heure. Il serait furieux, elle en était certaine, car il avait une approche maniaque de la ponctualité et ne supportait pas les imprévus. Elle s'en moquait.

Virginie n'aimait pas Bernard Campeau, qui le lui rendait bien. A soixante ans, ce centralien était l'ingénieur le plus ancien et le plus expérimenté de la société Déclair, où il avait fait toute sa carrière. Il portait le titre de directeur technique. Suivant en cela les conseils de son père, qui appréciait les qualités professionnelles de l'homme, mais en connaissait les limites, Virginie n'avait jamais accédé au souhait de Campeau d'être nommé à la direction générale de Déclair. Il lui en avait voulu, lui en voulait toujours et son ressentiment s'ajoutait à la réticence qu'il éprouvait à l'égard des femmes occupant des fonctions de direction. Une réticence à laquelle se mêlait le mépris qu'il réservait aux personnes n'ayant pas suivi de formation d'ingénieur, ce qui était le cas de Virginie. Un comble selon lui pour la patronne d'une société comme Déclair. Il n'avait pas compris que Michel Déclair ait choisi d'installer sa fille dans son fauteuil pour lui succéder, mais il n'avait jamais osé aborder le sujet avec lui.

Elle savait de quoi il serait question lors de leur entretien. Déclair n'avait pas décroché suffisamment de nouveaux contrats au cours des derniers mois et Campeau allait l'avertir que plusieurs ingénieurs de son équipe allaient bientôt manquer d'occupation. Avait-elle l'espoir d'une inversion de la tendance ? demanderait-il mielleusement alors qu'il connaissait d'avance la réponse. En d'autres termes, pouvaient-ils compter sur l'annonce prochaine de succès commerciaux, susceptibles de rassurer le personnel sur l'avenir de Déclair ? Elle n'aurait rien d'enthousiasmant à faire valoir. Bien sûr, ce n'était pas la catastrophe. Ils avaient obtenu la construction d'une nouvelle tranche du parc d'exposition de la ville de N..., dont le maire était un vieil ami de son père et un client fidèle. Un beau projet traité dans des conditions favorables. Il y aurait aussi, du moins l'espérait-elle, le programme de rénovation du siège social de S..., à Barcelone, que Déclair avait construit vingt ans auparavant et qu'il fallait mettre au goût du jour. Une affaire où la concurrence était féroce, face à deux autres cabinets internationaux de maîtrise d'œuvre, mais elle estimait que sa société avait de bonnes chances. Ces deux affaires ne suffiraient toutefois pas à assurer du travail pour tous et il faudrait quand même se séparer d'un ingénieur ou deux.

Comme à chaque fois qu'elle abordait avec Campeau la question du programme d'activité de Déclair, elle lui retournerait la question.

— Et vous, Bernard, parmi tous les clients avec lesquels vous avez travaillé depuis trente-cinq ans et qui vous tiennent très certainement en haute considération, pas un seul qui ait un projet susceptible d'intéresser Déclair ?

— Je n'en sais rien, Virginie, lui répondrait-il, vous savez bien que je suis débordé par les affaires en cours. Oui, elles sont moins nombreuses qu'elles ne devraient être, mais elles sont diablement plus complexes qu'autrefois. Je n'ai vraiment pas le temps de me consacrer aux relations commerciales. Je crois d'ailleurs qu'il y a des gens qui sont payés pour cela, non ?

Pour ne pas se fâcher irréversiblement, elle ne répliquerait pas, mais elle n'en penserait pas moins que Campeau était un sale type.

— Vivement qu'il prenne sa retraite, a-t-elle conclu pour elle-même, se rendant compte qu'elle s'était agacée toute seule en ressassant ses récriminations. Elle s'est rappelé aussitôt l'urgence de recruter un directeur général, pour relancer la dynamique commerciale de Déclair, et en même temps, pour reprendre, après son départ, les responsabilités de Campeau à la tête du staff technique.

— Rappeler les chasseurs de têtes, a-t-elle noté fébrilement sur un bloc-notes.

Pour retrouver son calme, Virginie a réorienté son esprit sur Nathan Kaplan. Elle a imaginé son visage devant elle, a rempli d'air ses poumons et a expiré à fond. Elle se sentait un peu honteuse d'avoir cherché à reprendre contact avec lui. Qu'allait-il en conclure ? Sept ans après ! De temps à autre, elle entendait parler de lui, de sa réussite. S'il n'avait pas changé — et Virginie aurait mis sa main au feu qu'il n'avait pas changé —, il était le dirigeant qu'il fallait pour Déclair. Et si elle lui proposait une association ? avait-elle donc imaginé. Mais était-elle honnête avec elle-même, était-ce vraiment dans le cadre de sa réflexion sur l'avenir de la société qu'elle pensait à lui ?

Elle en était arrivée à se dire qu'elle ne nourrissait que des illusions, qu'il ne la rappellerait pas, quand son portable a sonné…

Non, ce n'était pas Nathan, mais Charles, ce chirurgien un peu plus jeune qu'elle, avec qui elle sortait depuis huit mois. Il voulait savoir si elle était libre ce soir, un de ses amis proposait un dîner impromptu dans une brasserie parisienne qui venait d'ouvrir et qui faisait parler d'elle. Virginie a fait mine de réfléchir, d'hésiter. Faux semblant ! Ne pas paraître trop disponible. Elle a fini par donner son accord, mais il aurait fallu un peu d'enthousiasme. Charles a semblé pris de doute.

— Tu es sûre ? Tu n'as pas l'air emballée. Tu n'es pas obligée de venir, tu sais.

— Mais je suis ravie, au contraire, j'ai entendu parler de cette brasserie, j'avais très envie de la découvrir. Et puis je suis heureuse de passer la soirée avec toi.

Attention à ne pas en faire trop ou trop peu ! Montrer qu'on est une femme indépendante, qu'on n'est pas aux ordres, mais trouver un juste milieu, ne pas donner l'impression qu'on est indifférente, qu'on a mieux ailleurs, ou ce qui serait pire encore, ne pas se faire cataloguer comme une rabat-joie, comme une vieille fille repliée sur elle-même. Virginie et Charles ne vivaient pas ensemble. Tous deux divorcés, ils n'avaient pas envie de se relancer dans une vie de couple classique. Ils avaient chacun un parcours professionnel qui pesait sur leur emploi du temps. Et Charles avait deux enfants, dont il avait la garde un week-end sur deux, parfois un jour par-ci, un jour par-là en semaine. Il leur suffisait de se voir deux ou trois soirs par semaine, chez des amis, au restaurant, au cinéma, ils terminaient souvent la nuit chez l'un ou chez l'autre afin que leurs peaux se touchent, que leurs corps se confrontent, que leurs humeurs se mêlent. Des moments qui n'avaient rien d'exaltant, du moins de son point de vue à elle. Charles manquait un peu d'imagination et elle était devenue paresseuse. Ils faisaient l'amour régulièrement parce qu'ils le ressentaient chacun comme un droit et comme un devoir à l'égard de l'autre et parce qu'ils ne renonçaient pas à ce qui était censé sacraliser la relation d'une femme et d'un homme qui avaient choisi de faire un bout de chemin ensemble.

Sans forcément se projeter dans le long terme, Virginie souhaitait sincèrement construire un avenir avec Charles. Il avait été difficile de trouver un homme de qualité, qui lui plaise, à qui elle plaise, et dont les goûts et les modes de vie s'harmonisent convenablement avec les siens pour qu'il soit réaliste d'envisager une relation qui se prolonge. Virginie était une jolie femme, bien faite, elle le savait et elle savait aussi que cela ne suffisait pas. Des hommes la regardaient, la désiraient, ils avaient envie de coucher avec elle et ils étaient prêts à lui raconter n'importe quoi, à lui promettre l'impossible pour y parvenir. Juste une fois ! Elle en avait fait l'expérience et n'y reviendrait pas. Pas question non plus, à l'inverse, de faire durer une relation par gentillesse, par bonté d'âme, par peur de faire du mal.

C'était un mauvais souvenir. Virginie s'était mariée en 1999, dans l'idée que cela l'aiderait à oublier Nathan Kaplan. Yves était doux, généreux, attentionné. Il était beau gosse, peut-être même plus beau que Nathan. C'était en tout cas ce que lui disaient ses copines. Mais qu'il était mou, ennuyeux, irrésolu ! Après à peine un an de mariage, elle avait voulu partir. Il avait insisté, supplié. Son père était intervenu. Elle avait patienté, reculant l'échéance, sachant que c'était inutile, qu'elle le supporterait de moins en moins, qu'il serait de plus en plus malheureux. Finalement, leur union avait tenu dix-huit mois.

Cela faisait presque cinq ans que leur divorce avait été prononcé. Yves s'était rapidement remarié, en grande pompe, avec une très jolie femme. Virginie en avait été étonnée, un tantinet vexée, sans l'avouer. Mais elle avait tellement craint que son ex-mari n'attentât à ses jours par désespoir, qu'elle avait accepté de bonne grâce ses nouvelles noces qui l'en débarrassaient définitivement.

Dans ses moments de lucidité, Virginie avait tôt fait de tirer le bilan de sa vie sentimentale. Son mariage avec Yves avait été un échec. Après lui, elle ne pouvait citer personne qui méritât que l'on célébrât sa mémoire. Avant lui, il y avait eu Nathan Kaplan. Un regret et un espoir. Mais un espoir illusoire, elle avait quarante ans, elle pouvait garder une part de rêve dans un coin de sa tête, mais elle savait que ce ne serait jamais autre chose qu'un rêve. Pour la vie réelle, il y avait Charles.

*

Sans qu'aucun des deux le laisse apparaître, Nathan et Virginie s'étaient plu au premier coup d'œil. Mais dans les jours qui avaient suivi leur rencontre impromptue, Nathan n'avait pas donné signe de vie. Virginie avait su qu'il était revenu le surlendemain pour se présenter à son père, lequel le lui en avait parlé sur un ton neutre, presque anecdotique, lorsqu'elle était passée l'embrasser dans son bureau, le soir avant de rentrer chez elle.

— J'ai vu un très bon candidat, tout à l'heure. Un jeune ingénieur.

— Ah oui ! Quel genre ?

Son père, le nez dans un dossier, n'avait pas répondu. Elle avait insisté.

— Quel genre de candidat ?

— Hein ?... Un jeune ingénieur, je t'ai dit.

— Et alors ? Tu l'as embauché ?

— Je lui ai proposé un poste. Il m'a dit qu'il allait réfléchir. Excuse-moi, j'ai un travail important à terminer.

Se souvenant des déclarations enthousiastes que Nathan Kaplan lui avait tenues sur Déclair et sur son patron-fondateur, elle avait été déçue que son père n'ait pas, en retour, fait grand cas du potentiel du candidat et que ce dernier semblât hésiter à accepter la proposition qui lui avait été faite. Les jours suivants, elle était allée plusieurs fois demander à Simone, l'assistante de son père, s'il avait répondu. Simone en avait profité pour la taquiner.

— Mais dites-moi, Virginie ! Vous avez l'air de drôlement vous intéresser à ce jeune homme !

Elle avait réussi à ne pas rougir.

— Je l'ai reçu quand il est venu se présenter, je vous ferai d'ailleurs remarquer que c'était à votre demande. Il est normal que je me sente concernée par son cas, d'autant qu'il m'a paru très bien. J'espère que papa lui a proposé un salaire à la hauteur.

On l'avait finalement informée qu'il avait accepté l'offre de Déclair. Mais elle n'en avait pas eu de nouvelles directement. Il était entré en fonction quelques jours plus tard et on l'avait installé à l'autre extrémité du plateau, où il partageait un bureau avec un ingénieur du même service. Il n'était pas venu la saluer. Elle savait qu'il n'était pas souvent présent. Son père avait décidé de s'occuper en personne de son parcours d'intégration et l'emmenait régulièrement chez les clients et sur les chantiers, à Paris et en province. Ils étaient même allés ensemble visiter les sites de Casablanca et d'Abidjan, où Déclair gérait des opérations importantes.

Un soir de la semaine suivante, le temps avait tourné au froid et à la pluie, rappelant que l'automne était bien avancé. Virginie avait travaillé plus tard que d'habitude. Elle avait récupéré sa petite Peugeot au parking en sous-sol et grimpait laborieusement la rampe vers la sortie. La porte basculante pivotait lentement autour de son axe, dans un grincement de ferraille bringuebalante, découvrant d'abord, dans la lumière des phares, d'immenses gouttes qui giclaient depuis le trottoir, puis dévoilant, en remontant, un déluge dru qui semblait multicolore, au travers duquel elle distingua une silhouette grise, sur laquelle apparaissait une tache de couleur rouge.

La silhouette se déplaça pour laisser passer la voiture et se glissa le long de la carrosserie, jusqu'à la portière gauche. Virginie avait reconnu Nathan Kaplan. Elle fit descendre sa vitre. La pluie crépitait avec fracas sur le capot. Elle ruisselait sur la tête du jeune homme, dégoulinait sur son visage, sur sa gabardine noire et sur le bouquet de fleurs rouges qu'il pressait contre sa poitrine.

— Nathan, ne restez pas là. Montez, cria-t-elle en déverrouillant la portière côté passager.

Il fit le tour précipitamment, s'assit en bredouillant des excuses pour l'inondation qu'il provoquait dans la voiture. Ses épais cheveux étaient plaqués sur son crâne, des gouttes restaient suspendues sur ses cils au-dessus de ses yeux verts, un mince filet coulait presque en continu du bout de son nez. Une fois assis à côté d'elle, il tenta d'essuyer son visage avec la manche mouillée de son imperméable. Virginie ouvrit son sac et lui tendit un paquet de mouchoirs en papier. Elle ne put s'empêcher de pouffer de rire en le regardant.

— Nathan, dans quel état vous êtes ! Que faisiez-vous là, sous une pluie pareille ?

— Je vous attendais.

— Vous m'attendiez !

— Oui, je voulais que nous fassions connaissance.

— C'est absurde. Pourquoi là, maintenant ? Ça fait plus d'un mois que vous êtes arrivé et il y avait cent manières de faire connaissance.

— Je ne voulais pas m'adresser à une jeune femme qui était la fille de mon patron et faire jaser tout le personnel, à commencer par la secrétaire de votre père, qui m'indique obligeamment la direction de votre bureau chaque fois que je la croise.

Elle avait senti son visage rougir, mais dans l'obscurité, cela ne se voyait pas. Il continua, sûr de son effet.

— Il y a une certaine Virginie, une jeune femme très séduisante que j'avais croisée incidemment. Je voulais l'aborder, hors tout contexte professionnel. Et comme je ne sais pas où elle habite, comme je n'ai pas de numéro de téléphone où l'appeler, je n'avais pas d'autre solution que de l'attendre là, à la sortie du parking.

Ils se regardaient en souriant, se dévisageaient avec ce qui ressemblait à de la gourmandise. Leurs yeux brillaient. Il souleva son bouquet rouge, dans son emballage déformé par l'eau.

— Je vous ai apporté des fleurs, même si c'est périssable, parce que les bonbons, je ne trouve pas que ce soit tellement bon, contrairement à ce que chantait Jacques Brel. Et puis les bonbons, ce n'est pas vraiment romantique.

Leurs sourires rayonnaient et se répondaient.

— Merci. L'avantage, c'est qu'il n'y a pas urgence à les mettre dans l'eau.

Elle ne fit pas un geste pour les prendre, il les posa sur ses genoux.

— Nous pourrions dîner ensemble, suggéra-t-il. Si vous êtes libre.

— Ce soir ?

Il la regardait, silencieux. Elle le trouvait un peu présomptueux, mais elle n'avait rien de prévu et elle indiqua son assentiment d'un mouvement de la tête. Ils étaient assis dans la voiture, toujours immobile en travers du trottoir, devant la porte du parking, qui s'était refermée derrière elle. La pluie continuait à tambouriner sur le toit.

Virginie réfléchit, puis se lança.

— Le soir, il n'y a pas un restaurant correct dans cette banlieue. Il faut rentrer sur Paris. Et regardez-vous, vous êtes trempé, il faut vous changer. Comment on fait ? Où est votre voiture ?

— Je n'en ai pas encore. On m'en a commandé une, je l'aurai la semaine prochaine. Je circule en RER et en métro.

— Alors je vous ramène chez vous. Vous habitez où ?

— C'est un peu compliqué, répondit Nathan, embarrassé. J'ai dû rendre ma chambre à la cité universitaire. J'ai loué un studio où je n'ai pas encore emménagé. Mes affaires sont dans une valise chez mes parents.

Virginie réfléchit une seconde, puis elle démarra.

— Je vous emmène chez moi. Je vous prêterai un pyjama ou un jogging pendant que vos vêtements sécheront. Et vous expérimenterez mes talents à la cuisine.

Il ne disait rien. Elle reprit, d'une petite voix.

— Mais je vous préviens… Je ne suis pas du genre à coucher le premier soir.

*

A la fin de l'année 1991, la crise économique était bien installée en Occident. Après le Moyen-Orient, le bloc de l'Est avait à son tour fini de basculer. Le 25 décembre, Mikhaïl Gorbatchev avait démissionné de la présidence de l'URSS, actant de ce fait sa dissolution. Cela faisait deux ans que le Mur de Berlin était tombé, plus d'un an que les anciennes républiques soviétiques, Russie en tête, avaient proclamé leur souveraineté et engagé un processus de libéralisation de leurs régimes.

Les Juifs avaient été parmi les premiers à bénéficier de ce climat nouveau de liberté. Le droit d'émigrer leur avait été accordé depuis plus d'an. Craignant que l'instabilité politique n'entraînât une résurgence des violences antisémites, et voulant offrir la meilleure vie possible à leurs enfants, ils avaient déjà été plus de deux cent mille à quitter l'ex-Union soviétique et à choisir de s'installer en Israël. Pour l'année 1991, on en attendait encore cent cinquante mille. Ils seraient peut-être un million d'ici la fin de la décennie.

A Jérusalem, les gouvernements d'Yitzhak Shamir, puis à partir de 1992, d'Yitzhak Rabin avaient fait de l'accueil des Juifs russes un enjeu prioritaire. Dans un premier temps, l'Etat avait privilégié l'émergence massive de nouveaux quartiers dans les villes en développement du sud du pays, au bord de la mer, à Ashkelon, ou dans le Néguev, à Beer-Sheva. Les groupes d'immeubles étaient conçus selon un modèle préétabli, comprenant services sociaux, logements économiques, crèches, écoles, supérettes et synagogue.

Cette politique s'était avérée impuissante à résoudre la crise du logement provoquée par l'immigration russe, qui venait à la suite de l'immigration éthiopienne. A l'inverse de cette dernière, qui nécessitait une politique très soutenue d'assistanat, la population en provenance de Russie était majoritairement constituée d'ingénieurs, de médecins, d'enseignants. Elle aspirait à rester maître de ses parcours d'intégration, sans pour autant nier les difficultés à surmonter. Les immigrants russes se détournèrent des programmes du sud du pays, d'autant que des retards dans l'achèvement des infrastructures les rendaient inconfortables à vivre.

Il fallut réorienter la politique de construction de logements vers les grandes agglomérations et leurs puissants bassins d'emplois, telles que Jérusalem, Tel-Aviv, Haïfa, Ashdod ou Netanya. Ces programmes résidentiels s'enrichirent rapidement de projets tertiaires, universitaires, hospitaliers qui donnèrent une dynamique vigoureuse aux secteurs du BTP israélien.

Virginie s'est souvenue que Nathan Kaplan lui avait en son temps expliqué tout cela très clairement. Ils avaient discuté des implications qui s'en étaient suivies et qui les avaient concernés tous les deux. Il avait été mis au courant des perspectives qui se présentaient en Israël par Samy Benatar, un vague cousin, plus âgé que lui d'une dizaine d'années. C'était un homme rondouillard, prématurément chauve, au comportement souriant et volubile. Il s'était récemment installé en Israël, où il était associé dans une société de promotion immobilière. Pendant ses vacances, il était passé par Paris avec femme et enfants, histoire de venir saluer la famille.

Il aimait bien son cousin Nathan et s'était toujours intéressé à son parcours. Ingénieur lui-même, il l'avait souvent encouragé, quand il était encore lycéen, à suivre des études scientifiques de haut niveau et il l'avait félicité avec enthousiasme lorsqu'il avait été reçu à l'école Polytechnique.

Lors d'un dîner chez les parents de Nathan, les deux ingénieurs avaient été heureux de se revoir. Ils avaient évoqué le boom de la construction en Israël, discuté de leurs affaires personnelles. Nathan Kaplan avait fait part des inquiétudes des professionnels français de l'immobilier et du BTP. Samy lui avait spontanément ouvert des opportunités.

— J'ai souvent entendu dire du bien du bureau d'études où tu travailles, Déclair. Si vous cherchez du business, je peux te piloter là-bas, en Israël, te présenter du monde.

— On dit que c'est un pays où les relations d'affaires sont féroces. Tu crois que je m'adapterai ?

Samy avait ri.

— Au vu des pratiques du BTP français, je pense que ça ne te posera pas de problème. Il te faudra juste éviter certains voyous bien connus, qui vont réciter des prières matin et soir à la synagogue et qui estiment que ça les autorise à entuber leur prochain pendant le reste de la journée…

Nathan avait souri, amusé.

— En ce qui te concerne, reprit Samy, je crois me souvenir que tu parles hébreu…

— Je n'en ai gardé que des bribes…

— Ça revient vite, et tu parles anglais. J'ai même du concret à te proposer. Nous avons un très important programme à lancer à Haïfa, sur lequel je vais avoir besoin d'un prestataire technique. Si ça peut vous intéresser…

Les jours suivants, Nathan Kaplan avait pris contact avec les équipes de Samy à Haïfa. Il voulait s'informer au mieux des tenants et aboutissants du projet évoqué par Samy, pour réfléchir aux prestations qu'il pourrait intégrer das son offre. Il avait ensuite demandé un entretien à son patron, afin de lui présenter l'affaire et la stratégie qu'il envisageait pour l'aborder. Michel Déclair s'était montré d'une extrême réticence.

— En Israël ? Mais c'est un pays en guerre ! C'est un risque énorme, contre lequel on ne pourra pas se couvrir. C'est une folie. N'y comptez pas !

— J'ai appelé notre interlocuteur à la Coface. Ils nous suivront sans faire de difficultés. Il est vrai que les Israéliens sont en guerre plus ou moins larvée, mais ils maîtrisent plutôt bien les événements. Et en ce qui concerne les institutions, l'économie, la vie sociale, tout cela fonctionne parfaitement… J'ai préparé quelques éléments, ce pourrait être un marché très rentable.

— Et ces promoteurs, là-bas, ce sont des gens fiables ? Ils nous paieront ?

— J'ai pris des renseignements. Financièrement, c'est très sérieux. Et je réponds personnellement de l'un des associés.

— Si vous allez en Israël, ce sera indiqué sur votre passeport, vous ne pourrez plus vous rendre dans les pays arabes.

— Cela fait longtemps que j'ai deux passeports.

— Comment se fait-il que vous ayez des contacts dans ce pays ? Vous n'êtes pas juif !

— Si ! Je suis juif.

— Ah bon !

Michel Déclair restait immobile, la bouche ouverte, les yeux figés sur Nathan Kaplan, qui dissimulait soigneusement qu'il s'amusait des réactions de son patron. Il s'efforçait au contraire de se montrer très sérieux, rappelant le marasme actuel du secteur de la construction en Europe et les reports *sine die* des projets dans le Golfe. Comment faire pour supporter une telle crise ? Pour conclure, il développa son idée de partir une semaine à Haïfa, accompagné d'un technicien et d'un économiste, avec l'objectif de revenir muni d'un contrat signé… et il obtint l'accord du patron.

Nathan Kaplan avait dès lors pris l'habitude de passer deux à trois semaines par mois en Israël. Trois ans plus tard, Déclair dénombrait plusieurs dizaines de collaborateurs dans le pays, répartis dans trois agences, à Tel-Aviv, Haïfa et Ashkelon.

*

Une vieille histoire, que ces premières affaires de Déclair en Israël ! L'envol de Nathan Kaplan ! Virginie a fait mine de chasser ses souvenirs nostalgiques d'un revers de la main. Elle est revenue en pensée sur la visite qu'elle avait reçue la veille.

A la suite d'un examen des comptes de la société et de ses perspectives, Virginie a conclu à la nécessité de réduire ses charges fixes. Elle a réfléchi à la possibilité de mettre en location une partie des bureaux du quatrième étage. Elle a publié une annonce, reçu des appels, organisé quelques visites. L'une d'elles était susceptible d'aboutir. Ce Sylvain Morino, rencontré la veille, lui a paru digne de confiance comme locataire. Un type sympathique, plutôt bel homme, du genre un peu trop content de lui, toutefois.

4

Avril 2019

La plage s'ajuste au loin sur le bleu biblique du ciel. Leurs ombres s'effacent sous l'incandescence zénithale du soleil. Ils marchent vers la mer, qu'ils voient miroiter, là-bas, entre deux dunes. Ils avancent, avancent, mais le rivage ne cesse de s'éloigner. « Ce n'est pas la plage, c'est le désert, lui explique Hassan. Le plus grand désert du monde, le Quart Vide. La Mecque, c'est par là, à mille kilomètres très précisément ». Hassan montre du doigt. Hassan, son meilleur ami, si savant, si brillant… Il fait froid, très froid. « Ça arrive parfois, commente Hassan, c'est comme au Tibesti ». Heureusement, ils portent tous les deux des caftans à capuche en laine. Hassan tient en main des feuillets imprimés, qu'il lit sur un ton déclamatoire à voix haute. Il en est certain, ce sont des passages du Coran, mais il ne comprend pas l'arabe.

Un véhicule militaire s'arrête devant eux. En sortent trois géants en tenue de combat, portant casque et visière, armés d'énormes pistolets mitrailleurs. Deux d'entre eux se dirigent vers Hassan, le saisissent par le bras, l'immobilisent. Du regard, Hassan semble implorer son aide.

Voilà que le troisième militaire — le chef, selon toute vraisemblance — s'avance devant lui et annonce d'une voix mécanique : « je suis Nathan Kaplan, vous êtes dans une zone interdite. Sécurité d'Israël ». Le militaire ôte son casque et son visage apparaît, monstrueux, effrayant… Mais quelque chose ne colle pas dans ce rêve, ce visage ne ressemble en rien à celui de Nathan Kaplan, cet homme qu'ils traquent et dont Tiburce lui a montré plusieurs photos…

Mardi matin, 5 h 45

Jamil s'est senti revenir du néant. Ses yeux étaient fermés, il avait dormi. Il n'a pas essayé de retourner dans son rêve qui s'effaçait déjà et dont il ne subsistait dans sa mémoire que la mise en garde d'un militaire déclarant s'appeler Nathan Kaplan, mais qui n'était pas… Les rêves, allez comprendre ! En tout cas, il n'a fallu qu'une fraction de seconde pour que le réel lui revienne intégralement : la Land-Rover, Tiburce, l'espion, la promenade à vélo de six heures trente, la mission…

Il s'est redressé, a consulté sa montre. Dehors, il faisait toujours nuit, tout semblait calme, immobile. A ses côtés, Tiburce ronflait bruyamment, la bouche ouverte. Jamil a senti son cœur remonter, ça puait, un mélange de relents de bière, de sueur et de bouffe mal digérée. Une clope ou un pétard aurait couvert la puanteur, mais il savait qu'il ne devait pas. Il a pensé aux amphétamines, a extrait le flacon de la poche de son blouson et a fait descendre deux gélules avec une gorgée de coca. Il aurait bien voulu sortir pour respirer à l'air libre et pour se dégourdir les membres, mais il s'est souvenu des recommandations de Tiburce et s'est abstenu. Il s'est contenté d'entrouvrir un peu plus sa vitre et a passé le nez dehors. En inhalant l'air froid, il s'est senti vivifié. Puis il a récupéré la bouteille de coca vide qui lui avait déjà servi d'urinoir, s'est contorsionné pour se déboutonner et a soulagé son envie matinale.

Le bruit mat du jet contre le plastique a réveillé Tiburce, qui a cligné des yeux vides de sens, avant d'être secoué par des quintes de toux caverneuses, rocailleuses, interminables. Jamil s'est demandé si elles allaient prendre fin. Elles le dégoûtaient, il avait l'impression que Tiburce expectorait des microbes, qui se dispersaient dans l'habitacle et dont certains pénétraient ses propres poumons ou se posaient sur son visage. Puis Tiburce a attrapé une bouteille vide et a uriné à son tour, longuement, avec difficulté. Jamil regardait ailleurs, mais ne pouvait s'empêcher d'entendre des petits bruits irréguliers dont l'origine ne laissait aucun doute et qui lui donnaient à nouveau l'envie de vomir.

— C'est la guerre ! se répétait-il. Il faut que je m'habitue. On m'avait bien prévenu que la guerre c'était dégueulasse.

On voyait poindre les premières couleurs du jour au-dessus du quartier résidentiel où ils avaient passé la nuit, assis sur le cuir craquelé des sièges de la vieille Land Rover. Les réverbères répandaient leurs halos lumineux sur les portails orgueilleux donnant accès aux propriétés cossues qui bordaient l'avenue. Derrière les haies ou les palissades qui les masquaient en partie, on distinguait les silhouettes massives des villas s'extraire peu à peu du bleu foncé vaporeux du petit matin.

A cent mètres devant eux, la maison de l'espion n'était pas la plus impressionnante de l'avenue. Elle n'en était pas moins élégante avec ses deux étages, ses larges façades en meulière, ses trumeaux en pierre, sa toiture un peu biscornue à plusieurs pans, les hautes fenêtres à petits bois et surtout, coiffant le perron, la spectaculaire marquise en fer forgé assortie à la véranda à l'ancienne, qui prolongeait ce qui devait être le salon. Jamil se disait qu'il aurait bien aimé une résidence comme celle-ci pour sa famille.

*

A vingt-trois ans, Jamil Benkha habitait toujours chez ses parents, dans un appartement de quatre pièces, situé au deuxième étage de l'un des petits immeubles tous identiques constituant la résidence des Mélèzes, sur la commune de T.... Il partageait la chambre principale avec ses deux jeunes frères. Les deux autres chambres, petites, étaient occupées, l'une par les parents, l'autre par sa sœur Nadia, seule depuis que l'aînée, Leïla, avait convolé et emménagé avec son mari dans un autre immeuble de la résidence. L'endroit était plutôt tranquille, même s'il fallait supporter de temps en temps les pétarades de motos tournant en rond sans fin dans les parkings ou les discussions bruyantes entre jeunes des Mélèzes et ceux de la grande cité voisine, Les Bosquets, plus turbulents, venant en quête de bagarres.

Mohamed Benkha, le père de Jamil, s'était installé là une vingtaine d'années plus tôt. Il avait toujours entretenu de bonnes relations avec ses voisins, qui le considéraient comme un homme sans histoires, ne cherchant pas à se faire remarquer. Il respectait le ramadan et fréquentait une mosquée locale un vendredi sur deux ou trois. Il y emmenait autrefois ses fils, mais les laissait aujourd'hui libres de leurs pratiques religieuses. Ajusteur dans une usine fabriquant des composants hydrauliques, il prévoyait de travailler encore deux ou trois années avant de prendre sa retraite. Peut-être retournerait-il au pays. Cela ferait alors un demi-siècle qu'il l'avait quitté pour rejoindre son propre père, venu s'installer en France pour chercher du travail. Encore faudrait-il qu'Asma, sa femme, soit d'accord.

Celle-ci était employée à temps partiel par une entreprise de nettoyage intervenant le matin, très tôt, dans les immeubles de bureaux aux alentours. Elle aimait bien ces horaires qui lui procuraient des moments de liberté pendant la journée. Asma Benkha ne travaillait pas tous les jours, car il était important, disait-elle, de consacrer du temps aux enfants afin de les maintenir dans le droit chemin. Surtout les trois garçons. Sans surveillance, ils étaient tentés de se prélasser au lit, ou bien de délaisser les cours pour aller jouer au foot, quand ce n'était pas pour passer et repasser en roue arrière sur leur mobylette autour des espaces petite enfance, dans l'espoir de se faire remarquer par les plus grands.

Celui qui s'en sortait le mieux, Rayan, était le plus jeune. Il avait signé un contrat de professionnel avec un club de football de seconde division. A dix-huit ans, il gagnait plus que son père et sa mère réunis. C'était un très gentil garçon. Quand il perçut son premier salaire, il se rendit chez un concessionnaire de la région et acheta une voiture d'occasion pour son père. Une Peugeot qui n'était pas toute récente, mais c'était la première voiture du vieil ouvrier, qui l'étrenna les larmes aux yeux, car il n'avait jusqu'alors conduit que des camionnettes appartenant à la société qui l'employait.

Leur deuxième fils, Noureddine, avait mis du temps à trouver sa voie. Il avait toujours eu le sens du service et avait su se rendre utile auprès des personnes âgées de la résidence, en effectuant chez elles de petits travaux de réparation. Il était plutôt habile et bien organisé. Le gardien l'avait mis en relation avec une entreprise intervenant toute l'année dans les cages d'escalier et dans les logements qui changeaient de locataires. Il avait adopté un statut d'autoentrepreneur et obtenait de façon régulière des petits marchés de travaux qu'il réalisait en embauchant des jeunes des Mélèzes.

L'éducation des filles s'était déroulée sans accrocs. Nadia et Leïla s'étaient toujours bien entendues avec leur mère. Elles avaient très tôt compris qu'il leur fallait rapidement trouver un métier, si elles voulaient conquérir leur autonomie et échapper à des traditions dites culturelles, inspirées du bled ou prêchées par quelques habitants adeptes d'un islam rigoriste. Nadia était engagée avec enthousiasme dans des études d'infirmière et l'aînée, Leïla, occupait un poste de secrétaire-comptable dans un centre commercial proche de la résidence.

A l'exception d'événements solennels qui ne se produisaient que rarement, Madame Benkha ne se voilait pas la tête, ses filles non plus. Cela leur valait parfois quelques réflexions désagréables, des propos désobligeants tenus derrière leurs dos, mais elles étaient capables de répliquer avec sang-froid et elles n'avaient pratiquement jamais subi d'agression ou de menace. Dans le quartier, on savait aussi que la famille Benkha était soudée et que les trois fils n'hésiteraient pas à réagir vivement envers quiconque se permettrait de manquer de respect à ses éléments féminins.

A la différence de ses frères et sœurs, Jamil avait toujours déçu ses parents, même si ceux-ci s'efforçaient de ne pas le lui faire sentir. Ils n'étaient d'ailleurs pas au courant de tous les faux pas commis par leur fils aîné. Après un parcours médiocre à l'école primaire, ses notes n'avaient jamais décollé lors des années de collège et il avait définitivement décroché pendant la classe de troisième. Jamil avait alors tenté plusieurs filières d'apprentissage, s'en faisant à chaque fois éjecter parce qu'il était souvent absent, sans prévenir, afin d'effectuer quelques heures de guet dans la cité voisine des Bosquets, à la demande de petits dealers.

Selon ses professeurs, ses entraîneurs, ses employeurs, Jamil était un garçon sociable, rêveur, velléitaire, immature, influençable. Ce grand gaillard brun et mince, au visage étroit et à l'abord sympathique, était empreint d'un insatiable besoin de reconnaissance. Il lui fallait de l'argent pour se faire remarquer, s'acheter des vêtements à la mode, inviter à boire à la cantonade ou louer une voiture de sport le week-end.

Dans son entourage se trouvaient quelques jeunes gens tentés par une pratique rigoriste de l'Islam. Hassan, son meilleur ami depuis la maternelle, lui vantait souvent les vertus de la religion de leurs ancêtres. Brillant, tête de classe, Hassan était un intellectuel et il s'était senti attiré par la mystique de l'Islam. Il étudiait l'arabe et aimait lire à haute voix les poètes anciens. Sa culture impressionnait Jamil, mais rien de tout cela ne l'intéressait vraiment, pas plus d'ailleurs que la plupart de leurs potes. Aucun ne ressentait d'appel de la foi ni d'appétence pour une spiritualité, quelle qu'elle fût, mais ils trouvaient gratifiant de se retrouver entre eux et de partager des états d'âme, notamment leur conviction de l'existence d'un « deux poids, deux mesures » dont seraient victimes les Musulmans au profit des Juifs ou plus largement, les Arabes et les Noirs au profit des Français à la peau blanche, ceux qui se proclamaient « de souche ». Tous ces jeunes prêtaient l'oreille aux discours tenus, d'un côté par des prêcheurs ou des activistes pas toujours bien intentionnés, de l'autre par des éducateurs, des médiateurs ou des psychologues sociaux, qui faisaient valoir les opportunités offertes par la République. Les débats étaient interminables et s'achevaient souvent en querelles, dans la fumée des joints, mais sans violence. Jamil écoutait, sans savoir à qui donner raison.

Aucun de ses potes, pas même Hassan, n'était au courant de la relation qu'il avait nouée avec les services spéciaux de la Nation, par l'intermédiaire d'un ancien officier d'active, reconverti en un authentique agent secret. Jamil éprouvait une grande fierté d'avoir été sollicité par Tiburce pour des missions de surveillance du territoire. Il rêvait d'en découdre avec les ennemis de la France. Il escomptait bien se comporter avec perspicacité, avec bravoure, avec panache. Il avait enfin un avenir. Non seulement il s'était trouvé un horizon professionnel qui lui plaisait, mais de surcroît, il allait bien gagner sa vie. Il pourrait montrer à ses parents, à ses frères et à ses sœurs qu'il était digne de respect.

Il ne devrait sa réussite qu'à lui-même. Certains diraient qu'il avait eu la chance de rencontrer deux messieurs aussi influents que Patrick et Sylvain. Ils l'avaient recommandé à Tiburce. Mais la chance ne récompensait-elle pas ceux qui prenaient des initiatives, surtout si c'était à l'encontre des recommandations qu'on leur délivrait ? Alors que ses parents s'y opposaient, prétendant que cela ne déboucherait sur rien d'intéressant, il avait été bien inspiré de saisir l'occasion de travailler comme chauffeur pour le compte d'un pote de la cité, qui possédait plusieurs voitures référencées chez des prestataires VTC.

Jamil avait toujours aimé les voitures et il avait obtenu du premier coup son permis de conduire. Il était très soucieux du confort de ses passagers et s'efforçait de rouler en douceur. Il s'était ainsi constitué une bonne réputation qui était parvenue, de bouche à oreille, jusqu'au secrétariat de monsieur Al Sahdini.

*

Monsieur Al Sahdini était un homme important dans le secteur. Il possédait et dirigeait plusieurs sociétés d'import-export, dont les bureaux et les entrepôts étaient implantés dans la commune et dans celles d'à côté. On le voyait se rendre de l'une à l'autre, au volant de sa rutilante Tesla modèle S, qu'il changeait tous les ans, afin de toujours disposer des dernières technologies. C'était presque une personnalité publique. On pouvait l'apercevoir sur les écrans, lors de la retransmission de matches du PSG, car il fréquentait assidûment le carré VIP du Parc des Princes, où il profitait du voisinage de célébrités pour attirer les caméras. On reconnaissait aisément son visage altier, sa barbe de trois jours et son épaisse chevelure argentée soigneusement coiffée en arrière.

Monsieur Al Sahdini venait de se casser le bras droit lors d'une chute. Un accident stupide, comme tous les accidents. Il marchait le nez en l'air, admirant la nouvelle enseigne qu'il avait fait installer au haut de la façade de l'un des ses immeubles. Il n'avait pas vu le petit plot en béton récemment scellé sur le trottoir, avait buté dessus et s'était étalé de tout son long, son bras s'entortillant à contresens sous les cent dix kilos de son corps. Plâtré depuis l'épaule jusqu'au poignet, monsieur Al Sahdini ne pouvait plus conduire, il n'avait aucune confiance envers les sociétés d'intérim et il avait demandé à sa secrétaire de trouver l'oiseau rare capable de prendre le volant de sa sacro-sainte Tesla sans l'endommager. La secrétaire s'était exécutée, elle avait enquêté à droite à gauche et Jamil s'était retrouvé, pour une durée de trois mois renouvelable, chauffeur de monsieur Al Sahdini.

Le job avait ses bons et ses mauvais côtés. La voiture procurait un plaisir de conduire exceptionnel, comparable à aucune autre : silence, souplesse, accélérations… Au volant, Jamil était aux anges.

Monsieur Al Sahdini était très gentil avec lui. En quelques semaines, les deux hommes avaient passé tellement de temps ensemble, qu'ils étaient presque devenus intimes. Monsieur Al Sahdini posait des questions sur tout et n'importe quoi… « Dis-moi, James… » – cela faisait plusieurs années que Jamil se faisait appeler James, il trouvait cela plus chic, moins connoté – « Dis-moi, James, comment t'as trouvé le match d'hier ? » ou « est-ce que tu crois qu'on va battre Manchester mercredi ? » ou « les jeunes comme toi, est-ce qu'ils croient en Macron ? Et qu'est-ce qu'ils pensent de Trump ? ». Parfois, il lui racontait une anecdote amusante sur une négociation commerciale. Jamil souriait dans le rétroviseur, mais ne posait pas de questions. Il arrivait même que monsieur Al Sahdini lui fasse des confidences sur les moments intenses passés avec une femme auprès de laquelle il se rendait souvent, dans les beaux quartiers de Paris. Jamil montrait qu'il avait entendu, en hochant la tête ou en prononçant des « wouah ! » ou des « Eh ben, dites donc ! » très contrôlés… Bien sûr, il fallait garder le secret.

Quand le trajet était long, l'homme d'affaires prospère d'âge mûr s'intéressait à l'avenir professionnel du jeune homme à la recherche de sa voie.

— Dis-moi, James, tu as l'intention de faire carrière comme chauffeur de maître ?

— Non, m'sieur Al Sahdini. Chauffeur, ça gagne pas assez.

— Qu'envisages-tu de faire, alors ?

— Je sais pas. Il faudra que j'aie un métier dans lequel il y aura de l'action, de la nouveauté. J'aime bouger, j'aime l'aventure. Je suis prêt à tout pour gagner ma vie.

— Hm, hm !...

— Vos métiers à vous, m'sieur Al Sahdini, parce que j'ai compris qu'il y en a plusieurs, ils ont l'air sympa... Vous auriez pas quelque chose pour moi dans une de vos sociétés ? Quelque chose de bien payé ?

— Jusqu'où es-tu allé dans tes études, James ?

— Ben... J'ai arrêté juste avant le bac...

— Hm, hm !... Des gens bien payés, il y en a chez moi, James. Mais ils sont ingénieurs, gestionnaires, informaticiens, ils ont des diplômes et un savoir-faire que tu n'as pas. Je pourrais te proposer un boulot ne nécessitant pas de formation supérieure. Je crains qu'il ne soit aussi mal payé que ton job de chauffeur... Mais tu m'as l'air d'être quelqu'un de bien, James, je vais réfléchir... Tu peux compter sur moi.

Le mauvais côté du boulot de chauffeur, c'était l'attente. Attendre monsieur Al Sahdini pendant qu'il était à un rendez-vous, qu'il déjeunait, dînait ou rendait visite à une... (chut !), ça pouvait durer des heures. C'était interminable, d'autant qu'à l'arrêt dans une voiture électrique, en l'absence de borne de recharge, ce qui était presque toujours le cas, il n'était pas possible de laisser tourner le moteur au ralenti, pour écouter la radio ou pour se connecter à Internet, ni même pour maintenir la clim ou le chauffage.

En centre-ville, il y avait souvent moyen de se distraire pour tuer le temps, mais le plus difficile, c'était quand monsieur Al Sahdini passait la soirée dans son club privé, situé en pleine campagne. Cela se produisait au moins une fois par semaine. Jamil l'amenait vers dix-neuf heures et il pouvait y rester jusqu'à une heure du matin. Cinq heures à patienter dans la voiture à l'arrêt, sur un parking privé, à observer les allées et venues des membres du club — dont quelques-uns avaient des autos sublimes. Cinq heures avec une bouteille d'eau et un sandwich à ne pas manger dans la voiture, afin de ne pas y laisser de miettes !

A force de retrouver Jamil endormi au volant ou faisant les cent pas avec des mouvements de bras pour se réchauffer, monsieur Al Sahdini, qui avait du cœur, éprouva un sentiment de honte.

— James, tu as déjà tiré au pistolet ?

— Oui, m'sieur Al Sahdini, à des fêtes foraines. C'est top. Une fois, avec un copain à qui on avait prêté une carte, on a réussi à entrer dans un stand de tir privé…

— Au club où nous allons souvent le soir, où tu m'as déjà conduit, il y a des stands de tir. Tu verras, je te ferai rentrer, tu pourras faire un essai.

Jamil s'était ainsi retrouvé dans un lieu au décor impressionnant. Parmi les hommes qu'il croisa — il y aperçut des femmes, mais très peu —, certains étaient assez baraqués et arboraient des coupes de cheveux dénotant à l'évidence un engagement militaire.

Monsieur Al Sahdini devait être un habitué de l'endroit, car il fut accueilli avec respect et chaleur par les personnes présentes. Expliquant que Jamil était son invité, il le présenta au patron du club, Patrick, lequel était en discussion animée avec deux hommes qui s'interrompirent pour lui serrer la main en déclinant leur prénom : Sylvain, Jean-Marc.

Monsieur Al Sahdini proposa à Jamil de le suivre jusqu'au stand où il avait réservé une ligne avec un instructeur, pour une séance d'une heure de tir au pistolet à vingt-cinq mètres. On leur rappela les recommandations habituelles, puis ils furent tous deux équipés d'un casque antibruit, avant d'être conviés à tour de rôle, à se mettre en position et à tirer. L'instructeur corrigeait les postures des jambes, des bras, du corps ; il intervint peu auprès de Jamil, qui avait l'air de trouver d'instinct celles qui convenaient. Les cibles qu'il rendit furent d'ailleurs remarquables, au point d'impressionner l'instructeur, qui les contempla avec attention, tout en semblant les commenter au téléphone.

Quand Jamil retira son casque antibruit lui parvinrent les échos d'une discussion vive, où il capta quelques bribes : « on va pas recommencer les conneries ! », « faut plus recruter là-bas ! », « impensable de descendre un mec comme ça ! » ainsi que des références répétées à un violoncelliste. Jamil se retourna et se retrouva face aux trois messieurs auxquels il avait été présenté lors de son arrivée, il se rappelait leurs prénoms. Ils se turent tous les trois sur le champ et félicitèrent Jamil pour ses cibles. Jamil comprit qu'ils l'avaient observé en train de tirer et il en ressentit un sentiment de fierté, qui dopa sa confiance en lui.

Tandis que monsieur Al Sahdini rejoignait des amis dans un salon privé, Jamil fut reconduit au bar, où on lui attribua une petite table et où on lui servit un repas, qu'il dégusta tout en suivant un match de foot retransmis sur un écran. L'ambiance était chaleureuse. Entre convives attablés ou accoudés au comptoir, on échangea des commentaires. Le barman s'y joignit aussi. Jamil se dit à plusieurs reprises que conduire monsieur Al Sahdini avait du bon. Il passait une excellente soirée.

Plus tard, l'un des trois hommes qu'il avait déjà croisés vint le rejoindre à sa table et s'assit face à lui. Jamil retenait très facilement les noms et les prénoms. Celui-là s'appelait Jean-Marc. Il n'était pas grand, corpulent, avait des épaules massives, un visage rond. Il regarda Jamil droit dans les yeux.

— Il paraît que tu pourrais être intéressé par un boulot ?

*

Mardi matin, 5 h 55

C'était à ce moment-là que la voix enrouée de Tiburce s'est fait entendre.

— Attention ! Le voilà !

Jamil a sursauté et failli par réflexe appuyer sur le démarreur.

— Non, pardon, fausse alerte, a repris calmement son voisin, bien calé dans son siège.

A quelques dizaines de mètres devant eux, le portail du jardin et la porte de la maison viennent d'être refermés, gommant le rectangle de lumière qui s'était soudain répandu sur le trottoir quelques instants plus tôt, ce qui avait alerté Tiburce et, par contrecoup, fait sursauter Jamil. Une alerte sans suite ! Ce n'était pas leur homme, mais une femme, probablement une soubrette logée sur place. Elle n'était sortie que pendant quelques secondes, traînant un container jusqu'au bord de la chaussée en prévision de la tournée des éboueurs et de leur benne à ordures.

— Merde ! a maugréé Tiburce, j'espère qu'ils ne vont pas passer juste quand on sera à l'action.

— Qui ça ?

— Ben, les boueux.

— Ah ouais !

— Ça ne nous arrangerait pas. Tu vois pas qu'ils arrivent au moment où l'autre sort ?

— T'as raison, Tiburce

Ils sont restés silencieux pendant un long moment. Puis Tiburce a tourné la tête vers lui.

— Jamil, tu peux me passer une bière et du café, s'il te plaît.

S'efforçant d'avoir l'air détendu, Jamil a attrapé leur grand sac à dos, pour en extraire une bouteille de bière, le thermos, une boîte de gâteaux secs, deux barres chocolatées et deux gobelets en carton, dans lequel il a versé du café. Après trois gorgées de bière vite dégluties, Tiburce s'est précipité sur sa barre chocolatée, s'arrêtant entre chaque bouchée pour aspirer bruyamment de petites lichées de café. Il était à peine tiède et son amertume a fait grimacer Jamil dès qu'il y a trempé ses lèvres. Il n'avait pas faim et s'est dit qu'il retrouverait l'appétit une fois l'opération terminée.

Pour l'instant, on n'entendait plus que les froissements d'emballages et les mastications de Tiburce, aux prises avec les friandises censées leur tenir lieu de petit déjeuner. Des effluves de café et de chocolat parvenaient aux narines de Jamil, sans toutefois prendre le pas sur des odeurs corporelles tenaces et obsédantes. Pour essayer de les oublier, Jamil continuait à scruter l'obscurité, qui restait épaisse sous les arbres.

Une forme indéfinie, une petite silhouette, plus noire que l'ombre, est apparue et a semblé bouger, là-bas, sur le trottoir, tout au bout de l'avenue. La silhouette a grandi, s'est rapprochée, son contour s'est précisé. En regardant bien, c'étaient en fait deux silhouettes, l'une haute, l'autre plus ramassée. Un instant plus tard, Jamil les a reconnues.

— Tiburce, il y a le mec et le chien de cette nuit, qui repassent, dans l'autre sens. Tu les vois ?

Tiburce n'avait pas la même acuité visuelle que Jamil. Il avait beau se pencher en avant, le nez presque sur le pare-brise, il avait beau plisser les yeux, il n'était pas certain de ce qu'il voyait. Il a dû attendre que les silhouettes soient plus proches, pour les identifier. C'était bien le grand labrador noir et il était très probablement accompagné par le même homme que cette nuit. Il faisait trop sombre, on ne distinguait pas son visage.

— On fait comme cette nuit, on dort, ordonna Tiburce, joignant à l'instant le geste à l'appui.

Jamil et lui ont laissé tomber à leurs pieds les restes de leur petit déjeuner, ont remonté leur cagoule devant leur visage et ont fait mine d'être assoupis, la nuque posée en arrière sur les appuie-têtes, les yeux fermés. Tenu en laisse, le labrador n'a pas eu le loisir de s'intéresser à nouveau à ce qui se trouvait à l'intérieur de la Land-Rover. Tiburce et Jamil ont entendu ses halètements accompagner les pas réguliers de l'homme, dont les talons frappaient nettement le trottoir. Ils ont prêté l'oreille avec attention, tâchant de détecter une éventuelle irrégularité dans le rythme des pas, pouvant indiquer que l'homme les observait en passant… Difficile de se prononcer ! Ils ont attendu que les bruits aient complètement disparu avant de se redresser et de se retourner pour voir l'homme et le chien poursuivre leur chemin, jusqu'à se dissoudre peu à peu dans l'ombre, derrière eux.

— Tu crois qu'il nous a remarqués ?

— Je sais pas.

Mardi matin, 6 h 10.

L'attente continuait. Encore vingt minutes. Jamil avait l'œil rivé sur la pendule du tableau de bord. Il suivait l'interminable rotation de la trotteuse. Elle scandait les secondes sur un rythme qui paraissait plus lent qu'à l'ordinaire. Tiburce ne bougeait pas. Il avait adopté la même position qu'au début de la nuit, détendu, patient, en bon professionnel expérimenté.

Jamil ne tenait pas en place. L'imminence de l'action lui déliait les muscles, à moins que ce ne soit l'effet des amphètes. Il ne pouvait s'empêcher de se tortiller sur son siège, dans un sens, puis dans l'autre, pour allonger les jambes. Le silence lui pesait. Il s'est mis à chercher des sujets de discussion. Ce serait bien de se parler, s'est-il dit, ça permettrait de laisser le temps s'écouler sans se mettre à gamberger. Et puis il y avait des points qu'il voulait éclaircir. Ce ne serait pas facile de tirer les vers du nez de Tiburce, mais c'était peut-être le bon moment. Il a hésité puis s'est lancé.

— Dis donc, Tiburce. C'était quoi l'histoire du violoniste ? a-t-il demandé.

Silence de Tiburce. Jamil a reformulé sa question :

— L'histoire du violoniste, celle qui a mis en colère Sylvain et Patrick.

Le silence s'est prolongé. Jamil a insisté :

— T'en as parlé hier soir…

Tiburce s'est raclé la gorge avant de répondre.

— Il n'y a rien à en dire, c'est un gars qu'on avait rencontré, c'était pas un violoniste, c'était un violoncelliste… Il a disparu… Point barre !

Jamil le regardait sans ciller. Violoniste ou violoncelliste, il ne voyait pas très bien la différence. Il attendait des précisions et Tiburce s'est senti contraint d'être plus clair.

— Le gars s'est évaporé. On ne sait pas où il est, personne n'a plus eu de ses nouvelles…

— C'est tout ?

— C'est tout !

— Et c'est parce qu'un violoniste a disparu que t'as eu des ennuis avec tes chefs ?

— Ça, ce sont des choses qui ne regardent que moi ! J'ai rien à te raconter là-dessus. Et je t'ai dit que c'était un violoncelliste, pas un violoniste. Maintenant, on parle d'autre chose, si tu veux bien.

— D'accord, d'accord !

Tiburce et Jamil ont repris leurs positions d'attente. Jamil se disait qu'elles n'étaient pas mal, au fond, ces gélules. Il se sentait libre, en pleine forme. Il n'a pas tardé à lancer de nouvelles questions, s'y prenant avec habilité.

— Je suis très fier de travailler avec des militaires, j'ai beaucoup d'admiration pour eux. Toi, Tiburce, combien de temps tu es resté dans l'Armée ?

— Vingt-deux ans et quatre mois, mon gars ! Et je ne compte pas mes missions actuelles pour la DGSE.

Tiburce se rengorgeait.

— Ah oui, quand même ! a fait Jamil, avec un hochement de tête et une mimique marquant son appréciation. Et comme officier, tu avais quel grade ? A la fin, je veux dire.

Immobile jusqu'alors, Tiburce s'est caressé le crâne d'une main.

— J'étais commandant. J'étais le bras droit du colonel Lalonde, qui me déléguait la plupart de ses responsabilités.

— T'es pas passé lieutenant-colonel ?

Tiburce s'est frotté le nez, comme s'il le démangeait.

— Le problème à l'Armée, tu vois, c'est le côté administratif, et moi j'avais pas fait les écoles. Un ministre avait décrété que pour être officier supérieur, fallait avoir fait des études. Il ne voulait pas que les gars du tas, comme moi, deviennent colonels.

— Je vois… a dit Jamil en hochant la tête d'un air convaincu.

— Et Sylvain et Patrick, a-t-il poursuivi après un silence, ils avaient quels grades, comme officiers ?

— Je sais pas. Ils ne sont plus militaires depuis très longtemps, eux.

— Ils sont quoi, alors ?

— Sylvain et Patrick ? Ce sont des relais civils. Tout passe par eux. Et on travaille ensemble pour des missions spéciales.

— C'est pour ça qu'ils n'ont pas de pseudo ?

— T'as tout compris.

Mais Tiburce a senti que Jamil était dérouté. Il a expliqué :

— Sylvain est un grand spécialiste de la sécurité et même de ce qu'on appelle la cybersécurité, il est reconnu à l'international. Il est très calé, Sylvain, dans des domaines pointus et il connaît beaucoup de monde à très haut niveau. L'Etat fait souvent appel à lui.

— Et Patrick, il est au-dessus ou en dessous de Sylvain ?

— Non, Patrick, c'est encore autre chose. Lui, il est le patron du club de tir, celui où on s'est rencontrés. On s'y retrouve tous régulièrement et c'est là qu'on discute des missions et qu'on forme les équipes. Tu vois ?

— J'avais compris que tu rendais des comptes à Sylvain et à Patrick.

— A Sylvain, oui, je lui rende des comptes, parce que c'est lui qui me confie des missions. A Patrick, non, je n'ai pas de comptes à lui rendre. Mais son opinion a de l'importance, parce qu'il est au courant de tout et qu'ils sont nombreux à vouloir connaître son avis, tu vois. C'est une plaque tournante. S'il rapporte que tu fais des conneries ou que tu poses des questions sur des sujets qui ne te regardent pas, ils demanderont qu'on te dégage, tu vois.

— Mais la mission qu'on a, là, de neutraliser l'espion du Mossad, c'est pour le compte des Armées ou de l'Intérieur ?

Tiburce s'est tourné vers Jamil, a posé une main bienveillante sur son genou.

— Pour les deux ! Parce que ça remonte encore plus haut ! Mais pour des motifs de confidentialité, les ministères ont fait appel à des civils, tu vois… Je vais t'expliquer. Ou plutôt te le réexpliquer. Parce qu'on en a déjà parlé tous les deux, hein ? Tu te souviens ?

Tiburce a continué, sur un ton de pédagogue.

— Voilà ! Aujourd'hui, tous les pays qui comptent sur ce qu'on appelle l'échiquier international… Tu vois ce que je veux dire ?

— Ouais, c'est clair.

— Tous ces pays, donc, se surveillent les uns les autres, tu vois. Dans chacun, on sait ce qui se trame dans le moindre bureau des services secrets des autres. Tous les agents des forces spéciales sont identifiés. Tous ! Leurs photos ont circulé partout, y compris avec des montages simulant des déguisements et des transformations, tu vois. C'est pourquoi pour les opérations les plus stratégiques, celles qui sont décidées à l'Elysée, par exemple, ils prennent des civils pas encore connus. C'est le chef d'Etat-Major lui-même qui m'a expliqué tout ça. Tu vois ?

— Le Président pense que notre action aujourd'hui est vraiment importante pour la France ?

— Tout à fait. Jamil. Tu vois, pour le Président, il est fondamental que tous les Français ne s'affrontent pas entre communautés. Tu sais comment il est, tu l'as déjà entendu faire des discours à la télé, il ne supporte pas l'idée qu'un complot élaboré dans un État étranger vise à monter les Français de souche contre les Arabes et les Musulmans, tu vois ?

Tiburce a jeté un coup d'œil à son équipier, afin de contrôler s'il réagissait à ses explications. Il a poursuivi :

— Pour le Président, il est essentiel de neutraliser l'espion du Mossad chargé de déclencher l'attentat qui doit mettre le feu aux poudres. Le chef d'Etat-Major nous l'a dit et redit avec beaucoup d'insistance. Tu vois ? Est-ce que tu te rends compte de l'importance de notre mission ?

Jamil n'a pas répondu. Ses yeux étaient fixés dans le vague, droit devant. Tiburce s'est penché vers lui et l'a attrapé par le col.

— Dis ! T'es toujours là ? Tu ne vas pas te dégonfler maintenant, hein ?

Jamil s'est dégagé, s'est tourné vers Tiburce, une détermination farouche marquant son visage.

— T'inquiète pas, Tiburce, on va lui faire la peau, à ce salaud.

Il a regardé la pendule.

Mardi matin, 6 h 22

Encore huit minutes !

Une lumière s'est allumée au rez-de-chaussée dans la maison. Tiburce et Jamil se sont redressés, attentifs à ce qu'il allait se passer.

Après quelques minutes qui leur ont paru très longues, la porte de la maison s'est ouverte. A travers des haies, que le printemps n'avait pas encore garnies comme elles le seraient dans quelques semaines, ils pouvaient apercevoir sur le perron une silhouette s'étirant, s'accroupissant, se courbant, se relevant, leur donnant l'impression de se lancer, malgré le froid vif, dans une série de mouvements d'échauffement. Une petite brise s'est mise à souffler, animant les feuillages et leur dissimulant les gestes de celui qui était à l'évidence leur homme. La porte du garage s'est ouverte à son tour, puis le portail sur la rue.

Encore quelques secondes. Tiburce avait expliqué à Jamil les vertus de l'anticipation. Dans l'ombre qui se dissipait, ils se préparaient à voir un homme sortir à pied de la propriété, tenant un vélo de sport à côté de lui. Il serait amené à se retourner pour commander la fermeture de la porte du garage. Ils pourraient alors contempler son visage et s'assurer qu'il s'agissait bien de leur cible.

5

2010

Il était vingt heures trente et les sorties de Paris étaient encore lourdement chargées. A croire que les gens rentraient de plus en plus tard du travail. En émergeant du tunnel sur l'autoroute, le coupé Porsche 911 Carrera GTS gris accéléra brutalement sur la file de gauche, puis freina aussitôt. Son conducteur eut un geste d'agacement, la petite Peugeot qui roulait devant lui ne s'était pas écartée malgré des appels de phares répétés. La Porsche se déporta sur la ligne voisine, réussit à se faufiler entre la Peugeot et un autre véhicule, une Opel, dont le conducteur réagit par un coup de volant réflexe et un concert de klaxon scandalisé. La Porsche reprit place sur la file de gauche, devant la Peugeot, sans être plus avancée pour autant, étant à nouveau contrainte de suivre le véhicule qui la précédait, une fourgonnette blanche qui ne pouvait elle-même faire autrement que s'en tenir à la vitesse collective de la colonne.

Sylvain continua son petit jeu d'appels de phares, d'accélérations et de déports d'une file à l'autre. Il aurait pu avoir l'impression de gagner ainsi du temps, mais ce n'était pas le cas. Son mode agressif de conduite était juste une façon de jouer, de profiter du pouvoir que lui conféraient la puissance et la maniabilité de la Porsche. Détendu et souriant au volant, il regardait avec une morgue dont il avait à peine conscience les voitures de série qui roulaient dans la même direction que la sienne.

Il quitta l'autoroute à la troisième sortie, tourna à droite sur le grand carrefour, puis quelques centaines de mètres plus loin, prit encore à droite une route secondaire. Après une dizaine de minutes à traverser une zone périurbaine de moins en moins construite et éclairée, où le trafic se fluidifiait, sans que, pour autant, la Porsche puisse monter au-dessus de soixante kilomètres-heure, il poursuivit son trajet dans un noir profond, où n'apparaissait, à la lumière des phares, qu'un ruban de bitume souligné par le défilé d'une double rangée de platanes.

Quelques minutes plus tard, Sylvain engagea sa Porsche dans une toute petite route, jusqu'à ce que ses phares éclairent un panneau, dont le fond sombre était presque invisible dans l'obscurité et sur lequel des lettres orangées flamboyantes indiquaient « Club des Mille Feux, propriété privée ». Il passa sous un large portique métallique et accéda à un vaste espace de parking dont les emplacements étaient soigneusement délimités de lignes blanches. Plusieurs voitures étaient stationnées, mais il était évident qu'il n'y avait pas grand monde, c'était souvent le cas en début de semaine. Sylvain roula jusqu'aux places réservées à la direction, où il reconnut la nouvelle Jaguar XKR de Patrick. Il gara sa 911 à côté.

Il enjamba d'un bond les trois marches d'accès à l'entrée, où il salua le portier en service, l'appelant par son petit nom. L'on pouvait entendre, très assourdis, des bruits de détonation. L'espace d'accueil ressemblait à un hall d'hôtel : un dallage de marbre, des murs en lambris ornés de tableaux abstraits, des vitrines exposant des trophées et des coupes, des fauteuils confortables autour d'une table basse recouverte de magazines consacrés aux armes et au tir.

Au fond, face à l'entrée, derrière une banque de réception en bois noble sculpté, se tenait Paul, l'intendant, personnage clé du Club, qui gérait les relations entre les membres, un homme à l'allure très digne avec son petit bouc blanc et son costume sombre. Sylvain s'arrêta un instant pour échanger quelques mots avec lui, comme il le faisait à chaque fois, puis il demanda si Patrick était dans son bureau.

— Allez-y, monsieur Morino, je crois qu'il vous attend.

Sylvain se dirigea vers une porte marquée « privé », accéda à un couloir, puis au bureau de Patrick, dont la porte capitonnée était ouverte. D'un côté de la pièce, immense, était installée une grande table de travail très simple, constituée d'un plateau en acajou supporté par des tréteaux en acier chromé. Trois fauteuils de bureau classiques étaient disposés au pourtour. De l'autre côté, un coin salon se composait d'un canapé et de deux chauffeuses moelleuses en cuir, répartis autour d'une table basse assortie à la table de travail. Un mur était entièrement revêtu d'écrans vidéo diffusant les vues prises par des caméras installées dans les stands de tir et dans les principaux locaux du Club, les autres murs étaient décorés de photos et de trophées de chasses en Afrique — certains étant à l'évidence illégaux. Deux vitrines d'angle exposaient des coupes et des diplômes au nom de Patrick Lhermit. Le sol en pierre était partiellement garni de peaux de bêtes.

Patrick se leva et avança à la rencontre de Sylvain. Les deux hommes se saluèrent en s'étreignant, Patrick proposa à boire, prépara deux verres de whisky malté sans glace. Ils s'assirent dans les chauffeuses en cuir.

*

Patrick Lhermit était âgé d'une cinquantaine d'années. De taille moyenne, légèrement enveloppé, il portait un jean et un pull à col roulé. Son crâne rasé et ses traits fermes lui donnaient un aspect sévère, mais lorsqu'il souriait, son visage se transformait et exprimait une bonhomie rassurante. Il avait bourlingué pendant des années avec l'Armée de Terre, là où elle était requise d'intervenir, essentiellement dans le cadre de ce que certains appelaient la Françafrique. Disposant d'une formation de technicien d'études du bâtiment, il avait commencé par servir pendant plusieurs années dans des unités du génie. Ayant fait reconnaître des talents de tireur d'élite, il avait occupé ensuite des fonctions d'instructeur au tir de combat. Son parcours militaire avait pris fin lorsqu'il avait été mêlé, parmi d'autres officiers de second rang, à des actes malveillants à l'égard de la population locale, chantage, extorsion de fonds, agressions sexuelles, trafics divers. Afin d'éviter un scandale susceptible de faire tache d'huile, l'Armée avait renoncé à le poursuivre ; il en avait été de même pour ses complices présumés, ils avaient tous été exfiltrés, rapatriés en métropole, exclus des cadres et mis à la retraite anticipée avec une petite indemnité garantissant leur silence.

Il ne s'était pas laissé abattre pour autant. Élaborant plusieurs scénarios pour sa reconversion civile, il avait sillonné en voiture la région parisienne, jusqu'au jour où il était tombé sur un entrepôt rectangulaire désaffecté d'environ trois mille mètres carrés, isolé de tout, mais facilement accessible par la route. Il l'avait racheté pour une bouchée de pain à son propriétaire, un ancien exploitant agricole très âgé, sans descendance. Dès le premier coup d'œil, il avait perçu que le site se prêterait idéalement à l'installation d'un centre de tir sportif, avec plusieurs stands, destinés à l'entraînement des militaires et des policiers. Puis lui était venue l'idée d'en faire un club privé luxueux, privilégiant la mise en relation de ses membres. C'est ainsi qu'était né le Club des Mille Feux.

Patrick Lhermit était un homme pondéré ; ambitieux, visionnaire, mais prudent. Le complexe avait été aménagé en deux temps. Après une première tranche de travaux qui avaient duré onze mois, le Club avait ouvert dans une configuration modeste, afin de tester la pertinence du projet. On y trouvait deux stands de tir fermés, l'un d'une longueur de cinquante mètres, l'autre adapté au tir court, sur sept à quinze mètres. Chacun contenait six couloirs. La zone sportive était complétée par des locaux fonctionnels : bureaux, salle de cours, vestiaires, armurerie. La partie club consistait en une salle de restaurant, équipée d'un bar, d'un alignement de comptoirs de self-service et d'un minimum de matériels de cuisine. En dépit de ses déboires antérieurs avec l'Armée, ou peut-être au contraire parce qu'ils lui avaient donné l'image sympathique d'un baroudeur rebelle, Patrick avait conservé beaucoup d'amis parmi les officiers des différentes armées. Ils avaient été nombreux à se tenir au courant de ses projets et, après son ouverture, à prendre l'habitude de fréquenter le Club quand ils passaient par Paris. Son réseau relationnel s'était peu à peu étoffé de policiers et de personnes de la société civile, qui, pour des motifs professionnels ou privés, venaient tester leur aptitude à atteindre leur cible au pistolet ou à la carabine. La salle de restaurant et sa cuisine, très appréciées par une clientèle de plus en plus abondante, avaient rapidement tourné à plein, midi et soir.

Patrick avait alors lancé une deuxième tranche de travaux. Les surfaces de tir proprement dites avaient été doublées, et de nouvelles installations « club », beaucoup plus vastes et luxueuses que les premières, avaient été aménagées. Elles comportaient un ensemble de restauration haut de gamme avec un bar lounge et plusieurs salles à manger. Une zone privée comptait aussi une salle de projection et des petits salons, où des membres du Club, triés sur le volet et qualifiés de « premium », pouvaient se retrouver discrètement pour des parties de poker, des échanges d'armes de collections ou tout simplement des réunions intimes, le Club étant ouvert aux femmes sans réserve. S'ajoutait aussi un espace polyvalent modulable qui permettait d'accueillir des colloques et des séminaires d'entreprises, agrémentés par des séances d'initiation au tir.

L'ensemble tenait à l'intérieur d'un bâtiment en béton d'un niveau unique, construit dans l'emprise du volume de l'entrepôt agricole d'origine ; les façades latérales et arrière avaient été habillées d'un simple bardage métallique, où des issues de secours avaient été prévues, conformément aux réglementations ; seule la façade avant comportait des ouvertures vitrées et son aspect avait été conçu par un architecte. D'une façon générale, les équipements intérieurs — climatisation, dépollution, protection, automatisation — étaient à la hauteur des ambitions que Patrick assignait au Club des Mille Feux.

Sylvain était membre du Club des Mille Feux depuis plusieurs années ; il en était même membre premium, ce qui lui conférait certains privilèges. Il travaillait encore pour le groupe Tollard lorsque Patrick Lhermit et lui s'étaient rencontrés chez un ami commun, un haut fonctionnaire au ministère des Affaires étrangères. Les deux hommes s'étaient découvert des affinités — le tir, bien sûr, et aussi les voitures, la vitesse, les femmes, le poker — et depuis, ils se considéraient mutuellement comme des amis. Ils se respectaient et leur amitié allait bien au-delà de simples rapports conviviaux. Sylvain était un prestataire essentiel et, en même temps, un client important du Club, par le biais de la société SMS Plus International, spécialisée dans les services de sécurité et de maintenance, une firme qu'il avait fondée cinq ans plus tôt, et qui était devenue une entreprise affichant prospérité et bonne renommée.

Dès le démarrage de sa société en région parisienne, Sylvain avait inscrit son personnel de protection et d'intervention à des séances d'entraînement et de perfectionnement au tir délivrées par le Club. Lors des moments qu'il passait avec Patrick, il n'avait jamais manqué une occasion de faire habilement état de ses compétences personnelles en matière de sécurité et il l'avait assuré qu'il pouvait compter sur ses conseils amicaux, s'il avait le moindre problème avec son prestataire de l'époque, une importante entreprise de la place. A l'occasion d'un incident banal et sans conséquence, mais qui avait contrarié Patrick, Sylvain avait obtenu de consulter le contrat de multiservices en cours, afin, avait-il dit, de vérifier que l'entreprise n'avait pas failli à certaines obligations. Quelque temps plus tard, il avait suggéré d'affiner à l'avenir certaines clauses du contrat, des idées que Patrick avait trouvé intéressantes. Sylvain avait enchaîné en présentant un projet de contrat établi au nom de SMS Plus, pour un tarif global légèrement inférieur à celui du prestataire en place. L'offre tombait opportunément quelques semaines avant la date de reconduction automatique du contrat annuel en cours, que Patrick, bien cadré par Sylvain, avait dénoncé conformément aux bonnes règles, pour signer un premier contrat pluriannuel avec SMS Plus.

Sylvain se remémorait souvent avec allégresse les premières interventions de sa société auprès du Club, par les mêmes techniciens que précédemment. Il avait tout simplement réembauché les salariés de l'ancien prestataire, une pratique courante dans ce type d'activité de services et qui ne présentait que des avantages : le prestataire résilié échappait à la nécessité de licencier un personnel devenu inutile, son successeur pouvait compter sur une équipe immédiatement opérationnelle et le client bénéficiait d'une continuité dans les prestations. « Un métier vraiment facile », se disait Sylvain, se félicitant à chaque fois de s'y être lancé : « Ce sont les copains qui te passent des marchés, et tu n'as même pas besoin de recruter ni de former du personnel ».

*

Les deux amis savouraient leur whisky en contemplant les images transmises sur le mur d'écrans. Patrick leva un doigt en direction de l'un d'eux.

— Regarde le numéro 4, c'est notre homme.

L'écran montrait de dos un petit homme rondouillard qui tirait au pistolet sur une cible à dix mètres.

— Il s'appelle Jean-Marc Démesseau, continua Patrick en consultant des notes manuscrites. Il a un peu plus de quarante ans. Vingt-deux ans d'active dans l'Armée de terre. Il a fait partie du 5ème RIOM à Djibouti, a longtemps servi au Tchad, mission Epervier. Un passage au Rwanda, opération Turquoise. Il a pris sa retraite d'officier il y a un an. Depuis, il intervient régulièrement pour la DGSE, service Action.

— Pas mal ! Quel genre d'opérations ? s'enquit Sylvain.

— Secret-défense, m'a-t-il dit.

— Il n'a pas vraiment le look d'un James Bond.

— Tu sais bien que pour certaines missions, il vaut mieux un physique passe-partout.

— Tu l'as connu, dans l'Armée, en Afrique ?

— Non.

— Tu crois qu'il est fiable ? demanda Sylvain.

— Je connais Joël depuis longtemps, j'ai toute confiance en lui.

Patrick se redressa sur sa chauffeuse, se pencha en avant vers Sylvain, avant d'effectuer une mise au point.

— Nous sommes convenus que nous ne pouvions pas être trop regardants, tu te souviens ?

— C'est vrai.

— Tu comprends bien, je n'ai pas fait d'enquête, je n'ai appelé personne à la DGSE ; je peux le faire, mais ce serait à double tranchant.

— Je sais, moi aussi je pourrais les appeler. Mais non, il ne faut surtout pas. Sais-tu pourquoi il nous propose ses services ?

— Il a des problèmes de fric. D'après Joël, il entretient deux foyers, une épouse en France et une maîtresse à N'Djamena, à qui il a fait un enfant. Sa femme l'a su, a demandé le divorce, ça lui fait deux pensions à charge, parce que sa copine de N'Djamena a de la famille ici et elle ne le lâche pas. Sa retraite n'est pas énorme, ses missions sont rémunérées par la DGSE, mais il n'est que contractuel à temps partiel. Il est donc disponible pour ce que tu veux lui faire faire.

Sylvain hocha la tête, affichant un sourire incrédule.

— Comment peut-on arriver à se mettre dans des situations pareilles ?

— Joël m'a raconté. Il s'est marié très jeune, avec une fille de son village, en Normandie, au moment où il s'engageait dans l'armée. Ils en ont accepté les contraintes, elle est restée au pays, lui revenait chez eux tous les trois ou six mois. Ils ont eu deux enfants, aujourd'hui adolescents, qui font des études et vivent dans un studio en location à Caen ou à Rouen, je ne sais plus. A N'Djamena, les soirées étaient longues, il s'est fait mettre le grappin dessus par une fille de là-bas, en poste à l'état-major des forces tchadiennes. Une femme qui, selon lui, se faisait sauter par tous les types qui passaient dans le coin. Un enfant est né, le teint clair, la fille a prétendu que le père était Démesseau, il a contesté… en vain. Un tribunal local l'a condamné.

— Ils n'ont pas fait de test ADN ?

— Je ne suis pas sûr que cela se pratiquait au Tchad à l'époque et cela aurait été coûteux. Je connais ce genre de situation : les deux parties craignent un résultat défavorable, elles préfèrent refuser le test et agir par pression auprès des tribunaux. La fille a des frères et sœurs en Afrique et en France, dont un avocat, qui a arraché une pension. Sa femme l'a alors appris et a demandé le divorce.

Patrick termina l'exposé de présentation en ajoutant qu'il avait personnellement prêté de l'argent à Jean-Marc Démesseau, qui se trouvait totalement démuni. C'était donc pour le rembourser et pour essayer de se renflouer que ce dernier recherchait des petits contrats.

— J'ai bien fait, non ? conclut-il.

— Parfait ! On peut parler avec lui ?

— Je vais le faire appeler, répondit Patrick en décrochant son téléphone.

*

Par son entregent, Patrick avait réussi à faire du Club des Mille Feux un site où se rencontraient régulièrement des hommes (et quelques femmes) de pouvoir ; pouvoir politique, pouvoir financier, pouvoir médiatique : des élus, des hommes d'affaires, des banquiers, des avocats, des journalistes, quelques magistrats, quelques officiers en retraite. Des personnes, qui appréciaient de se réunir dans un club très fermé, où ils pouvaient se mesurer au tir, jouer au poker jusqu'à pas d'heure ; où ils échangeaient au bar des histoires de chasses en France, en Pologne, en Afrique ; où ils écoutaient en riant Patrick et d'autres raconter de savoureuses anecdotes d'expéditions militaires exotiques. Dans la salle de projection, ils pouvaient regarder des films récents ou anciens — grâce à quelques personnalités du monde du cinéma, ils avaient parfois droit à un film en avant-première —. Ils se retrouvaient pour des soirées très privées, réservées aux membres premium, autour de bons plats, de bons vins, de filles faciles. Ils effectuaient aussi des transactions, échangeaient des informations, élaboraient des projets d'affaires, plus ou moins régulières, plus ou moins licites, plus ou moins tordues.

En tant que membre premium, Sylvain avait la possibilité d'inviter au Club ses relations commerciales et il ne s'en privait pas. Rien de tel que des soirées brillantes et conviviales pour impressionner, rassurer et séduire des clients potentiels, des prescripteurs et des intermédiaires, surtout quand ils venaient de l'étranger, d'Afrique ou du Moyen-Orient, car depuis l'époque Tollard, Sylvain avait gardé des appuis dans les ambassades, dans les milieux diplomatiques et dans les principaux groupes d'ingénierie. Il ne cherchait pas à fréquenter les grands patrons, les chefs d'Etats africains ou les membres des familles régnantes arabes. Ce n'étaient pas eux qui décidaient du choix des prestataires de services, tels que SMS Plus. Les personnes qui l'intéressaient, les donneurs d'ordres concrets, occupaient des postes de cadres de niveau opérationnel, qu'il s'agisse d'établissements publics, privés ou associatifs. Ils n'étaient pas au sommet des hiérarchies, ne vivaient pas dans le luxe des vrais riches ; le Club était là pour leur faire découvrir des horizons tentateurs et leur délivrer des messages subliminaux. La somptuosité des installations, la notoriété des people et des VIP qu'on y croisait, tout cela flattait les prospects dont Sylvain cherchait à s'attirer les bonnes grâces. Sans compter qu'on ne pouvait trouver mieux comme référence pour convaincre un prospect que le témoignage d'un client satisfait. Sylvain n'hésitait donc pas à inviter généreusement au Club les clients de SMS Plus, dans une dynamique de spirale positive, qui lui facilitait l'accès à de nouveaux marchés, pour des contrats tout ce qu'il y avait de plus réguliers.

Tout ce qu'il y avait de plus régulier ! Parce que par l'intermédiaire du Club, parvenaient aussi à Patrick et à Sylvain des demandes moins conventionnelles, à la limite de la légalité, parfois même franchement au-delà de cette limite. Sylvain ne voulait pas que sa société SMS Plus se compromette dans des affaires louches, cela aurait pu faire du tort à sa réputation. Patrick insistait, martelant qu'il fallait toujours être en mesure de satisfaire la demande d'un client, quelle qu'elle fût, du moment qu'elle était grassement payée ou qu'elle ouvrait sur de nouvelles perspectives prometteuses. De son côté, Sylvain avait fini par se rendre compte qu'il lui était difficile de refuser un service personnel à un client fidèle de SMS Plus, d'autant que, généralement, le service demandé n'était rien d'autre que le témoignage manifeste de l'attachement sincère du client à son prestataire.

Les choses avaient donc pris un nouveau tour, lorsque Sylvain avait ainsi fini par céder aux sollicitations indirectes de Jacques D…, un vieil ami de Patrick, député d'un département de l'Ouest et maire de Saint-D…, l'une des principales villes du département. Elu sans étiquette politique, il détenait ces mandats depuis près de deux décennies et n'avait pas l'intention d'y renoncer dans les années à venir. Mais il s'était fâché avec un de ses anciens adjoints à la mairie, Florent B…, et il l'avait écarté de sa liste lors des dernières élections municipales, deux ans plus tôt. Mécontent et décidé à prendre sa revanche, Florent B… avait pris sa carte de l'un des grands partis politiques nationaux et, ainsi investi, affichait clairement sa volonté de se présenter contre lui aux prochaines législatives, qui se tiendraient dans la foulée des présidentielles de 2012.

Les escarmouches avaient commencé. Florent B… avait attiré l'attention de la presse régionale, en dénonçant l'existence à la mairie d'un prétendu système de fausses factures, organisé par la directrice de cabinet de Jacques D…, une jeune et jolie énarque ambitieuse du nom de Sabine R…-V…, qui en était devenue la maîtresse après avoir été celle de Florent B…. Sylvain connaissait bien Sabine, avec laquelle il avait eu lui aussi — tout comme Patrick, d'ailleurs ! — des rapports intimes dont il gardait un très bon souvenir ; rien que d'y repenser lui amenait une érection. Sabine fréquentait régulièrement le Club, non pas qu'elle s'intéressât au tir sportif, mais parce que ça lui donnait l'occasion de rencontrer des journalistes de la télévision et de la presse écrite. Elle n'avait jamais hésité à rendre service à Patrick ou à Sylvain s'il fallait faire plaisir à un membre premium du Club ou un client de SMS Plus. Elle avait dernièrement convaincu Jacques D… de faire installer une soixantaine de caméras de télésurveillance dans les rues de Saint-D… et les négociations allaient bon train entre les services techniques municipaux et les commerciaux de SMS Plus.

Cette fois, c'était Sabine et Jacques D… qui avaient besoin de l'aide de Sylvain. Ils avaient dîné tous les trois ensemble quelque temps plus tôt et entre les ravioles de langoustines et le magret de canard préparés par le chef du Club, ils lui avaient fait part de leur problème.

— Les allégations mensongères et sans fondements de ce salopard commencent à me faire du tort, s'était plaint le député-maire.

— Ça risque vraiment de mettre Jacques en difficulté aux prochaines élections, avait confirmé Sabine. Sans compter qu'à force de diffuser des ragots, ça pourrait déclencher des contrôles qui seraient pour le moins malvenus.

Jacques D… avait posé affectueusement sa main sur celle de Sabine, qui, d'un battement de cils, l'avait encouragé à parler.

— A votre avis, monsieur Morino, comment peut-on s'opposer à une campagne de calomnies aussi odieuse ?

— Il est évident que de simples démentis seront insuffisants, avait ajouté la jeune femme. Et attaquer en diffamation nous mènerait je ne sais où… Ce serait pire !

Sylvain hochait la tête d'un air concentré et compatissant. Il sentit sous la table le genou de Sabine venir toucher le sien.

— Sylvain, il faut que tu nous trouves une idée. Il faut absolument dissuader Florent de continuer à nous agresser.

Et comme il restait silencieux, les contemplant à tour de rôle sans lueur perceptible dans le regard, elle se pencha vers lui, le visage tout proche, les yeux fixés dans les siens.

— La meilleure solution, c'est de lui faire peur, Sylvain. Lui faire peur !... Il faut qu'il comprenne que s'il continue, il va lui arriver quelque chose de grave. Tu m'entends ?... Tu saurais très bien faire ça, j'en suis certaine !

Sylvain restait silencieux, il réfléchissait. Il prenait conscience qu'il ne pouvait pas refuser. Il se demandait juste comment il allait s'y prendre. Sabine sentit qu'elle était sur le point de gagner la partie.

— S'il y a des frais, Sylvain — et il y en aura certainement –, on les intégrera dans le prix d'installation des caméras... D'accord ? Tu trouveras bien un moyen de nous justifier cela dans les facturations.

Après un long silence, Sylvain s'anima enfin, souriant, plus détendu.

— OK, on va le faire. Vous préférez quoi ? Qu'on lui flanque une raclée, qu'on lui crève les pneus de sa voiture, qu'on intimide sa femme ?

Il n'en avait pas démordu. Il ne voulait pas mêler son entreprise, SMS Plus, à des activités sortant du cadre de la légalité, conscient des dangers auxquels elles l'auraient exposée, dans un secteur où l'honorabilité était essentielle. Si l'on tirait la leçon de scandales qui avaient en leur temps défrayé d'abondantes chroniques, il était aisé d'imaginer, derrière le mot sécurité, toutes sortes de manœuvres subreptices. Sylvain savait que même sans condamnation, une enquête pour malversation ou un article suspicieux dans une gazette locale pourrait amener un client à dénoncer ses contrats. Pourquoi risquer de compromettre en un instant la réputation sans tache qu'il avait soigneusement bâtie depuis la création de la société, cinq ans plus tôt ? Il ne fallait pas que ses salariés interviennent dans l'opération qu'il s'était engagé à mener, ni même qu'ils en entendent parler. Pour les coups tordus comme celui qui se présentait, il devait s'organiser différemment. Il s'en était ouvert à Patrick et c'est ainsi qu'ils avaient envisagé de faire appel à Jean-Marc Démesseau.

Quand l'officier des services secrets pénétra dans le bureau de Patrick, Sylvain révisa son opinion sur son aspect physique. Certes, Démesseau était de petite taille et un début prononcé d'embonpoint déformait comiquement le polo gris clair qu'il portait sous un blouson de cuir noir. Mais l'homme avait des épaules imposantes, entre lesquelles s'ancrait un large cou, qui soutenait un visage rond aux traits fermes et neutres. Un aspect solide, qui devait lui permettre de faire impression lors d'un face à face conflictuel, mais une apparence suffisamment banale pour se faire oublier et pour qu'il soit difficile d'en dresser le signalement.

Un plan avait été mis au point avec Jacques D… et Sabine R…-V…, qui connaissaient bien le quotidien de leur adversaire. Florent B… était très proche de son jeune frère, Nicolas, un garçon fragile et solitaire, qui tenait une petite librairie-papèterie dans le centre de Saint-D… Les deux frères avaient l'habitude, deux ou trois fois par semaine, de déambuler ensemble en fin de journée sur les quais de la rivière, qui traversait la ville avant de se jeter dans la Loire un peu plus loin. Sylvain et ses deux amis comploteurs s'étaient mis d'accord pour un passage à tabac de Nicolas sous les yeux de Florent, espérant qu'une petite correction bien mesurée suffirait à dissuader ce dernier de renouveler ses offensives à l'encontre de Jacques.

Sylvain présenta leur plan à Jean-Marc Démesseau : à son avis, il impliquait l'intervention de deux hommes, l'un se chargeant de tenir en respect Florent B…, tandis que l'autre tapait sur son frère. A la DGSE ou ailleurs, demanda-t-il, Jean-Marc avait-il la possibilité de mobiliser un homme de main pour l'épauler dans l'opération ? L'agent intermittent du service Action réagit de façon qui parut très professionnelle à ses interlocuteurs. C'étaient deux assistants qu'il allait devoir réunir, répliqua-t-il, car il fallait prévoir de filmer la… euh… il avait cherché ses mots… la branlée, la torchée, enfin la correction, quoi ! qu'ils allaient flanquer à l'un des deux types. Ça reviendrait un peu plus cher, mais il leur conseillait vivement — et il s'y connaissait en matière d'intimidation, on pouvait le croire ! — de garder un témoignage visuel de l'opération, ce qui pourrait servir de rappel au cas où les recommandations ne seraient pas suivies comme elles devraient l'être.

— J'ai autour de moi un petit noyau de gars dévoués, efficaces et discrets, ne vous inquiétez pas, conclut-il avec assurance.

Quelques semaines plus tard, la veille du jour où il devait revoir Jean-Marc Démesseau au Club pour lui payer le solde qu'il lui devait pour sa mission spéciale, Sylvain avait reçu chez lui, sous enveloppe anonyme, une série de clichés ainsi qu'une clé USB. Sur l'une des photos, l'on reconnaissait Nicolas B… à terre, cherchant à se protéger des coups de pied que lui donnait un homme qu'on ne voyait que de dos. D'autres, prises en gros plan, montraient le visage du malheureux libraire, un œil poché, la lèvre fendue et le nez en sang. La clé USB contenait des photos supplémentaires, ainsi qu'un film de l'opération. L'on voyait les deux frères deviser en se promenant tranquillement au bord de la rivière, dans le crépuscule, jusqu'au moment où ils s'arrêtaient brusquement, tandis que deux hommes filmés de dos, l'un de haute taille, l'autre plus râblé — Sylvain identifia la silhouette de Jean-

Marc Démesseau — marchaient d'un pas décidé à leur rencontre. En dépit de protestations étonnées puis affolées, le plus grand saisissait Florent B... par le bras et le cou, l'immobilisant au moyen d'une prise de lutte, en étouffant ses cris d'appel à l'aide, l'autre — Jean-Marc — balançait un violent coup de poing au visage de Nicolas, qui s'effondrait. L'agent Action s'acharnait à coups de pied sur le jeune homme à terre, visant la tête, les côtes, et on l'entendait distinctement s'égosiller : « Bon ! T'as compris maintenant ? Tu vas arrêter tes saloperies, hein ? T'as compris ? Parce que la prochaine fois... ». La vidéo s'achevait sur un plan fixe analogue à l'une des photos, arrêté sur le visage tuméfié et ahuri du malheureux.

Les frères B... portèrent plainte le lendemain, mais la police ne découvrit aucune piste permettant de faire avancer l'enquête. Personne n'imagina qu'il pouvait s'agir d'un conflit préélectoral, l'affaire fut rapidement classée et mise au compte d'une bande de rôdeurs drogués en fuite.

L'agression n'empêchera nullement la compétition de faire rage deux ans plus tard entre les deux hommes politiques, Florent B... emportant finalement de peu sur Jacques D... le mandat de la troisième circonscription du département. Pour les municipales de 2014, Jacques D... préférera déclarer forfait, se dissoudre dans l'anonymat des citoyens ordinaires, ayant ainsi abandonné à son rival le double mandat qu'il avait longtemps détenu, une performance que Florent B... ne pourra pas égaler, car de nouvelles dispositions sur le cumul des mandats l'en privera. La belle Sabine renoncera elle aussi à ses ambitions et à son statut d'éminence grise régentant l'échiquier politique. Elle épousera un playboy italien milliardaire et veuf, rencontré opportunément un soir de fête au Club des Mille Feux, qu'elle accompagnera fidèlement dans son univers flamboyant de jet-setter.

Le destin de ces personnages, que Patrick qualifiait peu respectueusement de branquignols, importera peu à Sylvain, qui aura oublié jusqu'à leur existence lorsque leur parcours politique aura pris fin. Il ne sera pas seul à les avoir laissés sortir de sa mémoire. A Saint-D…, la démocratie locale allait de l'avant dans une logique de continuité ; c'était ce que souhaitaient les citoyens électeurs, indépendamment de l'identité et de la couleur politique des édiles qui obtenaient leurs suffrages. Les soixante caméras envisagées lors des premiers contacts pour veiller à la sécurité dans les rues de la ville feront rapidement des petits. Elles ne seront bientôt pas loin d'une centaine à faire l'objet de l'attention quotidienne des agents de télésurveillance et des techniciens en maintenance des systèmes d'alarme de la société SMS Plus.

Pour Sylvain avait émergé la dynamique d'un nouveau marché — clandestin — qu'il entendait bien faire prospérer ; avec la participation de Patrick et de son Club des Mille Feux, dont certains membres dévoilaient des comptes à régler nécessitant une assistance « très spéciale » ; avec la collaboration de Jean-Marc et sa capacité à mobiliser des énergies, pour les satisfaire. Au programme : intimidations, rackets, passages à tabac, incendies, accidents de voiture… Dérapages incontrôlables en vue ?

6

2010

Dresser le bilan de sa vie à quarante-cinq ans ! Est-ce un passage obligé pour toutes les femmes qui atteignent cet âge ou est-ce réservé à celles qui ont le sentiment que ce qui a fait la saveur de leur existence fait désormais partie d'un passé révolu ? Ce pourrait être aussi la démarche de celles qui croient que le chapitre le plus savoureux de leur existence n'est pas encore ouvert ; ou, devrait-on dire, de celles qui veulent croire que ce chapitre est encore à ouvrir, de celles qui se forcent à le croire. Qui leur jetterait la pierre ? Pourquoi devraient-elles s'y refuser ? Il est douloureux de se limiter au réel, aux journées qui filent et qui défilent, les unes après les autres, les unes semblables aux autres : se nourrir, se laver, s'habiller, se mirer, se sourire, se coiffer, exercer son métier, faire ses comptes, payer ses factures, s'occuper des enfants — s'il y en a —, garder en pensée le compagnon, ou la compagne — s'il y en a un, ou une —... Et justement, dans le cas présent, il n'y en a pas ! Et passent les semaines et les années, qui s'effacent derrière les suivantes, lesquelles passeront et s'effaceront à leur tour...

Reste l'espoir, le rêve, l'aube azurée qui chasse la nuit céruléenne, la brise d'été qui dissout les brouillards, le soleil qui réchauffe les eaux mortes. Virginie imaginait des futurs possibles. Des renaissances semblables à celles dont elle avait lu cent récits dans les romans, semblables à celles dont elle avait vu défiler mille images dans les films, et ils n'étaient pas forcément des contes de fées ou des bluettes pour midinettes ;

il arrive que les fictions soient fondées sur des modèles vécus. Pourquoi ne pourrait-elle pas y croire pour elle-même ? Tout tient au fil d'une circonstance, guidée par le hasard ou par le destin ; ou par les deux. Son père évoquait souvent une citation d'Albert Einstein : « Le hasard, c'est Dieu qui se promène incognito ». Peu importe d'où viendra ma chance, en concluait-elle, et peu importe à quoi elle ressemblera, l'important est qu'elle soit là à temps. Pour Virginie, le hasard et Dieu avaient une image, ou plutôt un visage, celui de Nathan Kaplan, une image qui s'estompait un peu plus chaque année, jusqu'à lui donner l'aspect lointain et symbolique d'une icône antique mise au jour dans une basilique oubliée.

Virginie n'avait pas abandonné au rêve toutes les pistes qui enjolivent l'existence quotidienne. Elle ne s'était certes pas épanouie durablement dans une vie de couple. Elle n'avait pas non plus choisi son métier et chaque journée de travail le lui rappelait. Mais elle avait réussi quelque chose. Un quelque chose qui avait pour nom Raphaël.

Raphaël était né en 2007, un an après sa rupture avec Charles. Leur liaison avait duré deux années et avait pris fin tout simplement parce que l'homme s'était amouraché d'une autre femme, plus jeune qu'elle ; et aussi, semblait-il, plus jolie, plus brillante, c'était en tout cas ce qu'elle avait ressenti. Une séparation au goût amer, qui avait d'autant plus abattu Virginie, qu'elle intervenait quelques semaines après la mort de Michel Déclair, son père. La période avait été difficile ; perdre, en si peu de temps, deux hommes occupant une place aussi importante dans son quotidien lui a avait procuré une sensation vertigineuse, comme si elle découvrait soudain qu'elle marchait sur un sentier étroit entre deux précipices, sans rien pour s'appuyer ou s'accrocher. Mais Virginie n'était pas tombée et elle avait même par l'occasion pris conscience de sa résilience.

Il en fallait pour prendre une telle décision : faire un enfant. Elle avait presque quarante-deux ans. S'organiser pour avoir un enfant le jour — possiblement lointain — où un père acceptable se présenterait était un projet auquel elle s'était depuis longtemps préparée et dont elle avait secrètement gardé l'idée dans un coin de sa tête. Au début de la décennie, elle avait fait congeler des ovocytes, conservés dans un institut spécialisé en Suisse. Pendant sa liaison avec Charles, elle avait envisagé d'en faire le père de son enfant, mais il en avait déjà eu deux et elle était certaine qu'il refuserait. Elle ne lui avait donc rien demandé. Après leur séparation, elle s'était interrogée sur chacun des hommes qu'elle connaissait. Même en l'absence de vie commune, s'engager dans ce projet avec l'un d'eux aurait signifié une aventure conjointe dont elle n'avait pas envie. L'envisager avec un homme rencontré fortuitement revenait aussi à en faire un partenaire pour toujours. Mieux valait faire appel à un donneur anonyme. Restait encore une hypothèse : Nathan. Bien sûr, elle ne pouvait s'empêcher d'y penser, mais il ne fallait pas mêler le concret à ce qui faisait partie du domaine du rêve.

Virginie élevait seule son fils. Depuis sa naissance, elle n'avait eu que de très rares et courtes aventures amoureuses. Elle s'était constitué un petit groupe d'amies fidèles. Des femmes d'âges et de conditions diverses, qui traçaient leur chemin sans le fonder sur un homme ; elles partageaient leurs meilleurs moments pour faire la fête et quand il le fallait, elles s'apportaient conseils, soutiens, réconforts. Une sorte de famille pour Virginie, comme pour son petit garçon, qui n'avait ni papa ni grands-parents.

La prospérité du bureau d'études Déclair, dont elle était la patronne, n'était plus la même qu'aux temps étincelants de Michel Déclair, mais elle avait su en entretenir la notoriété et les relations stratégiques. Le savoir-faire reposait sur un petit noyau d'ingénieurs, qui se maintenait au niveau en intégrant, si nécessaire, un junior pour se substituer à un senior prenant le chemin de la retraite. — Un chemin dans lequel s'était heureusement engagé l'agaçant Bernard Campeau, l'ancien directeur technique, qui ne ratait jamais une occasion de lui faire sentir son insuffisance. Bon débarras ! — L'exploitation s'était stabilisée à un étiage où Virginie gagnait tout juste sa vie, mais son père lui avait légué d'autres biens lui assurant quelques revenus et elle vivait confortablement. Les jours passaient et elle s'était habituée à ce métier qui ne la passionnait pas.

Pourquoi s'y était-elle laissé entraîner ? Toute jeune, elle n'avait pas eu le droit de choisir son parcours universitaire. Elle adorait les lettres, les idées, la littérature, et se sentait une vocation pour l'enseignement. Mais son père voulait qu'elle ait une formation économique et n'en démordait pas. Virginie échoua au concours d'entrée à Sciences Po. Son père accepta la fac de lettres et de psycho à condition qu'elle suive aussi une maîtrise de sciences économiques ou un cursus équivalent. Voilà qui pouvait s'arranger : toutes ces filières semblaient mal assorties, mais curieusement, on pouvait s'inscrire pour ces trois spécialités à la Sorbonne, au Quartier latin, un endroit parisien symbole d'ouverture intellectuelle. Elle avait espéré pouvoir y échapper à l'autorité étouffante de son père, un homme dont la vision de l'existence, malgré un sens de l'abstraction inhérent à sa formation scientifique, était définitivement linéaire.

*

Michel Déclair était né au début de la Seconde Guerre mondiale, dans une famille modeste du nord de la France. De sa petite enfance, il avait gardé le souvenir de jours immobiles, reclus et silencieux, parfois marqués par des bruits lointains de fusillades ou de bombardements. Après la

Libération, ses parents l'avaient laissé sortir seul dans la rue pour aller à l'école. Son père était chef d'atelier dans une petite entreprise industrielle de mécanique, sa mère secrétaire dans une agence bancaire. Ils respectaient des traditions catholiques, croyaient aux vertus de l'effort, élevaient leur fils unique selon des principes rigides et étaient persuadés qu'un socialisme chrétien ferait un jour le bonheur de l'humanité. Tout au long de son enfance dans une famille austère, sous un ciel presque toujours gris et humide, Michel n'avait eu de passion que pour ses études. Très brillant élève, complimenté à plusieurs reprises par les autorités locales, il obtint un bac assorti d'une mention très bien, intégra les classes préparatoires aux grandes écoles dans le meilleur lycée de Lille, puis fut admis du premier coup et bien classé, à dix-neuf ans, à l'école Polytechnique.

« Le hasard, c'est Dieu qui se promène incognito ». Une citation d'Einstein que Michel Déclair évoquait souvent et qu'il avait recopiée soigneusement à la main sur son diplôme d'ingénieur de l'école Polytechnique, un document que Virginie avait retrouvé conservé sous pochette plastifiée, parmi les papiers personnels de son père, après sa mort. Pourquoi avait-il lié cette citation à son diplôme de l'X ? Virginie s'était longuement posé la question. Sans doute avait-il voulu exprimer l'angoisse ressentie par un jeune scientifique nourri de foi chrétienne, devant le caractère aléatoire, incertain, du concours d'entrée. Quels que fussent les efforts et les sacrifices de l'étudiant, encore fallait-il un coup de pouce du hasard ou des dieux pour le classer, au détriment de ses rivaux — des jeunes gens de même âge et au parcours semblable —, parmi ceux qui accèderaient au Graal.

Œuvre du hasard ou volonté de Dieu, l'admission de Michel Déclair à l'X transforma sa vie, l'arrachant à une emprise familiale sclérosante, l'exposant à l'éclatant soleil algérien pendant ses quelques mois de service militaire, puis l'insérant dans une pépinière de futures élites courtisées par la bonne bourgeoisie parisienne. Lors de son premier bal de l'X, la prestigieuse soirée annuelle organisée à l'Opéra Garnier par les anciens élèves, il rencontra Anne, la fille de commerçants lyonnais, pas spécialement séduisante, venue résolument y chercher un mari. Les noces eurent lieu rapidement, Michel poursuivit ses études, Virginie naquit quelques années plus tard. Quand leur fille eut deux ans, Anne quitta Michel, déçue par son manque d'ambition. Elle refit sa vie avec un importateur de matériel électrique, puis la perdit après quelques mois dans un accident de la route, lors d'un voyage en Italie avec son nouvel époux.

Michel Déclair ne se remaria pas. On ne lui connut pas de liaison sentimentale. Il éleva seul sa fille. Par commodité, il démissionna du corps des ingénieurs des ponts et chaussées et s'installa à son compte, ce qui lui ouvrait la possibilité de travailler de chez lui, en banlieue parisienne. Ses compétences, son sérieux, sa rigueur lui permirent de développer tranquillement son bureau d'études. A partir de 1981, l'arrivée au pouvoir de socialistes originaires du nord du pays et la fidélité de quelques amis de jeunesse offrirent à Michel Déclair l'opportunité de donner une nouvelle dimension à sa société. Sa réputation était en marche, son avenir aussi.

Virginie vivait sous sa coupe. Il l'avait contrainte à accorder plus d'importance à l'économie qu'à la littérature et il décida un jour qu'il avait besoin d'elle à ses côtés. Elle ne pouvait pas refuser. Ils devaient partager le devenir de la société Déclair. Elle aussi en portait le nom. C'était pour elle qu'il œuvrait. Elle savait qu'elle ne pourrait jamais revenir en arrière. Et Nathan Kaplan entra dans sa vie.

Virginie était tombé sous le charme de Nathan dès qu'elle l'avait aperçu et il admettait lui aussi avoir été séduit lors de leur première rencontre. Elle datait de plus de vingt ans, ils étaient alors tout jeunes. Virginie se disait qu'elle en garderait le souvenir tant qu'elle pourrait faire fonctionner sa mémoire active : un entretien d'embauche en lieu et place de son père, lorsque Nathan était venu se présenter chez Déclair, un entretien d'embauche qui s'était peu à peu imprégné de marivaudage.

Un autre épisode était imprimé pour toujours dans le lobe temporal de son cerveau. Quelques semaines plus tard, Nathan l'avait attendue à la sortie du parking du bureau, sous la pluie battante d'une fin d'après-midi glaciale. Elle se plaisait à en revivre tous les moments, comme si les images et le son en avaient été enregistrés et lui étaient restitués dans une sorte de cinémascope mental. Elle revoyait le jeune homme, ses cheveux et ses habits qui ruisselaient, son pauvre bouquet de roses rouges à la main, montant à côté d'elle dans sa voiture. Elle réécoutait sa proposition d'aller dîner ensemble, s'entendait émettre des objections qui n'en étaient pas, une façon d'éviter de répondre par oui ou par non, pour se résoudre finalement, comme si elle n'avait pas eu le choix, comme si elle y avait été contrainte, à l'embarquer chez elle, où ils feraient sécher ses vêtements et dîneraient en tête-à-tête.

C'est alors que lui avaient échappé des mots qu'elle n'aurait jamais imaginé prononcer :

— Je vous préviens… Je ne suis pas du genre à coucher le premier soir.

Curieux qu'elle ait dit cela ! Elle avait déjà eu des amants, avec qui elle n'avait jamais cru devoir faire preuve d'une pudeur particulière. Nathan et elle avaient souvent par la suite évoqué en riant cet avertissement, qu'elle avait lancé sans savoir pourquoi. Il lui arrivait encore d'y repenser aujourd'hui et elle se demandait si c'était aussi le cas de Nathan, de son côté. Sur le moment, ses mots avaient jeté comme un froid dans la voiture. Ils étaient restés muets pendant deux ou trois minutes, un temps qui leur avait paru très long, rythmé par le va-et-vient lancinant des essuie-glaces. Et soudain, Nathan avait pouffé de rire, une explosion partant du nez et de la gorge, qu'il n'avait pu retenir. Il s'était tourné vers elle, hilare, la dardant de son œil vert malicieux :

— C'est moi que vous mettez en garde ? Ou c'est vous qui vous autocensurez préventivement ?

Elle était restée attentive à la route, mais avait fait preuve de présence d'esprit et était d'autorité passée au tutoiement.

— Tout le monde sait que tu es irrésistible, alors ça s'adresse aussi bien à toi qu'à moi.

— C'est toi qui es irrésistible. Tu es très belle, j'adore ta voix, je suis envoûté. Ça va être très dur pour moi de m'abstenir ce soir.

Ils avaient continué à converser sur un mode détendu, jonglant avec des boutades et des compliments. Nathan avait aussi proposé de s'arrêter chez un traiteur pour emporter un plat. Virginie avait décliné, elle avait fait des courses le matin pour préparer un repas pour son père, qu'elle avait invité à dîner le lendemain ; ils le mangeraient ce soir et elle achèterait autre chose pour son père.

En arrivant chez elle, elle lui avait fait retirer son imperméable, sa veste et ses chaussures. Sa chemise, son pantalon et ses chaussettes étaient aussi trempés. Elle l'avait envoyé dans la salle de bain, où elle lui avait balancé une serviette et un vieux jogging, dont elle se souvenait qu'il était trop grand pour elle. S'il avait froid, il pouvait prendre une douche, lui avait-elle crié à travers la porte.

Elle était allée à la cuisine, avait mis de l'eau à bouillir dans une casserole et avait lancé le préchauffage du four ; puis elle avait étalé sur le plan de travail les ingrédients nécessaires pour la confection des plats qu'elle avait prévus. Elle commençait à avoir chaud et pour se mettre à l'aise, elle avait fait un tour par la chambre, pour ôter ses collants, gardant une jupe et un teeshirt.

Après sa douche, Nathan était réapparu, les cheveux ébouriffés, affublé du pantalon de jogging qu'elle lui avait prêté. Il lui moulait les cuisses et s'arrêtait juste au-dessous du genou. Il n'avait pas pu enfiler le haut et avait enroulé les manches autour de ses épaules comme une écharpe. Virginie en pleine préparation culinaire, s'était retournée pour le contempler et avait fait mine d'être impressionnée par son torse musclé encore humide.

— Quel bel homme ! l'avait-elle persiflé, de sa voix légèrement rauque !

Il s'était placé derrière elle, dégustant des yeux le galbe de sa chute de reins, puis lui saisissant les bras.

— Quel est donc le plat préféré de beau-papa ? avait-il demandé en jetant un regard inquiet sur les ingrédients manipulés par Virginie.

— En entrée, mousse d'avocat au saumon fumé. Voilà, c'est prêt. En plat, chou farci. J'ai une heure de préparation et de cuisson.

— Et tout cela, c'est quoi ? s'était-il enquis, en s'accolant à son dos et en posant son menton sur son épaule

— Chou vert, viande hachée, carotte, tomate, oignons, ail, raisins secs…

— C'est quoi, comme viande ?

— Là, du veau… là, de la chair à saucisse. Du cochon, quoi ! C'est pour la farce.

— Ah ! C'est-à-dire que… Je ne mange pas de porc.

Elle s'était retournée pour le regarder.

— Ah bon !… C'est… religieux ?

— Oui, c'est religieux.

Ils étaient face à face, l'un contre l'autre, leurs visages se touchant presque.

— Tu es juif ?

Il avait acquiescé en hochant la tête. Elle s'était haussée sur la pointe des pieds et avait déposé un rapide baiser sur ses lèvres.

— Eh bien ! On se contentera du veau ! Où est le problème ?

Il s'était penché et avait à son tour déposé un baiser sur ses lèvres.

Après le dîner, ils avaient gardé leur verre, afin de terminer la bouteille de Pouilly-Fumé qu'ils avaient ouverte. Elle avait allumé sa chaîne stéréo, mis un CD — deux concertos de Mozart — et ils s'étaient allongés côte à côte sur le canapé du séjour, en petite tenue, sa tête à elle posée sur son épaule à lui. Ils avaient envie l'un de l'autre, mais par jeu, ou par défi, ils avaient résisté, d'un commun accord. « On ne couchera pas le premier soir ». C'est ce qu'elle avait dit.

Entre deux mouvements du concerto, il l'avait serrée contre lui et avait murmuré à son oreille.

— Tu es la source que j'ai longuement cherchée. Comment pourrais-je ne pas t'attendre un jour de plus ?

Elle avait fait l'effort de s'adapter. A la fin du mouvement suivant, elle s'était retournée contre lui, s'amusant de sentir son désir, avait enfoui son visage dans son cou et avait fait entendre sa voix si particulière, qui le troublait au plus haut point.

— Tu es le sceptre ardent qui manque à ma vie. Je serai bientôt prête.

Les sens bousculés par le vin et la musique, il avait achevé de s'enivrer à la vue des courbes qui s'étendaient sur lui. La suite lui était venue.

— Tu es la mousse dans laquelle je me noierai. Que comptent quelques tours d'horloge ?

Elle l'avait longuement regardé dans les yeux et clos leur échange en lui caressant le cou.

— Tu es l'éclair qui me pourfendra. Demain, je serai tienne dès que tu l'ordonneras.

Ils avaient continué à boire, à rire, à s'admirer, puis ils avaient fermé les yeux et ils n'avaient plus bougé. Quand Mozart s'était tu, ils dormaient tous les deux.

*

Ils avaient partagé pendant plusieurs années une complicité physique tendre et intense. Ils ne vivaient pas ensemble. Elle habitait un deux-pièces rue Bonaparte. Saint-Germain-des-Prés ! Elle aimait ce quartier symbolique de la vie qu'elle aurait voulu mener.

Lui, il s'était d'abord installé à la porte de Saint-Cloud, non loin de sa famille, qui demeurait à Boulogne, côté Billancourt. Un studio étroit, mal agencé, donnant sur une avenue bruyante ; avec son salaire d'ingénieur débutant, il n'aurait guère pu trouver mieux et il avait vite décidé qu'il n'y resterait pas. Virginie s'était mise à chercher un appartement pour eux deux, autour de chez elle. Pas question pour elle de quitter la rive gauche. Nathan se montrait réticent à toutes les propositions qu'elle lui présentait. Habiter dans les quartiers centraux de Paris n'était pas pratique, disait-il, c'était loin du bureau, loin du boulevard périphérique par lequel il rejoignait les aéroports, car il voyageait beaucoup ; c'était loin de chez ses parents, qu'il passait souvent voir quelques instants, le soir ; c'était loin des clubs sportifs de l'Ouest parisien, où des amis l'invitaient à jouer au tennis, c'était loin du Parc des Princes, où il aimait retrouver des supporters du PSG lors des matches de compétition européenne de football, c'était loin du bois de Boulogne et du parc de Saint-Cloud, qu'il aimait parcourir à vélo, tout seul ou au sein d'un groupe de copains cyclistes amateurs. Et puis, argumentait-il, ils étaient encore très jeunes, ils avaient tous les deux besoin d'éclore, de respirer à fond, de prendre leur essor. C'était mieux de vivre chacun chez soi, de privilégier les aspects pratiques, rien n'empêchait de sortir ensemble le soir, de passer quelques nuits ensemble, de partir en week-end ensemble… Nathan déménagea dans un appartement confortable, dans une petite rue tranquille de Boulogne. Virginie resta rue Bonaparte.

Virginie et Nathan s'aimaient réellement, tendrement. Ils s'offraient mutuellement au lit des moments très forts, extatiques, et n'avaient d'ailleurs nul besoin d'être dans un lit pour cela. Leurs désirs étaient intenses, ils pouvaient se prendre n'importe quand, n'importe où, n'importe comment, en plein jour ou au plus profond de la nuit, chez elle ou chez lui, dans le salon, dans la cuisine, dans la salle de bain, et même ailleurs, pourvu que le risque d'être surpris soit maîtrisé. Ils avaient fait l'amour dans l'ascenseur après l'avoir bloqué, en voiture la nuit sur une aire d'autoroute, au bureau, après s'être enfermés dans une salle de réunion au prétexte d'un sujet confidentiel. Souvent Virginie lançait l'idée et Nathan la prenait au mot…

Ils travaillaient pour la même société, mais leurs emplois du temps ne se recoupaient guère ; ils se voyaient peu. Dans leur vie privée, ils avaient des goûts différents et n'étaient pas attirés par les mêmes activités. Virginie aimait les arts, les expositions, le théâtre, l'opéra, les mondanités culturelles dans le microcosme germanopratin. Nathan aimait l'exercice physique, les événements sportifs, le grand air. Elle aimait les restaurants à la mode, la nouvelle cuisine et les spécialités japonaises, que les Parisiens découvraient ; il préférait les petits bistrots traditionnels, les plats populaires, la viande rouge (ses interdits alimentaires se limitaient au cochon, il ne s'imposait pas de rituel casher). En vacances, elle privilégiait le farniente, elle aimait rester allongée sur une plage ou sur un bateau, si possible à proximité de stations balnéaires mondaines ; il préférait les randonnées, les expéditions sportives, les traversées à la voile.

L'intimité de leur relation était restée relativement confidentielle. Au bureau, ils se comportaient avec discrétion. Nathan Kaplan était souvent absent, en voyage pour les affaires. Quand il était à Paris, ils se réservaient du temps pour être ensemble, seuls ; ils voyaient peu d'amis, ils n'en avaient pas beaucoup en commun.

Michel Déclair lui-même ignorait que Nathan Kaplan et Virginie formaient un couple, non pas que les deux amoureux s'en fussent cachés, mais le père de Virginie ne s'intéressait qu'à ce qui touchait aux affaires de sa société. L'avenir privé de sa fille, sa vie de femme, son bonheur personnel, tout cela lui échappait totalement. Il ne lui voulait pas de mal, c'était juste une question qui ne le concernait pas ; il n'avait pas le moindre soupçon que la question existât.

Un soir, Michel Déclair dîne en ville avec Virginie. Entre la poire et le fromage — une expression qui date d'un temps périmé où l'on servait les fromages après les fruits, qui n'a aucun rapport avec le dîner des Déclair et qui signifie : « vers la fin du repas, à un moment où l'on commence à être repu et détendu » — vers la fin du repas, donc, au moment où Michel Déclair et sa fille commencent à être repus et détendus, voilà qu'il lui raconte que des amis à lui viennent de se fâcher avec leur fils, au prétexte qu'il a l'intention d'épouser une femme juive. Tu n'y penses pas vraiment ? ont-ils d'abord réagi. C'est elle ou nous, l'ont-ils ensuite averti. Le jeune homme s'est entêté, les parents ont refusé de rencontrer la future belle-famille, ils ont prévenu qu'ils n'assisteront pas au mariage, dont on soupçonne d'ailleurs qu'il donnera lieu à des festivités un peu vulgaires… Michel Déclair, l'air placide, ne semble pas condamner ni même critiquer l'attitude de ses amis. Ils sont au restaurant, Virginie se retient de pousser de hauts cris. Les yeux étincelants de fureur, penchée en avant au-dessus de la table, elle dit à son père que ses propos sont insupportables et qu'elle n'aurait jamais imaginé qu'il était antisémite. Il n'est pas antisémite, assure-t-il, mais je peux les comprendre, on est en France, que diable, il y a suffisamment de jeunes femmes de bonne famille à épouser ! Virginie insiste, rageuse :

— Et si j'épousais Nathan Kaplan, tu aurais cette attitude ?

Michel Déclair se recale sur sa chaise, souriant, regardant sa fille dans les yeux sans la moindre gêne.

— J'y ai pensé plusieurs fois, figure-toi, et avec bienveillance. Tu vois que je ne suis pas antisémite. A un moment, j'ai considéré que ça pourrait être une bonne chose pour Déclair. Nathan Kaplan est un collaborateur exceptionnel, il a montré de grandes qualités… des qualités, disons innées. Que tu l'épouses aurait permis de l'associer à nos affaires. Mais j'ai réfléchi, ces gens-là ont quand même des façons de faire qu'on ne connaît pas, c'était prendre un risque… et je ne t'en ai donc pas parlé… Maintenant, si tu devais m'annoncer que tu vas te marier avec Nathan…

Il conclut avec une moue et un geste des deux mains, signifiant qu'il ne s'y opposerait pas.

*

Les mois, les années passaient. Un an, puis deux, puis quatre, puis… Cela faisait plus de sept ans que Virginie et Nathan étaient amants. Rien ne changeait. Ils vivaient toujours chacun chez soi. Nathan était souvent absent, à l'étranger, à plusieurs heures d'avion, une contrainte imposée par les responsabilités de direction qui lui incombaient désormais chez Déclair. Ils continuaient à mener leur vie en toute indépendance, chacun voyant ses amis, s'adonnant individuellement aux activités qui lui plaisaient. Lors des soirées qu'ils passaient ensemble, pendant les week-ends ou les vacances, ils donnaient l'impression d'être amoureux et ils l'étaient réellement. Lors de leurs étreintes, ils savaient se renouveler, le plaisir restait intense et suffisait à leur équilibre. Il arrivait à Virginie de croiser des hommes qui, en d'autres circonstances, lui auraient plu et avec lesquels elle aurait pu envisager une aventure, mais même pendant les longues absences de Nathan, elle n'avait jamais eu envie de le tromper. Il lui affirmait qu'il en était de même pour lui. Elle s'efforçait de le croire.

Virginie déjeune un jour avec une amie, Sandra. Elles sont dans un restaurant qui vient d'ouvrir et dont on parle dans la plupart des magazines. Une décoration très raffinée où des agencements minimalistes se mêlent à des boiseries néoclassiques. Des plats à base de poissons et de crustacés crus, dont la saveur est rehaussée par des épices inattendues. Quelques artistes à la mode et une clientèle élégante en provenance des beaux quartiers parisiens. Sandra adore ce genre d'endroits branchés ; en arrivant, avant de rejoindre Virginie qui patientait à sa table depuis vingt bonnes minutes, elle a salué plusieurs personnes, des femmes, des hommes, de toutes les générations. Sandra connaît beaucoup de monde.

Virginie et Sandra sont des amies d'enfance, elles se sont connues au lycée. Quand elles étaient adolescentes, Virginie a souvent été invitée à passer des week-ends à Deauville dans la propriété des parents de Sandra. Des gens très chaleureux, de confession juive, comme la majorité des personnes que Sandra fréquentait dans cette station balnéaire mondaine de la côte normande. Pour la plupart, des familles originaires d'Europe de l'Est, qui vivaient en France depuis plusieurs décennies. Elles avaient tout fait pour s'assimiler dans la société française, tout en perpétuant le souvenir de certains proches, qui avaient été déportés dans les camps d'extermination nazis et n'en étaient pas revenus.

Virginie a déjà eu plusieurs occasions de parler à son amie de Nathan Kaplan, de leur amour, de leur relation ; une relation qui dure depuis des années et qu'elle souhaite désormais régulariser, car elle est certaine de vouloir construire sa vie avec lui. Elle ne s'explique pas pourquoi il semble fuir toute discussion sur le sujet.

— Connais-tu les parents de Nathan ?

— Je ne les ai jamais rencontrés.

— Sais-tu d'où ils sont originaires ?

— Eh bien, ils sont juifs, je te l'ai déjà dit.

— Oui, mais d'où vient leur famille ?

— D'après ce que je sais, son père est né en Egypte et sa mère en Algérie.

Sandra se piquait d'être une fine observatrice des us et coutumes de la communauté juive, ou plutôt des communautés juives, devrait-on dire. Elle se lance dans de grandes explications, afin d'éclairer son amie.

— Il a probablement été élevé selon des pratiques et des traditions séfarades très strictes. Certaines familles sont opposées aux mariages mixtes ; surtout pour leurs fils, car chez nous, c'est la mère qui détermine la religion des enfants. Elles tiennent donc à avoir des belles-filles juives. Et les fils sont très respectueux des exigences de leurs mamans. Alors ma chérie, je vais être franche avec toi : si tu veux avoir une chance d'épouser ton beau Nathan, je crains qu'il ne te faille te convertir au judaïsme.

— Non, dit Virginie, imaginant la tête de son père si elle devait lui annoncer une telle disposition. Ça n'est pas possible !

Sandra n'avait pas tort. La mère de Nathan Kaplan faisait partie d'une famille juive pied-noir ayant quitté l'Algérie pendant ce qu'on avait alors pudiquement appelé « les événements », bien avant l'indépendance. Quant aux Kaplan, de lointaine origine alsacienne, ils étaient venus au début du siècle s'installer à Alexandrie, en Egypte. Les Juifs avaient vécu là ni mieux ni plus mal qu'en d'autres pays, mais à partir de la création d'Israël, en 1948, ils avaient été confrontés à une hostilité de plus en plus agressive de la part de la population. Dans les années qui suivirent, ils émigrèrent en nombre, les uns en Amérique du Nord, d'autres dans le nouvel Etat d'Israël. Quelques-uns préférèrent la France. Tel fut le choix de Nissim Kaplan, le grand-père de Nathan, un agent d'assurances qui maîtrisait la langue française et qui rejoignit la région parisienne en 1952. Son fils Simon, futur père de Nathan, avait alors dix-huit ans. Il avait obtenu son bac et pu engager des études de médecine, qui le conduiront plus tard à ouvrir son propre cabinet de généraliste, dans un appartement vaste et sombre, situé au premier étage d'une rue commerçante de Boulogne-Billancourt.

Il s'y était installé avec son épouse, Déborah, rencontrée par l'entremise d'amis communs. Soucieux de leur respectabilité, ils avaient fondé un foyer au train de vie simple, observant avec rigueur les principaux préceptes du judaïsme, sans pour autant tomber dans une orthodoxie sclérosante. Sionistes de cœur et préoccupés par la sécurité de proches vivant à Haïfa et à Tel-Aviv, ils avaient suivi avec anxiété les guerres israélo-arabes de 1967 et 1973.

Déborah Kaplan s'était consacrée à l'éducation de leurs cinq enfants, nés entre 1957 et 1964. Ils avaient tous effectué leur scolarité dans une école confessionnelle. Nathan, le plus jeune, avait été le premier à prendre ses distances avec la religion, au grand dam de ses parents. Après sa bar-mitsva, ses professeurs, qui avaient décelé chez lui de hautes aptitudes intellectuelles, avaient insisté pour qu'il poursuive ses études dans un établissement public. Son bac en poche, Nathan avait été admis dans les classes préparatoires aux grandes écoles dans un prestigieux lycée parisien, puis avait intégré l'Ecole Polytechnique en 1983. Un changement d'atmosphère important : ces années passées à croiser des intellectuels de tous bords au Quartier latin lui avaient fait prendre de la hauteur dans son analyse des événements géopolitiques nationaux et internationaux, sans qu'il renonçât pour autant à sa fidélité aux valeurs de sa famille.

Selon les principes de Simon et de Déborah Kaplan, les enfants juifs étaient voués à transmettre leur judéité à leur descendance et il aurait été inadmissible que l'un des leurs se marie en dehors du judaïsme. Une question que Nathan ne s'était jamais posée, car la réponse était profondément ancrée dans son esprit depuis son enfance. Il avait le sentiment d'aimer Virginie et d'être aimé en retour. Il n'y avait aucun nuage entre eux, si ce n'est qu'ils se voyaient peu, parce qu'il était souvent absent, une servitude que supportaient de nombreux autres couples de par le monde. Elle était sa compagne, il était son compagnon, c'était un état de fait qui pouvait se projeter dans le futur pour une durée indéfinie, mais l'idée de régulariser leur relation par un mariage ne lui serait pas venue à l'esprit.

Aussi Nathan avait-il été surpris lorsqu'un soir, en rentrant en voiture d'un dîner chez des amis — une situation où l'on est assis côte à côte, qui permet de discuter de sujets importants sans se regarder dans les yeux —, Virginie avait rappelé le nombre d'années que comptait leur liaison, avait évoqué les mariages conclus ou projetés dans leurs cercles d'amis, pour finir par lui demander comment il envisageait de donner suite à leur relation.

— Ah !... Je ne sais pas... Vraiment, je n'y ai pas réfléchi... Pourquoi me poses-tu cette question ? avait répondu Nathan après un silence embarrassé.

Il avait vite compris que c'était la pire réponse possible et il avait ajouté, en lui prenant la main :

— Tu trouves qu'on n'est pas bien comme ça ?

Elle avait ôté sa main et répliqué d'une voix étranglée :

— Moi, je t'aime. Et toi, est-ce que tu m'aimes ?

— Si je ne t'aimais pas, nous n'aurions pas passé toutes ces années ensemble.

Elle n'avait pas répondu, il n'avait pas relancé. En rentrant, ils avaient fait l'amour, longuement, tendrement, sans parler. Il était resté dormir chez elle. Mais, tourmenté, il n'avait pas fermé l'œil de la nuit. Il l'avait entendue se lever et se recoucher plusieurs fois ; il avait supposé qu'elle était allée pleurer dans le salon et il n'avait pas bougé. Le matin, il était parti très tôt, car il avait quelques dispositions à régler au bureau, avant de prendre un avion, en début d'après-midi, pour Tel-Aviv.

Il avait essayé de la joindre au téléphone, avait laissé des messages un peu formels, elle n'avait pas rappelé. Quand il était revenu, la semaine suivante, ils s'étaient croisés au bureau, étaient restés dans un registre de courtoisie professionnelle, comme il est l'usage entre collègues qui s'entendent bien ; un rapport distant. Il était passé voir ses parents, puis était rentré chez lui. Dans la soirée, on avait sonné à la porte. C'était Virginie, elle était pâle, très calme, joliment vêtue, très digne. Il l'avait accompagnée au salon, elle s'était assise sur le canapé, lui avait demandé un verre d'eau, qu'il avait été chercher à la cuisine. Il s'était assis face à elle.

— Voilà, avait-elle commencé d'une voix ferme après avoir bu deux gorgées d'eau. Cela fait sept ans que nous sommes ensemble, sans que nous ayons prévu de construire quoi que ce soit. Je t'aime, mais je ne veux plus continuer ainsi, même si je sais que je risque d'être très malheureuse selon ce que tu me répondras.

Elle le regarda droit dans les yeux.

— Je crois savoir que le fait que je ne sois pas juive est important. Tu es libre de me faire des propositions sur le sujet et je serai libre de les accepter ou pas.

Elle porta à nouveau le verre à sa bouche pour boire.

— Maintenant, l'enjeu est le suivant : ou bien nous trouvons un accommodement et nous décidons de nous marier, ou bien nous ne nous verrons plus que dans le cadre de nos rapports professionnels et le moins souvent possible. A toi de me dire.

Nathan s'attendait à un ultimatum de ce genre, mais pas de façon aussi précipitée. Pendant sa semaine au Proche-Orient, il avait essayé, sans y parvenir, de peser le pour et le contre. Il ne savait pas ce que ses parents lui conseilleraient, car malgré l'insistance de sa mère pour obtenir des informations sur sa vie sentimentale, il ne leur avait jamais parlé de Virginie. Il connaissait bien sûr leur intransigeance sur la question religieuse. Il ne se sentait pas le courage de demander à Virginie de se convertir au judaïsme, parce qu'au fond de lui, il trouvait cela ridicule et parce qu'il était convaincu que les démarches seraient compliquées et ennuyeuses.

Il était donc resté de longues minutes sans répondre, la fixant d'un regard dont il voulait croire qu'il exprimât son désespoir. Puis à force de se répéter en son for intérieur que tout ceci était absurde, il s'était mis à hocher doucement la tête de façon négative.

Elle s'était levée, lui aussi. Elle s'était rapprochée de lui, le contemplant de ses beaux yeux gris-bleu embrumés de larmes, lui disant d'une voix à peine audible :

— Je voudrais que nous fassions une dernière fois l'amour. Et après, ce sera fini entre nous.

*

La terre avait continué à tourner chez Déclair. Nathan Kaplan était toujours par monts et par vaux. Quand il était à Paris, Virginie s'arrangeait pour être absente les jours où il était prévu qu'il passe au bureau. Pendant des mois et des mois, ils réussirent à ne se croiser qu'exceptionnellement. Virginie était malheureuse, mais les rares fois où elle s'était retrouvée en présence de Nathan Kaplan, elle avait tout fait pour donner le change en plaisantant de manière aguicheuse avec les hommes qui se trouvaient là ; des provocations qui avaient atteint leur but et blessé Nathan. Il était lui aussi malheureux et même jaloux à l'idée que d'autres hommes plaisent à Virginie, mais ce qui l'accablait le plus, c'était la tristesse de la jeune femme, quand des amis communs en témoignaient devant lui. Il n'avait pas de solution à lui offrir. Leur séparation était irréversible et elle les faisait souffrir tous les deux. Il n'y avait que le temps qui pouvait peut-être atténuer leurs tourments.

Effectivement, le temps finit par les aider à reprendre le dessus. Ils comprenaient bien, l'un et l'autre, l'absurdité d'enterrer à leur âge tout espoir d'un bonheur, et comme beaucoup, ils n'imaginaient pas pouvoir trouver ce bonheur ailleurs que dans un long et harmonieux parcours de couple. Il leur fallait construire leur vie, malgré une cicatrice qu'ils avaient enfouie au plus profond de leur cœur, mais qui se rappelait parfois à eux, en se montrant douloureuse. Nathan Kaplan s'étourdissait dans son travail et s'échappait à l'occasion dans de courtes idylles, qui ne lui faisaient pas oublier Virginie. Après plusieurs mois, Virginie rencontra chez des amis un avocat dont elle finit par accepter les avances. Sans plaisir ni joie.

Autour de Nathan, dans la famille Kaplan, chez les cousins, chez les amis, on commençait à trouver anormal qu'un trentenaire séduisant et bien sous tous rapports comme Nathan soit encore célibataire, d'autant plus qu'il pouvait faire état d'une très belle situation professionnelle, un poste de direction très bien rémunéré dans une société internationale de construction. De Tel-Aviv à Jérusalem, de Toronto à Buenos Aires, ainsi qu'à Paris et à New York, des femmes qui se piquaient d'être des marieuses efficaces ouvrirent leur carnet d'adresses et saisirent leur téléphone. Les candidates ne manquèrent pas. Nathan Kaplan en arriva à se convaincre, qu'il était temps pour lui de fonder une famille et qu'à défaut de pouvoir oublier Virginie, il n'avait qu'à laisser les autres guider les événements.

Au cours d'une soirée caritative à Jérusalem où il avait été invité, on lui présenta Ilana, une jeune journaliste parisienne qui écrivait des chroniques pour un magazine d'art contemporain. Elle était la fille d'un riche diamantaire, dont les affaires s'étendaient jusqu'à Anvers, Brooklyn et Tel-Aviv. La famille pratiquait un judaïsme très rigoureux. Ilana ne fit pas chavirer le cœur de Nathan Kaplan, mais force lui fut de constater qu'elle avait, du moins en apparence, tout ce qu'il fallait pour en faire une épouse parfaite. Leur mariage, organisé en quelques mois, fit l'objet de festivités somptueuses à Jérusalem.

Conscient que la nouvelle serait un coup dur pour Virginie, Nathan Kaplan voulut faire en sorte que l'événement ne s'ébruite pas. Son intention était illusoire, tout se sait toujours. Rentrant un jour chez Déclair après un rendez-vous à l'extérieur, il eut la surprise, en poussant la porte de son bureau, de tomber sur un petit cercle de collaborateurs, qui l'attendaient avec deux ou trois bouteilles de champagne et qui l'accueillirent en tapant dans leurs mains, tout en psalmodiant maladroitement des *mazel tov* chaleureux.

Perturbé par la culpabilité, rongé par l'ignorance de ce que devenait Virginie, mais incapable de l'appeler au téléphone,

Nathan Kaplan en arriva à la conclusion que la meilleure solution serait de couper toute relation avec les Déclair et qu'il lui fallait donc démissionner de son poste.

Mais qu'allait-il faire, maintenant qu'il fondait une famille, qu'il faudrait assumer le train de vie d'une jeune femme habituée à être gâtée, qu'ils auraient probablement des enfants ? Ilana lui suggérait de venir rejoindre son père dans leur affaire familiale de courtage en pierres précieuses, histoire d'y surveiller ce que ses frères pourraient tramer contre ses propres intérêts, lui assurant que son père serait disposé à lui offrir une place d'associé. Un plan qui ne disait rien qui vaille à Nathan. Son beau-père, de toute façon, ne lui proposait rien de tel et encourageait plutôt son gendre à se mettre à son compte dans son activité actuelle. Selon lui, il en avait les compétences, il maîtrisait le réseau relationnel qu'il avait créé lui-même pour générer du chiffre d'affaires au profit de la société Déclair, le marché de la construction était vaste et diversifié un peu partout dans le monde… Il n'avait aucun doute sur la réussite future de l'entreprise que Nathan allait monter et se montrait d'ailleurs prêt à en financer le lancement.

Nathan Kaplan vint donc un jour présenter sa démission à Michel Déclair, qui eut l'impression que le ciel lui tombait sur la tête. Il en resta sans voix, incapable de répliquer aux affirmations apaisantes de Nathan, qui déclarait avec conviction que nul n'était indispensable, que Déclair disposait de jeunes talents ne demandant qu'à éclore, que les clients ne lui étaient, en vérité, que peu attachés, à lui, Nathan Kaplan, et qu'ils seraient en revanche indubitablement fidèles à une personnalité aussi renommée et rayonnante que Michel Déclair, auquel lui, Nathan Kaplan resterait toujours très reconnaissant, pour lequel il n'oublierait jamais ce qu'il lui devait, et qui ne devrait jamais hésiter dans l'avenir à faire appel à lui s'il estimait en avoir la nécessité… Tout ce qu'on peut dire sans y croire, mais en y mettant le ton de la sincérité, lorsqu'on sait que c'est juste un moment difficile à passer, le dernier avant un adieu et l'ouverture d'un nouveau chapitre.

Quelques jours plus tard, Virginie dînait avec son père, qui ressassait inlassablement son incompréhension.

— Je ne sais pas ce que j'aurais pu faire de plus pour lui, répétait-il, j'ai fait le point de ce que nous lui avons versé comme rémunération et primes l'année dernière. Comment pourra-t-il gagner plus ? S'il avait fallu lui céder des actions pour qu'il soit au capital, il n'avait qu'à me le demander, je l'aurais fait. Je le considérais presque comme un fils…

— Il t'a trahi, papa, comme il m'a trahi, moi.

Michel Déclair avait tout ignoré de la relation fusionnelle qui avait uni pendant plusieurs années Virginie et Nathan. Il avait mal interprété la remarque de sa fille, pensant qu'elle faisait allusion à son avenir personnel chez Déclair. Il avait cependant été sur le point de répondre que les trahisons n'étaient pas étonnantes de la part d'un homme comme Nathan Kaplan. Un Juda ! Il s'était retenu en voyant dans le regard de Virginie qu'elle avait deviné ce qu'il avait l'intention de dire et il avait compris qu'elle ne le supporterait pas. Ce n'était pas le moment de se la mettre à dos. Il s'était borné à clore la discussion par quelques mots brefs, dont il ne savait pas s'ils étaient de bonne ou de mauvaise foi.

— J'aurais dû t'inciter à épouser Nathan Kaplan.

*

Douze ans plus tard, Virginie se rappelait qu'elle avait regretté sur le champ sa remarque sur la trahison de Nathan. Dès qu'elle avait lu dans l'expression du visage de son père qu'il allait prononcer des mots impardonnables, elle l'avait fusillé du regard.

— J'aurais dû t'inciter à épouser Nathan Kaplan, avait-il dit.

Elle avait haussé les épaules. Pauvre papa ! S'il avait su.

Considérait-elle aujourd'hui que Nathan Kaplan les avait trahis ? Elle connaissait son état d'esprit. Elle était certaine qu'en son for intérieur, il s'était efforcé d'être loyal à l'égard de Déclair et il était probablement convaincu de l'avoir été. Mais les faits et les chiffres ne mentaient pas. Les clients l'avaient suivi. La société qu'il avait créée, Kaplement, avait engrangé les réussites. Son volume d'affaires et ses profits n'avaient cessé de croître, au détriment de ceux de Déclair.

Et sur le plan sentimental, pouvait-on parler de trahison ? Elle ne pouvait nier qu'il l'avait fait souffrir. Beaucoup. Une souffrance dont elle avait été partiellement responsable, en laissant passer trop d'années sans réagir. Mais il s'était incontestablement mal comporté envers elle. Du moins s'était-elle efforcée de se le répéter, une façon de ne pas tomber dans la nostalgie.

Un an plus tard, elle avait fini par épouser Yves, un haut fonctionnaire, très bel homme. Il était fou d'elle et ils avaient divorcé au bout de dix-huit mois. Puis il y avait eu Charles. Puis plus grand monde. Mais il y avait Raphaël. Il avait trois ans et c'était devenu un vrai compagnon.

Il y avait aussi Sylvain, son locataire. Ses affaires semblaient bien marcher. Il n'arrêtait pas de vouloir occuper des surfaces supplémentaires dans l'immeuble dont elle était propriétaire, ce qui l'arrangeait financièrement. Cela faisait cinq ans qu'elle le connaissait, elle s'était habituée à ses rodomontades. Elle voyait bien qu'elle lui plaisait. Il était gentil, l'emmenait de temps en temps déjeuner dans un bistrot à côté du bureau, sans jamais la laisser payer. Récemment, c'est à dîner qu'il l'a invitée et il lui a même proposé de venir avec Raphaël passer quelques jours chez lui, sur la Côte d'Azur. En tout bien tout honneur, a-t-il dit. Et si elle acceptait ?...

7

Avril 2019

Mardi soir, 20 h 35

Il a jeté un dernier coup d'œil à la montre du tableau de bord avant de couper le contact. Huit heures et demie passées, comme presque tous les soirs ! Après s'être extrait de sa voiture de service, garée sur l'emplacement qui lui était réservé au sous-sol de la résidence, Mehdi s'est retourné pour actionner la télécommande de fermeture des portes et contrôler que son gyrophare ni aucun signe distinctif n'étaient visibles de l'extérieur de sa Clio blanche banalisée.

Il a pris l'escalier pour remonter au rez-de-chaussée, quinze marches qu'il comptait machinalement tous les soirs, il a poussé les lourdes portes coupe-feu, est sorti dans le jardin joliment boisé qui agrémente la grande résidence et s'est dirigé vers l'immeuble voisin du sien. On voyait des lumières à presque toutes les fenêtres. Dans un bosquet éclairé par un réverbère tout proche, on pouvait observer l'apparition de bourgeons sur des branches à l'aspect calleux, témoignant de l'arrivée du printemps. Mais après la douceur de l'après-midi, la fraîcheur finissait par s'imposer et s'abattait lentement sur les épaules, en rythme avec la légère brume à l'odeur fade, qui accompagnait la nuit jusqu'au sol.

Sylvie avait un conseil de classe, ce soir, et elle l'avait prévenu qu'elle rentrerait tard. Il revenait donc à Mehdi d'aller chercher Martin, leur fils de six ans, chez Soraya, une jeune femme demeurant dans un appartement en rez-dejardin, où elle travaillait comme nounou et comme baby-sitter pour le compte de familles habitant la grande résidence. Un bref détour auquel Mehdi ne rechignait pas, même s'il était fatigué et avait hâte de rentrer chez lui, parce qu'il y trouvait une compensation. Oh ! Une compensation bien dérisoire, qu'il n'aurait osé révéler à personne : Soraya était pourvue d'une poitrine superbe, sur laquelle, pendant une poignée de secondes, lorsqu'il venait chercher Martin, Mehdi avait l'habitude de loucher discrètement, au travers d'un teeshirt ajusté derrière lequel se devinaient des tétons provocateurs ou dans l'échancrure d'un chemisier dont les premiers boutons restaient ouverts.

Du séjour où il regardait la télé avec les enfants de Soraya, Martin a aperçu son père et s'est précipité à la fenêtre, tapotant sur la vitre pour lui faire signe. Mehdi a répondu d'un geste en souriant et a fait le tour jusqu'au porche d'accès, où il a actionné l'interphone. La porte s'est ouverte, Martin a accouru vers lui, tandis que depuis l'entrée de son appartement, Soraya, emmitouflée dans un ample et peu avantageux pull-over gris à col roulé, tendait son anorak et son sac à dos à son père.

— Bonsoir, Mehdi. Martin a été très sage, il a bien mangé et il a pris une douche. Il n'a plus qu'à se laver les dents avant d'aller au lit… Bonne nuit, Martin.

La jeune femme, tout sourire, a lancé un baiser à l'enfant. Mehdi a ri intérieurement de sa propre déception, se consolant avec la perspective d'une prochaine hausse des températures, annonciatrice de mises plus légères.

— Merci beaucoup, Soraya. Sylvie passera vous voir demain. Bonne nuit.

Martin a enfilé son anorak, Mehdi a remonté la fermeture éclair jusqu'au col du petit garçon. Main dans la main, père et fils ont pris le chemin de leur immeuble et de leur appartement.

Après avoir couché Martin, Mehdi a mis en pile les copies que Sylvie avait commencé à corriger et qu'elle avait abandonnées quelque peu en vrac, avant de partir pour sa réunion au collège. Une fois la table débarrassée, il l'a dressée pour le dîner et a sorti du réfrigérateur les plats préparés ; il les ferait réchauffer quand Sylvie serait rentrée. Il a consulté l'heure, elle n'allait plus tarder. En l'attendant, il s'est laissé tomber sur le canapé, a allumé la télé, l'a regardé sans la voir ; son esprit récapitulait, en s'efforçant d'y mettre de l'ordre, les événements troubles qui avaient marqué sa journée de travail.

*

Mardi matin, 8 h 55

Quand il était arrivé à l'hôtel de police, ce matin vers neuf heures, après avoir déposé Martin à l'école et Sylvie à la gare RER, on l'avait averti que le commissaire divisionnaire Prigent voulait le voir d'urgence. Il était monté au bureau du directeur du SRPJ. La porte était ouverte. Vincent Huvert, le responsable de la brigade criminelle, son supérieur direct, était déjà installé face au grand patron et les deux hommes devisaient tranquillement.

— Ah, Mokhdane ! Nous vous attendions, s'écria le commissaire en lui tendant la main. Il y a un boulot pour vous. Tenez ! Prenez un café et venez vous asseoir.

Sur une large console cache radiateur, près de la haute fenêtre à petits bois, Mehdi saisit une tasse et inséra une capsule dans la machine à expresso que les membres du Service avaient offerte à leur patron pour ses cinquante ans. Celui-ci en était très fier et il suivait avec une attention bienveillante les opérations de Mehdi.

— Tant que j'y suis, demanda ce dernier, vous en voulez un, monsieur le commissaire ? Et toi, Vincent ?

Les deux policiers déclinèrent poliment, montrant leur tasse à moitié pleine sur la table devant eux. Mehdi vint les rejoindre, s'asseyant face au commissaire, en position d'écoute active.

— Huvert est déjà en partie au courant, mais je reprends depuis le début, dit le commissaire, avec dans l'œil, la lueur malicieuse qu'affichent les orateurs impatients de surprendre leurs auditeurs. Regardant tour à tour ses subordonnés, il poursuivit.

— A la suite d'un appel, une de nos équipes a été amenée à intervenir, ce matin de bonne heure. Une affaire bizarre et grave, il y a un mort, ou presque, si je puis dire, une personne renversée par un véhicule. Deux suspects interpelés. Le parquet a ouvert une enquête préliminaire. Et le procureur vient de me rappeler pour que l'enquête soit confiée à la crim'.

— On est sûr que ça n'est pas un accident ?

— L'affaire est trouble, avec une présomption d'attentat terroriste et une tentative d'homicide.

— Les deux suspects ? On les connaît ? demanda Mehdi.

— Non. Rien, ou presque rien, sur leur casier judiciaire, répondit Vincent. Mais l'un d'eux prétend, et il n'en démord pas, qu'ils appartiennent à la DGSE et qu'ils avaient une mission de neutralisation pour éviter un attentat.

Montrant d'une moue son scepticisme, Vincent tendit à Mehdi une chemise cartonnée contenant une liasse de feuillets dactylographiés, ainsi qu'une série de photos. Vincent expliqua qu'il s'agissait de différentes prises de vue d'une même villa, que les faits de ce matin s'étaient produits devant cette villa et que, toujours d'après l'un des suspects, celle-ci serait la résidence d'un agent du Mossad.

Mehdi, qui écoutait en examinant les photos, leva un sourcil, l'air surpris.

— Les services israéliens ?

Le commissaire Prigent intervint.

— Ça me paraît peu crédible, mais au ministère, on m'a demandé de tirer cela au clair. J'avais pourtant cru comprendre que l'époque des coups foireux de barbouzes était révolue. Vous enquêterez et vous me direz ce qu'il en est, Mokhdane. S'il le faut, on ira poser des questions directement boulevard Mortier, à Paris, au siège de la DGSE. De toute façon, compte tenu de cette présomption d'implication, j'ai averti la direction centrale et j'attends un retour du Cabinet du ministre de l'Intérieur, qui doit me mettre en relation avec le ministère des Armées.

Le responsable de la brigade criminelle reprit la parole.

— Une victime a été transportée au centre hospitalier, aux urgences. Pronostic vital engagé, état critique. On n'en sait pas plus pour l'instant. L'enquête est à toi, Mehdi. Pour les deux types interpelés, le juge d'instruction m'a appelé et je t'attendais pour leur signifier leur garde à vue. Il est prêt à nous donner les moyens de travailler. Une dernière chose : j'ai croisé Wilfried, de la police scientifique, il envoie ses troupes sur place.

Mehdi parcourait les pages dactylographiées, il siffla entre ses dents.

— Wouah ! Une embrouille dans un quartier super chic.

— En effet, acquiesça son chef. Il va falloir agir vite et avec délicatesse.

— J'ai déjà reçu une mise en garde du ministère, renchérit le commissaire. Il y a dans le coin des gens qui ont des relations et qui s'en servent. Mokhdane, je compte sur vous. Tenez au courant Vincent.

— Je m'en occupe, monsieur le commissaire.

Mehdi s'était rendu dans la grande pièce paysagée du second étage, où les membres de la brigade criminelle avaient tous leur bureau. Il avait salué ses collègues à la cantonade, s'était assis à sa place, pour feuilleter le dossier que lui avait remis son chef. Il avait étalé les photos sur sa table de travail, les avait regardées avec curiosité, puis avait appelé le juge d'instruction, demandant de larges autorisations pour mener son enquête. Puis il était allé se poser en face d'Alexandra, son adjointe, lui avait résumé ce qu'il venait d'apprendre de l'affaire qui leur était confiée et l'avait chargée de procéder aux notifications de garde à vue. Il entendrait lui-même les suspects en fin de matinée ou dans l'après-midi.

Il était descendu au bureau de police pour essayer d'en savoir plus, mais aucun des brigadiers qui étaient intervenus le matin sur les lieux n'était présent. Il avait alors décidé de se rendre sur place, ce qui lui prit une dizaine de minutes. Il avait garé volontairement sa voiture à deux ou trois cents mètres de l'adresse qu'on lui avait donnée, dans la rue principale, terminant à pied, dans l'idée de humer l'atmosphère du quartier.

En cette belle journée de début de printemps, les frondaisons étaient encore loin de leur plénitude, mais du fait de la hauteur des haies et de la densité des buissons, cela n'empêchait nullement les maisons bordant les petites avenues avoisinantes d'être largement masquées. On en apercevait le haut, de longues pentes en tuiles couvrant des bâtisses classiques, des tourelles de petits manoirs d'allure néoclassique, ou des terrasses arborées de villas d'architecture contemporaine ; quel qu'en soit le style, on recevait l'impression qu'il s'agissait de demeures vastes, luxueuses et raffinées. Leur espacement était à la mesure de la surface des jardins qui les bordaient. L'état impeccable des façades et des clôtures, la taille parfaite des arbustes et des plantes retombantes, la propreté des trottoirs, tout contribuait à montrer que les résidents étaient suffisamment fortunés pour ne pas lésiner sur les dépenses d'entretien. Le résultat était d'ailleurs plaisant, rehaussé par les premières floraisons jaunes et roses des forsythias et des cerisiers japonais.

Mehdi alla saluer les agents qui surveillaient la zone et gardaient à distance les quelques curieux venus déambuler l'air de rien depuis le centre-ville dans l'espoir de dénicher des informations. Il tomba sur Mickaël Lombard, un brigadier stagiaire, qui avait fait partie de l'équipe d'intervention. Le jeune policier lui rapporta les événements tels qu'il les avait vécus.

Ils patrouillaient dans la ville en voiture sérigraphiée, quand le poste les avait appelés, leur demandant de se rendre à l'adresse où ils se trouvaient en ce moment. Mehdi le suivit à l'endroit précis où l'homme avait été heurté et renversé par le véhicule. Les pompiers étaient arrivés très vite et s'étaient affairés auprès du blessé, inanimé, qui perdait du sang par la bouche et dont il était visible qu'il avait plusieurs fractures aux bras et aux jambes. Le médecin qui accompagnait les pompiers avait hésité à faire venir un hélicoptère, mais un second véhicule de secours s'était présenté et il avait finalement été décidé de placer la victime sur une civière et de la transporter au centre hospitalier. Non, dit le jeune policier, il n'avait pas assisté au choc avec la voiture. Mais compte tenu de ce qu'il avait vu, il était plutôt pessimiste sur les chances de survie, précisa-t-il en frissonnant.

Le contour de la position du corps était tracé à la craie sur la chaussée. Une coulée de sang était visible jusqu'à la bordure du trottoir. Un vieux Land Rover était garé à proximité. Accroupis, deux membres de la police scientifique, une femme et un homme, revêtus de la combinaison blanche rituelle, s'activaient avec leurs spatules, leurs seringues et leurs tubes. Ils redressèrent la tête pour saluer Mehdi.

— Le maire est intervenu pour que le véhicule impliqué soit évacué le plus vite possible, dit la policière. On l'examinera au garage.

— J'aurai peut-être besoin de vous tout à l'heure : une perquisition, annonça Mehdi.

Toujours accompagné du jeune policier stagiaire, Mehdi s'était dirigé vers le Land Rover, se glissant sous la rubalise jaune qui en défendait l'approche. Il avait mis des gants en latex, ouvert la porte, inspecté l'intérieur. Il avait inspiré, fait la grimace, ça ne sentait pas très bon.

— Ils étaient deux, avait encore raconté Mickaël Lombard. L'un corpulent, d'un certain âge, l'autre jeune, élancé, de type méditerranéen. Au début, on ne voyait pas leur visage, ils portaient des cagoules. On leur a demandé de les enlever et de montrer leurs papiers, ce qu'ils ont fait. Le plus âgé, qui semblait être le chef, nous a dit : « nous sommes des militaires ». C'est comme ça qu'il l'a dit, avec autorité : « nous sommes des militaires ». Il a ajouté : « on est en mission, sécurité du territoire, vous interférez, foutez le camp ! » Stéphane, notre chef de groupe, est pendant quelques secondes resté comme deux ronds de flan. Puis Ricardo a crié qu'il voyait la crosse d'un flingue dans un sac à dos sur la plate-forme arrière. Alors Stéphane a sorti son arme, Ricardo aussi, on leur a demandé de lever les mains et on les a fait sortir du véhicule. On les a palpés, ils n'avaient pas d'arme sur eux. Par contre, Ricardo a sorti du sac à dos deux flingues chargés, ainsi que deux poignards siglés *Armée française,* des matraques et d'autres armes par destination, en particulier des barres à mine et des battes de baseball.

— Vous ont-ils menacés ? demanda Mehdi.

— Non, pas du tout. Le plus vieux a répété plusieurs fois qu'ils étaient du service Action de la DGSE, en mission ultra-secrète, neutralisation d'un espion israélien et d'un commando sur le point de commettre un attentat. Il habiterait là.

Le jeune brigadier avait montré une grande maison en meulière, équipée d'une véranda spectaculaire, que Mehdi avait reconnue comme celle des photos. Puis il avait continué.

— Il a demandé l'autorisation de chercher dans ses poches sa carte de la DGSE, pour nous la faire contrôler. Stéphane m'a ordonné de le fouiller, ce que j'ai fait, j'ai trouvé en effet une carte plastifiée tricolore, avec sa photo, il était bien inscrit Direction générale de la sécurité extérieure. Elle avait l'air authentique. Je l'ai donnée à Stéphane. Mais en même temps, Ricardo, qui s'était accroupi derrière le véhicule, s'est relevé avec dans les mains une plaque d'immatriculation. Il a dit qu'elle était collée avec du scotch sur une autre plaque, il m'a demandé d'aller voir à l'avant si c'était pareil, j'y suis allé et c'était le même bricolage, deux plaques collées l'une sur l'autre. Et là, on a pensé la même chose en même temps ; on s'est dit qu'il n'était pas possible que des gars de la DGSE travaillent ainsi comme des amateurs. A ce moment-là, l'autre, le jeune, le Maghrébin s'est mis à crier à l'autre : « Mais qu'est-ce que t'attends, bordel ? Donne le nom et le téléphone de ta hiérarchie ! Qu'ils appellent ton chef ! ».

*

Mardi soir, 21 h 25

Le bruit de la porte palière qui se ferme a fait sursauter Mehdi, interrompant ses réflexions. Il s'est levé pour accueillir sa femme, l'aider à ôter son manteau, la débarrasser de ses sacoches. Elle s'est tournée vers lui, a tendu ses lèvres, il y a déposé un baiser. Elle avait l'air fatiguée. Des cernes soulignaient ses beaux yeux. Oui, elle était fatiguée, a-t-elle confirmé, le conseil de classe avait été interminable, il avait été difficile de trancher sur le cas de quelques élèves qui se comportaient en trublions, donnant lieu à l'inépuisable opposition entre partisans de sanctions radicales et adeptes du « pas de vagues ».

Sylvie enseignait l'anglais dans un collège d'une commune voisine, où demeuraient des familles d'origines diverses, fraîchement immigrées. Malgré le dévouement de la majorité du corps enseignant et de médiateurs issus des différentes communautés, les incompréhensions et les heurts étaient fréquents. Sylvie avait demandé une mutation et restait dans l'attente d'une affectation prochaine dans un quartier plus tranquille. Son mari aussi vivait dans l'espoir d'un changement. Cela faisait cinq ans que le lieutenant Mehdi Mokhdane faisait partie de la direction interrégionale de la police judiciaire, et il rêvait de rejoindre un jour la légendaire brigade criminelle de Paris.

Sylvie et Mehdi s'étaient rencontrés très jeunes, en première année de fac, ils étaient sortis ensemble, leur relation avait duré et une fois leurs études achevées, ils avaient considéré comme logique de se marier. Les familles, réticentes a priori à l'idée d'un mariage mixte, avaient été secouées par la décision, mais ne s'y étaient pas opposées. Le beau brun à la peau basanée et la belle blonde au teint de neige s'étaient mariés dans l'intimité, en présence d'une poignée de proches, qui avaient fait office de témoins. Les familles avaient observé avec scepticisme les premiers mois de la vie du jeune couple, puis tout malaise s'était dissipé à la naissance de Martin. Le petit garçon faisait la joie de ses grands-parents, catholiques et musulmans. Les parents de Sylvie n'allaient plus à la messe depuis des années, son père avait initié son gendre à la dégustation des grands crus de Bordeaux, dont il possédait plusieurs dizaines de bouteilles. La mère de Mehdi, qui ne s'était jamais couvert la tête que dans des moments solennels, échangeait des romans avec sa belle-fille, une jolie intellectuelle dont les parents Mokhdane ne se privaient jamais de faire l'éloge en famille. Il y avait bien, de part et d'autre, des cousins éloignés qui crachaient un peu de fiel, mais cela n'entamait pas le bonheur de Mehdi et de Sylvie.

Elle est allée embrasser leur petit garçon dans son lit, prenant garde de ne pas le réveiller, puis elle s'est assise à table, où Mehdi venait d'apporter leurs assiettes.

— Et toi, comment a été ta journée, a-t-elle demandé ?

— Une affaire très curieuse à élucider…

*

Mardi, 11 h 40

En fin de matinée, Mehdi était allé se présenter aux occupants de la villa dont les photos figuraient dans le dossier. Si les accusations de préparation d'un attentat étaient justifiées, il fallait être prudent ; il s'était fait accompagner par deux brigadiers de son groupe, prêts à se servir de leur arme si nécessaire.

Le propriétaire de la maison était un certain Nathan Kaplan, un homme d'affaires de stature internationale et d'envergure importante, semblait-il, selon les premières informations qu'il avait dénichées. Ces affaires étaient-elles une couverture, dissimulant une mission d'intelligence au profit d'un état étranger ? La commission rogatoire dont il disposait autorisait Mehdi et les collègues de la police scientifique, dont il avait requis la présence, à inspecter la maison de fond en comble à la recherche d'armes et de documents qui accréditeraient la thèse d'une menace sur la sécurité publique. Elle leur permettait d'étendre leur inspection au contenu de tout appareil de communication numérique, tel qu'ordinateur, fax ou téléphone portable.

Ils avaient été accueillis par une soubrette, qui eut l'air affolée. Elle avait écouté l'exposé de Mehdi, lui avait demandé de patienter, s'était éclipsée et était revenue en compagnie d'un homme d'un certain âge, portant beau, qui s'était présenté comme étant David Kaplan, le frère de

Nathan. Il avait expliqué qu'il vivait à New York, qu'il était de passage avec son épouse pour quelques jours à Paris, où ils étaient hébergés par son frère et sa belle-sœur. C'était une pratique convenue entre eux pour chaque fois qu'ils venaient à Paris, crut-il bon d'ajouter, son frère leur en aurait voulu s'ils avaient pris une chambre dans un hôtel.

David Kaplan fit part de son étonnement ; pourquoi une perquisition ? Mehdi répondit qu'il avait des ordres, que c'était la procédure et qu'il ne pouvait pas en dire plus. David Kaplan haussa les épaules et annonça que sa belle-sœur Ilana ne se sentait pas bien. Elle avait assisté en direct aux événements par la fenêtre de sa chambre, à l'étage, et elle était totalement bouleversée, sous le choc de ce qu'elle avait vu.

— Madame Kaplan se repose en compagnie de deux de ses enfants et de mon épouse, précisa-t-il. Il faut aussi qu'elle appelle son fils aîné, qui fait des études en Angleterre. Le médecin de la famille doit passer, nous lui avons téléphoné, nous l'attendons d'un instant à l'autre. J'apprécierais qu'on laisse madame Kaplan tranquille aujourd'hui. Je vous assure qu'elle répondra demain à vos questions.

Mehdi répliqua qu'il comprenait et qu'il pouvait tout à fait patienter jusqu'au lendemain pour auditionner madame Kaplan. Il produisit toutefois sa commissaire rogatoire et notifia sa volonté de lancer sans attendre les opérations de perquisition. David Kaplan rétorqua qu'Ilana Kaplan était au courant des intentions des enquêteurs et qu'elle n'avait aucune raison de s'y opposer, bien qu'elle non plus ne comprenne pas vraiment l'intérêt d'une fouille de la maison. Elle lui avait demandé de suppléer à l'absence de Nathan et de tout faire pour faciliter la tâche de la police. A la demande de Mehdi, David Kaplan accepta d'assister comme témoin à l'ensemble de la procédure. Il fut aussi amené à répondre aux questions de Mehdi sur les activités de son frère.

— Nathan est un brillant et dynamique homme d'affaires, commença-t-il. Il a créé son entreprise, la société Kaplement, il y a une vingtaine d'années, dans le secteur du bâtiment, des travaux publics, des équipements industriels. Je sais que Nathan a une très bonne réputation dans ce secteur. Il avait dès le début tablé sur une approche innovante, s'appuyant sur les nouvelles technologies numériques. Kaplement s'est considérablement développée. Ils construisent des immeubles et des usines un peu partout, en France, en Europe, au Proche-Orient…

— Pouvez-vous me parler de son activité en Israël ?

— En Israël ?

David Kaplan sembla hésiter.

— Je sais que la société est très présente en Israël, mais je ne peux pas vous donner de détails. Vous devriez appeler son bureau à Paris, je vous indiquerai le nom de son directeur…

— Vous ne travaillez pas du tout ensemble ?

— Pas du tout ! Moi, je suis dans la finance, je conseille des clients pour leurs investissements. Je suis installé aux États-Unis depuis quinze ans, mais j'ai toujours des clients en France, c'est pour cela que je viens de temps en temps…

— Avez-vous des relations personnelles en Israël ? Vous arrive-t-il de vous y rendre ?

A nouveau, David Kaplan parut désorienté. Il expliqua que leur mère vivait à Tel-Aviv depuis la mort de leur père, qu'il allait la voir deux ou trois fois par an et qu'il lui téléphonait de temps à autre. Il était en revanche de notoriété presque publique que Nathan s'occupait beaucoup de leur mère. Il allait plus souvent que lui à Tel-Aviv. Et où qu'il soit, car il voyageait énormément, il l'appelait tous les matins et il appelait aussi régulièrement les personnes qui étaient chargées de veiller sur elle.

— Vous connaissez ces personnes ?

— Oui, il y a une employée de maison, Louna, qui est logée dans l'appartement. Elle travaille auprès de notre mère depuis qu'elle s'est installée à Tel-Aviv. Il y a un homme qui fait office de chauffeur et de factotum, pour des réparations, des travaux d'entretien, c'est un ancien officier, il n'habite pas sur place, mon frère le connaît depuis longtemps. Sa femme, une ancienne militaire elle aussi, vient régulièrement et s'occupe de tout ce qui est administratif ou comptable…

*

Mardi après-midi, 15 h 55

— Bonjour Jamil, je suis le lieutenant Mokhdane, de la brigade criminelle.

— Bonjour.

— On peut se tutoyer ?

— Oui, pas de problème.

— Tu sais que tu es en garde à vue, on t'a bien informé de tes droits ?

— Oui, pas de problème, on m'a tout expliqué.

— Tu n'as pas demandé la présence d'un avocat ?

— Non, c'est pas la peine.

— J'ai lu que tu t'appelles Jamil Benkha, tu es le fils de Mohamed et d'Asma Benkha, tu as vingt-trois ans, tu es de nationalité française. Tu es né où ?

— A Poissy. Mon père est né à Alger, il est arrivé en France à l'âge de quatre ans.

— Moi aussi, mon père est né en Algérie et comme le tien, il vit en France depuis son enfance. Avec autant de points communs, nous devrions pouvoir nous parler en toute confiance. D'accord ?

— Pas de problème.

— A ce qu'il semble, Jamil, tu n'es pas un méchant gars. Bon, quelques broutilles sur ton casier judiciaire, rien de bien grave. Tu n'es pas fiché S. A ce qu'on a pu voir sur ton smartphone et dans ta chambre chez tes parents, tu n'es pas accro à des sites islamistes ni à des vidéos de Daech… Je me trompe ?

— Non, c'est vrai

— Alors ton intérêt, Jamil, c'est de tout m'expliquer : pourquoi cette expédition ? Une expédition où vous êtes, ton acolyte et toi, surpris en possession d'armes prêtes à fonctionner, et qui, je te le rappelle, se termine très très mal, avec un blessé grave, dans un état critique. Je t'écoute.

— On était en mission. Je sais pas si vous avez réussi à joindre le chef de Jean-Marc, à la DGSE…

— Eh bien non, pour l'instant, on n'a réussi à joindre personne. Alors je compte sur toi pour clarifier les choses.

— En fait, voilà, j'ai été embauché… enfin disons préembauché… à la DGSE, au service Action… par Jean-Marc… Jean-Marc Démesseau… Lui, c'est un vrai officier du service Action. C'est ce qu'il m'a dit, en tout cas. Son pseudo, c'est Tiburce. Il m'a choisi comme équipier pour une mission commandée au plus haut niveau de l'Etat…

— Ah oui ?

— L'Elysée !

— L'Elysée ?… Bon ! Et en quoi consiste cette mission ?

— Ben, je sais pas si je peux, c'est secret-défense…

— Je crois que tu peux tout me dire.

— Une mission « homo », ça s'appelle. Vous savez ce que ça veut dire ?

— Oui, je sais. Et la cible ?

— Un agent du Mossad, un type très dangereux, en pleine préparation d'un attentat à Paris…

— Vraiment ?

— Enfin, moi, c'est ce qu'on m'a dit.

— Je vois. Et c'est la première fois que tu participes à une mission « homo » ?

— Moi oui. Mais Tiburce, c'était pas la première fois, à ce qu'il m'a raconté.

— Qu'est-ce qu'il t'a raconté, précisément ?

… La porte s'ouvrit brusquement. Le commissaire Prigent pénétra dans la salle de réunion, où Vincent Huvert et Mehdi écoutaient l'enregistrement de l'audition de Jamil Benkha. Mehdi arrêta l'appareil.

— On vient de me rappeler du ministère des Armées, dit le commissaire, agitant son téléphone portable.

Il se laissa tomber sur une chaise, regardant avec sa malice habituelle ses collaborateurs, suspendus à ses lèvres. Après quelques secondes, il sortit du silence :

— A ma question Jean-Marc Démesseau et Jamil Benkha sont-ils militaires, la réponse a été Démesseau oui, Benkha non, à moins qu'il n'ait une autre identité. Démesseau appartiendrait effectivement à la DGSE, il est rattaché à un centre de formation de parachutistes et d'agents des forces spéciales, un établissement qui se situe à cent cinquante kilomètres d'ici.

Vincent et Mehdi se regardèrent, éberlués. Le commissaire les laissa quelques instants dans l'expectative avant de poursuivre.

— A ma question suivante, Démesseau était-il en mission, avec la possibilité de s'adjoindre un équipier en instance de contractualisation, la réponse a été « non, en aucune manière » ! Mon correspondant est un commandant, il est formel. Ils vont procéder à une enquête en interne.

Les trois policiers se mirent à échanger leurs réflexions, s'efforçant de tirer les conclusions de ce qu'ils venaient d'apprendre. Démesseau aurait agi seul et de sa propre initiative ? Cela leur paraissait improbable. A quelle filière était-il rattaché ? Une organisation parallèle de barbouzes, un service de renseignement étranger, une bande de mercenaires ou d'activistes aux motivations politiques ou crapuleuses… Pourrait-il s'agir d'une opération fomentée par un groupe islamique ? Pourquoi pas, même, une action d'intox, de désinformation ? Mehdi intervint :

— J'ai cuisiné Benkha pour savoir s'il fréquentait les milieux salafistes dans sa banlieue. Il m'a parlé d'un certain Hassan, un bon ami à lui, très mystique, selon lui un type plutôt poète, sans attirance pour le terrorisme. Ses autres copains sont un peu remontés contre Israël, mais sans intention d'activisme, m'a-t-il affirmé. Maintenant, avec ces gars-là, on ne sait jamais. J'ai les coordonnées du dénommé Hassan, on a prévu de l'interroger.

— Quoi d'autre ?

— Pendant son audition, Benkha a aussi cité deux noms, deux prénoms, pour être précis, Patrick et Sylvain. Des civils, il ne connaît pas leurs noms. Il a aussi parlé d'un club de tir, où il les a rencontrés avec Démesseau.

— Faut voir s'il peut nous en dire plus, dit Vincent. Quoi qu'il en soit, rien n'empêche d'aller faire un tour dans ce club de tir. On sait où il est ?

— On n'a pas le nom ni l'adresse, mais Benkha assure qu'il peut nous y conduire.

— Surtout, j'aimerais savoir ce qu'il en est réellement des activités clandestines de ce Nathan Kaplan, ajouta le commissaire. Mokhdane, quand est-ce qu'on aura votre rapport sur la perquisition ?

— Demain matin, répondit Mehdi en regardant sa montre et en se levant. Dans un peu moins d'une heure, je serai au siège social de Kaplement France, où j'ai rendez-vous avec le directeur, le bras droit de Kaplan, un dénommé Antoine Lévy. Il va falloir que j'y aille.

— Je compte sur vous, Mokhdane, répéta le commissaire.

*

Mardi après-midi, 17 h

Les bureaux de Kaplement occupaient cinq étages d'un immeuble de très grande hauteur, au cœur d'un quartier d'affaires en périphérie immédiate de Paris. Pour y accéder, il fallait emprunter une large rocade, où la circulation était abondante. La plupart des véhicules roulaient en dépassant allègrement la vitesse limite autorisée et fondaient à grand renfort d'appels de phares sur les voitures banalisées de Mehdi et de ses équipiers, lesquels se concentraient sur les panneaux indicateurs, se demandant si la bretelle d'accès à leur destination se situerait sur la droite ou sur la gauche. Agacé, Mehdi se retint d'allumer son gyrophare intérieur pour remettre à leur place les automobilistes agressifs. De ce fait, il faillit rater la bonne sortie, il l'attrapa in extremis au prix d'une accélération franche et d'un coup de volant brutal, qui lui fit franchir deux voies de circulation en quelques dizaines de mètres, lui valant un concert de coups de klaxon.

Pas question pour les policiers d'aller se garer aux emplacements visiteurs intégrés au parking public. S'appuyant sur leur commission rogatoire, ils demandèrent l'ouverture de l'aire de livraison privative en sous-sol de l'immeuble. Une disposition qui leur paraissait préférable au cas où ils seraient amenés à embarquer des dossiers et du matériel.

Une fois dans le grand hall de marbre et de verre, les adjoints de Mehdi, des gaillards costauds portant blousons de cuir et brassards rouges, roulèrent un peu les mécaniques, afin de se faire conduire directement au bureau de monsieur Nathan Kaplan, pendant que Mehdi priait courtoisement les hôtesses de l'annoncer auprès de monsieur Antoine Lévy.

Celui-ci apparut, à peine trois minutes plus tard, sortant d'un pas vif de l'un des ascenseurs, maugréant d'avoir été obligé de quitter prématurément une réunion très importante. Mehdi leva les yeux vers la pendule numérique qui surplombait la partie salon d'attente, il était pile l'heure de leur rendez-vous. Il retint un sourire, comprenant que le directeur avait en fait eu l'intention de le laisser patienter, mais que l'irruption à la hussarde des policiers venus perquisitionner le bureau de son patron l'avait contraint à plus de promptitude. Le directeur de Kaplement France était un quadragénaire de taille moyenne, à la minceur soulignée par un élégant costume cintré. Ses cheveux courts grisonnaient légèrement aux tempes. Il avait l'air furieux, ses yeux gris fulminaient derrière de petites lunettes cerclées d'une fine monture dorée. Il tenait son smartphone à la main, y jetant par instant un coup d'œil inquiet.

— Vous êtes le lieutenant Mokhdane ? s'enquit-il en serrant la main de Mehdi. Vous m'aviez demandé un rendez-vous, je ne m'attendais pas à un cirque pareil ! Une perquisition ! A quoi ça rime ? Qu'est-ce que vous cherchez ?

Mehdi expliqua qu'il ne faisait qu'exécuter les instructions d'un juge, qu'il n'avait aucune justification à lui fournir, que la perquisition ne concernait que le bureau de monsieur Kaplan et de ses assistantes, que ses hommes se montreraient le plus discret possible. Antoine Lévy le coupa, éclatant d'un rire amer.

— Discret ? Ha ha ! Vous avez vu comment ils se comportent ? Je vous défie de trouver une seule personne travaillant dans la tour, qui ne soit pas déjà au courant de votre présence ici.

— Monsieur Lévy, pourrions-nous aller dans votre bureau ? J'ai quelques questions à poser. Elles ne concernent que monsieur Kaplan et en rien la société Kaplement.

Le smartphone que le directeur tenait dans sa main se mit à vibrer, il le regarda, eut une expression agacée et le laissa vibrer sans répondre. Ils prirent un ascenseur jusqu'au vingt-quatrième étage. Mehdi suivit le directeur le long d'espaces ouverts, où des femmes et des hommes assis, affairés devant des écrans posés sur des tables de travail toutes identiques, tournèrent à l'unisson les yeux vers eux au moment de leur passage. Ils parvinrent à une porte capitonnée, devant laquelle semblait les attendre une grande femme en jean, chignon et foulard, regardant Antoine Lévy d'un œil désespéré.

— Oui, Jocelyne, je sais. La police perquisitionne le bureau de Nathan. Ce monsieur est aussi de la police, je dois le recevoir. Soyez gentille, ne me passez pas de communications… Vous voulez boire quelque chose ? demanda-t-il en se tournant vers Mehdi, qui remercia d'un geste.

Le bureau d'Antoine Lévy occupait un angle de la tour, il bénéficiait de baies vitrées sur deux côtés, offrant des panoramas spectaculaires sur d'autres immeubles de grande hauteur et, beaucoup plus bas, sur des zones résidentielles typiques de la banlieue. Au loin, on voyait la Seine serpenter et s'enfoncer dans une forêt qui se prolongeait vers l'horizon. Mehdi s'arrêta un instant pour contempler le paysage.

— C'est toujours impressionnant d'observer le monde de haut, n'est-ce pas ? commenta le directeur, dont le smartphone ne cessait pas de vibrer en vain. Vous devriez aller dans le bureau de Nathan, qui se trouve à un autre angle, c'est beaucoup plus beau. Il a d'un côté une vue superbe sur Paris, avec tous ses monuments, et de l'autre côté, c'est le bois de Boulogne. A admirer à l'automne. Magnifique !

Antoine Lévy ignora son plan de travail, sur lequel deux ordinateurs portables étaient ouverts. Il hésita, délaissa aussi sa petite table ronde de réunion et entraîna finalement son visiteur vers un coin salon, l'invitant à s'asseoir sur un canapé, tandis qu'il prenait place sur un fauteuil lui faisant face.

Mehdi regarda autour de lui. La décoration de la pièce était classiquement cossue, tables et armoires en palissandre, sièges en cuir noir, lampes et objets design, tableaux abstraits sur murs blancs, moquette épaisse beige : rien d'original ni de personnel, juste l'aménagement coûteux et banal de ce qu'il faut bien appeler le poste de travail d'un dirigeant de grosse boîte ou d'un avocat des beaux quartiers.

A la demande de Mehdi, Antoine Lévy lui présenta en long et en large l'histoire de Kaplement et ses différents domaines d'activité, illustrant son exposé par des photos, des brochures, des articles de presse. Continuant à ignorer les vibrations acharnées de son smartphone, il fit même visualiser à son interlocuteur deux vidéos sur une tablette numérique ; l'une synthétisait l'ensemble des savoir-faire de la société, l'autre montrait essentiellement Nathan Kaplan en action un peu partout dans le monde, présentant une maquette à des clients, visitant des chantiers, casque sur la tête et bottes aux pieds, discutant d'un plan avec des ingénieurs autour d'une planche à dessin, manipulant un fichier complexe sur un PC et prenant la parole sur une estrade devant une foule de collaborateurs enthousiastes.

Mehdi demanda à en savoir plus sur certains types de clients : la société travaillait-elle ou avait-elle travaillé pour La Défense nationale, pour des industriels de l'armement ? Oui, répondit le directeur, Kaplement avait largement participé aux mises au point de ce que l'on appelle parfois l'Hexagone Balard, cet imposant ensemble immobilier récemment construit en limite sud-ouest de Paris, qui regroupe les états-majors des Forces armées françaises et la direction générale de l'Armement.

— Nous avons eu une quinzaine d'ingénieurs impliqués dans le projet pendant plusieurs années, précisa Antoine Lévy avec une sorte de fierté. Des études opérationnelles de conception assez pointues, et aussi l'élaboration de logiciels très innovants dans la gestion des flux de données.

Il ajouta que Kaplement était couramment partie prenante en ingénierie sur des projets d'infrastructure militaires, des postes de transmission, des datacenters, des dépôts de munitions. Des projets très complexes sur lesquels leur savoir-faire était de premier plan.

— Et à l'étranger, vous intervenez sur ce type d'installation militaire ?

— Dans certains pays, quand on parle d'équipements de haute technologie, répondit le directeur avec un petit rire cynique, il est compliqué de faire la part de ce qui est à finalité militaire et de ce qui est civil. Nous sommes présents en Algérie, en Pologne, en Ukraine, en Arabie Saoudite, en Israël, énuméra-t-il en comptant sur ses doigts. Pour des sujets très variés, il n'y en a pas deux qui se ressemblent…

— En Israël, vous faites quoi ?

— On travaille sur le dessalement d'eau de mer, parce qu'on a quelques brevets porteurs. On mène des collaborations avec des start-up sur des applications de gestion hospitalière. On a aussi des projets militaires, mais je ne peux pas vous en parler. Les Israéliens sont très stricts sur la confidentialité.

— Votre activité est importante, dans ce pays ?

— Oui. Nathan connaît beaucoup de monde là-bas, et depuis longtemps. Il est très ami avec deux ministres de l'actuel gouvernement. Sa mère vit à Tel-Aviv, il s'y rend souvent, c'est un peu sa deuxième patrie.

Assis en avant sur le canapé, les coudes posés sur les cuisses, les mains jointes entre les genoux, Mehdi réfléchissait, se demandant comment formuler la question suivante. Le directeur pianotait sur son smartphone, levant les yeux par intermittence pour l'observer avec une arrogance goguenarde ; il était installé confortablement au fond de son fauteuil, le bras droit allongé de côté sur le dossier, la cheville droite croisée sur le genou opposé de façon décontractée, la main gauche accrochée à la jambe, juste à l'endroit laissé dénudé par une socquette trop courte.

— Monsieur Lévy, finit par dire Mehdi ; comment gérez-vous la confidentialité des projets lorsque vous travaillez sur le même sujet pour plusieurs pays ?

— C'est une bonne question, lieutenant. Nathan en avait pris conscience depuis longtemps, et pour éviter tout soupçon, il avait édicté une règle stricte : nous n'acceptons jamais deux projets similaires en même temps pour deux donneurs d'ordres à caractère militaire. Ainsi, nos ingénieurs ne peuvent pas, même sans arrière-pensée indélicate, s'inspirer de l'un pour l'autre.

— Ça veut dire que si vous avez un projet, disons de type X, pour un Etat, si un autre Etat vous demande aussi un projet de type X, vous le refusez ?

— Absolument ! Et la règle s'applique jusqu'à douze mois après mise en service du premier.

— Mais un an plus tard, vos ingénieurs pourraient réutiliser des travaux effectués douze mois plus tôt…

— Lieutenant, dans les technologies, il y a celles qui nous appartiennent, et celles qui appartiennent à nos clients. C'est très clair pour tout le monde, je vous assure.

— Monsieur Kaplan ou vous-même, vous n'avez jamais été sollicités par un de vos clients pour obtenir des informations sur un autre client ?

— Il peut y avoir des tentations chez certains stratèges du renseignement, nous sommes très vigilants, c'est la réputation de notre société qui est en jeu.

Mehdi hésita à nouveau avant de poser une question, se disant que ce serait la dernière, pour cette fois, en tout cas.

— S'il y avait un conflit entre des responsables français et des responsables israéliens, pour qui monsieur Kaplan prendrait-il parti ?

— Monsieur Kaplan est un citoyen français. Et dans les affaires, il n'intervient pas dans les litiges entre ses clients. Mais ça veut dire quoi, à la fin, ces questions à la con ? Vous soupçonnez Nathan de diffuser des secrets de l'un à l'autre ? D'espionner Israël au profit de la France ? D'espionner la France au profit d'Israël ?

Mehdi se leva.

— Je ne vais pas vous importuner plus longuement, monsieur Levy. Je vous remercie pour le temps que vous m'avez accordé. Si d'autres questions me viennent à l'esprit, je me permettrai de reprendre contact avec vous. Je vais aller rejoindre mes collègues dans leur perquisition.

Mehdi ne savait pas trop quoi conclure de cet entretien. De leur côté, ses hommes n'avaient pas trouvé de documents accréditant les accusations formulées contre Nathan Kaplan. Rien qui puisse étayer des soupçons d'espionnage et de préméditation d'attentat. Mais rien non plus pour en dédouaner l'homme. Restait à analyser au bureau les dossiers informatiques copiés sur les ordinateurs. Peut-être certains parleraient-ils !

Antoine Lévy avait tenu à raccompagner Mehdi et son équipe au rez-de-chaussée, tout en conférant à voix basse sur son smartphone. Ils s'étaient salués. Juste avant de franchir la grande porte vitrée, Mehdi s'était arrêté et retourné.

— Au fait !

Antoine Lévy, qui se dirigeait vers l'ascenseur s'était arrêté et retourné à son tour.

— Vous avez des nouvelles de monsieur Kaplan ? demanda Mehdi.

Le directeur secoua doucement la tête, le smartphone à l'oreille, le regard dans le vague
— Non !... J'espère en avoir ce soir.

*

Mardi soir, 22 h 40

Sylvie s'était endormie, la tête au creux de l'épaule de Mehdi, comme chaque fois qu'ils avaient fait l'amour, leurs corps encore humides et apaisés collés l'un à l'autre. Mehdi a saisi son smartphone, pour regarder s'il avait reçu des messages se rapportant à l'enquête dont il avait la charge.
Il s'est aussitôt levé et rendu dans le séjour, pour rappeler Vincent qui avait essayé de le joindre. Le commissaire avait tenu un nouvel entretien téléphonique avec le ministère. Mehdi était attendu le lendemain à neuf heures, à cent cinquante kilomètres de là. Il fallait qu'il prévienne son équipe.
Aucune envie de dormir. La nuit était fichue.

8

2016

Elle a ouvert les yeux et s'est étirée sur le grand lit. Sa tête reposait sur un oreiller ferme. Elle détestait ceux qui étaient trop moelleux, ils lui donnaient l'impression de coller au visage, particulièrement lorsqu'il faisait chaud, et justement, il avait fait très chaud, en cette nuit de fin août dans le Midi. Les draps étaient par terre, roulés en désordre, elle avait dû les repousser pendant son sommeil. Elle était allongée sur le dos, nue, détendue, les muscles encore alanguis, la peau légèrement moite.

Les rideaux de la fenêtre étaient ouverts, le soleil était déjà haut et au-delà des bougainvilliers qui égayaient le balcon, elle apercevait le ciel d'un bleu électrique. De dehors, surpassant les chants des dernières cigales, montaient des bruits de vaisselle et de rire d'enfant. Raphaël devait prendre son petit déjeuner sur la terrasse avec Anita. L'employée de maison adorait le petit garçon et ne cessait de lui raconter des histoires qui l'amusaient.

Elle a baissé le menton afin de contempler la perspective qu'offrait son corps à l'horizontale. A cinquante ans, elle avait de quoi être fière. Ses seins n'avaient plus l'arrogante stature de la jeunesse, mais ils donnaient l'impression d'être restés gonflés de sève et s'ils s'affaissaient très légèrement sur eux-mêmes, c'était sans se tasser ni s'échapper sur le côté vers le flanc. Ils avaient perdu leur aspect sculptural, mais avaient gagné en sensualité. Entre eux, elle voyait se profiler son ventre plat, le renflement de son pubis et sa touffe soigneusement taillée, puis les cuisses, dépourvues de toute cellulite, les jambes, lisses, jusqu'aux orteils et leurs ongles vernis.

La porte de la salle de bain s'est ouverte et il est apparu, une serviette nouée en pagne autour des reins. Il avait pris une douche et quelques gouttes d'eau ayant échappé au drap de bain miroitaient sur ses épaules et son torse musclés et bronzés. Lui aussi, il avait gardé une belle allure. Il en était d'ailleurs conscient et arborait le sourire suffisant qu'il n'avait jamais réussi à éliminer, bien qu'elle l'ait souvent mis en garde contre l'agacement qu'il pouvait provoquer chez certains interlocuteurs, homme ou femme.

— Tu es réveillée, a-t-il dit avec douceur.

Il s'est approché d'elle, le sourire toujours aux lèvres, la contemplant minutieusement de haut en bas. Il a posé sa main sur une cheville et l'a remontée lentement tout au long de la jambe, caressant la peau veloutée jusqu'en haut de la cuisse ; il s'est arrêté sur la petite touffe blonde, a incliné la paume pour accéder à l'entre-jambes et a entrepris d'activer ses doigts.

Elle a plaqué sa main sur la sienne.

— Pas maintenant, a-t-elle dit, de sa voix douce et légèrement rauque.

Il n'a pas insisté, a fait mine d'être intensément déçu et a éclaté de rire.

C'était devenu une sorte de jeu entre eux, elle n'avait jamais envie de faire l'amour le matin et il se plaisait à la taquiner sur le sujet. C'était même devenu une habitude, chaque fois qu'ils séjournaient ensemble dans la propriété que Sylvain possédait sur la Côte, non loin de Nice.

La maison était petite, située à l'écart des centres résidentiels ou touristiques de la région et pas suffisamment proche des plages pour que l'on puisse s'y rendre à pied.

Sylvain était toutefois resté très attaché à la vue qu'elle offrait sur la mer, à sa petite piscine de conception ancienne et à la décoration imaginée il y avait maintenant plus de dix ans par Isabel de Contrigas. Cette maison symbolisait le lien entre sa vie d'avant et celle d'aujourd'hui, illuminée par la notoriété et la grande aisance matérielle que lui avait procurée le groupe SMS Plus, dont la fondation remontait à la même année. Il rejetait donc systématiquement les opportunités d'acquérir des villas somptueuses, que lui présentaient des agents immobiliers locaux au courant de ses moyens financiers.

Deux ans auparavant, il avait saisi l'occasion d'acheter la propriété voisine. Il avait fait démolir la vieille et modeste maison qui s'y trouvait et confié à un architecte niçois la construction d'une villa contemporaine et confortable, agrémentée d'une piscine moderne. Un paysagiste avait aménagé le terrain en continuité du sien. Sylvain avait ainsi désormais la possibilité de recevoir des amis ou des clients, tout en préservant sa propre intimité. La maison-bis, comme il l'appelait, disposait en contrebas, de plain-pied sur le jardin, d'une grande salle de jeu équipée d'un billard, théâtre de soirées festives, qui ne manquaient pas de faire jaser dans le secteur.

*

Virginie s'est remémoré la première invitation de Sylvain à venir passer quelques jours chez lui, sur la Côte. C'était en 2010. Six ans, déjà ! Ils se connaissaient depuis plusieurs années, mais leurs relations étaient jusqu'alors restées professionnelles, ce qui n'empêchait pas Sylvain, dès lors qu'il en avait l'occasion, de poser au joli cœur, et Virginie, de feindre de s'en offusquer. Elle lui avait longtemps servi du monsieur Morino, tandis qu'il la gratifiait d'un mademoiselle Déclair narquois en insistant lourdement sur le mademoiselle. Une forme faussement innocente de jeux de séduction, bien des années avant celui qui consistait à simuler-repousser une demande d'accouplement matinal. Ils en étaient peu à peu venus à s'appeler par leur prénom, Sylvain, Virginie, puis étaient un jour passés, toujours par jeu, à cher Sylvain et chère Virginie.

— Chère Virginie, n'oubliez pas de me faire parvenir votre avis d'échéance pour ce mois-ci, afin que mon chef comptable vire votre loyer rapidement

— Cher Sylvain, je fais le nécessaire et merci, vous êtes un locataire d'une ponctualité irréprochable.

Tel était le modèle de leurs échanges par téléphone ou en face à face lorsqu'ils se croisaient dans l'ascenseur, depuis qu'en 2005 la nouvelle société SMS Plus avait installé son siège parisien dans l'immeuble appartenant à l'époque à Michel Déclair.

La croissance de SMS Plus avait été rapide. Les quelques bureaux du quatrième étage, dans lesquels était confinée la société à ses débuts, furent vite insuffisants. Coup de chance, le locataire du troisième avait donné congé, Sylvain l'avait appris et avait immédiatement appelé Virginie pour prendre la succession. Deux ans plus tard, Sylvain avait réussi à convaincre l'occupant du premier étage de lui céder son bail, ce qui fut fait promptement, la propriétaire n'y voyant pas d'objection.

Bien après, un jour qu'ils montaient tous les deux seuls dans l'ascenseur, Virginie lui avoua que les affaires de Déclair n'étaient pas brillantes, qu'elle envisageait d'en réduire l'implantation et de ne conserver que le cinquième étage. Cela l'intéressait-il de récupérer la totalité du quatrième ? Bien sûr, répondit-il avec empressement, comprenant qu'occuper trois des cinq niveaux de l'immeuble lui octroierait une position dominante, tant vis-à-vis des autres locataires que de la propriétaire. Virginie en fut, elle aussi, parfaitement consciente. Elle s'attendit à ce qu'il lui proposât de déjeuner ensemble, afin de se montrer à nouveau dans son rôle viril d'homme dur en affaires et de négocier à la baisse le montant des loyers, ainsi qu'il l'avait fait à chaque occasion. Malgré ses résolutions à ne rien céder, elle avait à chaque fois consenti les rabais qu'il lui demandait, mais elle devait reconnaître qu'il était toujours de bonne compagnie et elle gardait un agréable souvenir de ces moments passés avec lui. Il lui tenait des propos galants et elle ne trouvait pas cela déplaisant.

Cette fois-ci, Sylvain l'avait invitée à dîner et avait carrément mis les petits plats dans les grands. Il l'avait emmenée dans un grand restaurant parisien, avait composé d'autorité un menu de mets fins et chers, arrosés par un grand cru hors de prix. Ils avaient d'emblée abordé le sujet du loyer, mais à sa grande surprise, il avait joué au grand seigneur, refusant, avait-il dit, de profiter d'une position de force face à une femme aussi séduisante. Une fois le problème réglé dans des conditions qui ne pouvaient que la satisfaire, il avait orienté la discussion sur lui-même, son parcours professionnel, la bonne étoile qui lui avait fait choisir un secteur d'activité aussi porteur que celui de la sécurité, et la chance qu'il avait que la société qu'il avait créée soit devenue tellement prospère. Elle lui permettait un train de vie qu'il qualifiait de très confortable, dans lequel il citait voyages, voitures, objets d'art, bel appartement, maison dans le Midi, etc. Ils avaient évoqué ensuite leurs vies personnelles, solitaires.

Virginie se sentait à l'aise, l'homme qui lui faisait face dirigeait la conversation, la lumière de la salle de restaurant était douce, le ronronnement des voix était rythmé par le bruit des couverts qui s'entrechoquaient. Elle s'était laissé aller à parler de son éphémère mariage, de ses déceptions sentimentales, et de son petit garçon qui avait alors trois ans.

Sylvain avait expliqué qu'il n'avait aucun problème avec les femmes, mais qu'en dépit de nombreuses aventures, il n'avait jamais rencontré celle qui serait la compagne de sa vie.

Sylvain avait reconduit Virginie devant chez elle, avait glissé un « vous m'invitez à prendre un dernier verre ? » ponctué d'un grand éclat de rire donnant un double sens à sa demande et sauvant la face en cas de refus. Elle avait décliné par un sourire de circonstance. Il était sorti de sa Porsche pour l'accompagner jusqu'à l'entrée de l'immeuble, et là, sur un ton très délicat, il lui avait proposé, lors du prochain week-end de Pâques, de venir passer quelques jours chez lui sur la Côte d'Azur avec son fils ; il avait une maison très agréable, la mer était superbe, la météo annonçait du beau temps, ça leur ferait du bien. Elle l'avait beaucoup remercié, répondu qu'elle y réfléchirait, elle avait accepté qu'il lui fît la bise et était rentrée dans son immeuble en courant, parce qu'il commençait à pleuvoir.

Virginie pesa le pour et le contre. Cet homme n'était pas son genre, mais tout bien considéré, il était plutôt pas mal, il avait même l'air de plaire à ses copines, tout au moins à celles qui avaient eu l'occasion de le croiser, en venant la chercher à son bureau pour déjeuner. Cela faisait longtemps que Virginie n'avait pas eu la moindre aventure et elle prenait de l'âge. Certes, elle faisait tout pour garder une silhouette et un visage séduisants, au prix de gros efforts en salle de sport et de lourdes dépenses en dermatologie, mais elle était consciente que son horloge biologique tournait et qu'elle devait profiter d'être encore en état de retenir les regards masculins.

Deux jours plus tard, Virginie rappelait Sylvain pour accepter son invitation. Très consciente du message que cela lui envoyait, elle précisa qu'elle viendrait sans son fils. L'une de ses copines, mariée, deux enfants, disposait d'une aide à domicile et s'était proposé de garder Raphaël le temps d'un week-end. Elle avait vivement encouragé Virginie à se laisser aller à une expérience mi-érotique, mi-sentimentale, dont elle espérait avoir la primeur d'un compte-rendu croustillant.

*

Virginie et Sylvain effectuaient de fréquents allers-retours entre Paris et la Côte d'Azur. Ils y venaient régulièrement avec Raphaël pendant les vacances scolaires. Cela faisait six ans qu'ils étaient amants. Chaque soir, Sylvain attendait, avec une impatience qu'il avait du mal à cacher, l'heure pour l'enfant d'aller au lit. Une fois tous les deux seuls et installés dans leur lit, il s'y prenait plutôt bien, en tout cas avec beaucoup d'énergie, même si, au début, il se préoccupait avant tout de sa jouissance à lui, abandonnant parfois Virginie à mi-chemin de son plaisir à elle. Avec le temps et beaucoup de doigté, car il était persuadé d'être un excellent amant et il aurait mal pris les critiques, elle avait obtenu qu'il accorde plus d'importance aux préliminaires, qu'il s'intéresse mieux à son anatomie intime et qu'il soit moins pressé de mettre fin aux opérations. Leur relation reposait donc sur de bonnes bases.

Lorsqu'ils séjournaient dans la maison du Midi, Sylvain et Virginie donnaient l'image d'un couple accompli, avec enfant. Raphaël, qui avait maintenant neuf ans, savait que Sylvain n'était pas son père, mais il appréciait la présence de cet homme, auquel il prêtait un passé aventureux. Sylvain lui avait appris à nager et, au grand dam de sa mère, ce qui le faisait rire, il lui avait promis que quand il serait suffisamment grand, il l'emmènerait faire un tour en moto. Il l'autorisait de surcroît à aller librement dans le garage, où il pouvait s'asseoir dans les sièges en cuir des deux Ferrari — un coupé FF quatre places récent et un spider Gran Turismo des années quatre-vingt —, se redresser pour mettre les mains sur le volant et faire semblant de conduire, en imitant le bruit du moteur douze cylindres que Sylvain lui avait fait souvent écouter.

A Paris, les deux amants habitaient chacun chez soi, tenant tous les deux à une indépendance à laquelle il est difficile de renoncer lorsqu'on atteint l'âge de quarante-cinq ans. Virginie était restée à Saint-Germain-des-Prés, un quartier qu'elle n'aurait quitté pour rien au monde. Elle avait vendu depuis longtemps le deux-pièces de la rue Bonaparte, théâtre de ses premiers rendez-vous d'amour avec Nathan Kaplan. Après la mort de son père, elle avait acheté sur la même rue un appartement plus grand, dans un immeuble ancien de caractère où les plafonds étaient très hauts et les murs pas tout à fait droits. C'était là qu'elle vivait avec Raphaël, qui allait à l'école à proximité et dont s'occupait une employée de maison à plein temps.

De son côté, Sylvain habitait non loin du Trocadéro. Il avait emménagé dans un vaste duplex avec terrasse, qu'il n'avait pas aménagé en appartement familial, mais plutôt en garçonnière de playboy, avec spa et salle de projection. Il aimait y inviter des amis de Virginie, pour des dîners fastueux. Elle était parfois gênée, car son compagnon avait l'habitude de s'étendre longuement, trop longuement à son goût, sur les détails et les raffinements de ses installations, puis sur la brillante expansion de son entreprise depuis sa création. Sylvain recevait aussi, sans Virginie, de vieux copains fêtards, d'anciens baroudeurs inclassables, des relations qui dataient de sa période Tollard et qui n'avaient pas évolué comme il aurait fallu. Il ne voulait pas leur tourner le dos, cultivant l'idée qu'il pourrait un jour les solliciter pour quelques basses œuvres, mais il ne souhaitait pas se montrer en public avec eux, ni même au Club des Mille Coups, où l'ambiance pourrait les faire partir en vrille. Virginie subodorait qu'il organisait des dîners d'affaires d'un genre spécial, peut-être des orgies et des parties fines. Elle n'avait pas envie d'en savoir plus.

Auprès de Sylvain, la vie de Virginie avait changé de rythme. Ils menaient grand train. Plusieurs fois par an, ils s'envolaient pour quelques jours, farniente sur une plage, visite d'un site historique, shopping dans une grande ville, toujours dans des conditions luxueuses. A Paris, ils sortaient dans les endroits où il était de bon ton d'être vus. Sylvain était friand de rencontres avec des personnes connues du monde de la politique, des affaires, du spectacle. A l'inverse de nombreux hommes de son âge ou plus vieux, il était fier de se montrer accompagné d'une jolie femme du même âge que lui, il se trouvait plus élégant, plus respectable que ceux qui exhibaient des jeunettes aguicheuses et provocantes, auxquelles, se plaisait-il à dire, on aurait trouvé naturel de demander leur tarif pour la soirée. Il se sentait valorisé, dans son statut personnel, par l'image du couple qu'il formait avec Virginie. Sylvain aimait se vanter de sa réussite dans les affaires et de son carnet d'adresses, ne voulant jamais manquer une occasion d'y ajouter des entrées, car chaque contact représentait une possibilité à court ou à long terme d'obtenir de nouveaux contrats pour SMS Plus. Sylvain avait incité Virginie à souscrire un abonnement à l'Opéra, non pas qu'il fût amateur d'art lyrique, mais on apercevait là aussi des têtes connues, et s'y afficher était bon pour son image personnelle ; s'il était bien incapable de proférer un commentaire pertinent sur une scène ou sur un aria, Virginie, elle, s'y connaissait et savait se montrer à la hauteur pour deux.

Sylvain disposait de moyens financiers importants. SMS Plus International était, selon ses mots, une formidable machine à cash. En tant que PDG, elle lui servait une rémunération très confortable et supportait la prise en charge de dépenses lourdes, des achats hors exploitation, des frais de déplacement et de représentation, considérés à plus ou moins juste titre comme imputables à des fins professionnelles. Chez SMS Plus, au même titre que dans toutes les sociétés de son secteur d'activité, le poste principal de dépenses était celui des salaires du personnel et des charges sociales afférentes. La société de Sylvain n'avait pas de difficultés à trouver des candidats pour des jobs dont la plupart exigeaient peu de qualifications ; elle proposait des rémunérations alignées sur les fourchettes basses des catégories. Les employés qui, après un an ou deux, s'estimaient mal payés et revendiquaient des augmentations étaient gentiment invités à aller se faire recruter ailleurs et si de fortes têtes renâclaient, Sylvain pouvait compter sur d'encore plus fortes têtes pour mettre bon ordre. De ce fait, SMS Plus International dégageait en fin d'année un résultat impressionnant, ce qui permettait à son patron et seul actionnaire de se distribuer des dividendes copieux. Sylvain disposait aussi de ce que lui rapportaient, la plupart du temps en espèces, les missions clandestines qui lui étaient rabattues par Patrick, au Club des Mille Feux, une activité dont il tenait à préserver la confidentialité et dont il n'avait pas parlé à Virginie.

*

Au début de l'année 2012, un membre premium du Club des Mille Feux vint s'exercer au tir en compagnie d'un ami américain de passage à Paris. Sylvain se rendit au bar au moment où les deux amis prenaient un verre, tout en comparant leurs cibles et leurs résultats au tir au pistolet à 10 mètres. Sylvain excellait dans cette spécialité, ce qui l'amena à écouter leurs échanges, à se mêler à la conversation, à boire trois whiskies avec eux, puis à leur proposer de dîner ensemble.

A table, les vantardises habituelles de Sylvain firent long feu, car Ron Dibbs, l'Américain, un homme massif à la chevelure abondante teinte en noir, avait sorti d'un petit porte-document en crocodile des photos d'un spectaculaire château de style Renaissance. Il expliqua à la cantonade qu'il l'avait fait construire quelques années auparavant, au sommet d'une colline artificielle, à une trentaine de kilomètres de Houston, Texas, et qu'il y habitait avec sa femme et ses six enfants. Il disposait d'un hélicoptère pour rejoindre son bureau en centre-ville, tout en haut d'une tour de quarante-huit étages, entièrement occupée par la société dont il était le *chairman*, une multinationale américaine spécialisée dans les services industriels et tertiaires. Autour de lui, chacun fit entendre un commentaire admiratif, tout en déplorant silencieusement les signes ostentatoires d'une richesse hors de sa portée.

Une fois certain que son statut était ancré comme il se devait dans l'esprit des convives, c'est l'activité de la société SMS Plus International qui parut retenir l'attention de Dibbs et il se mit à questionner Sylvain, ce qui, de prime abord, pouvait être considéré comme un geste de civilité. Son intérêt finit cependant par paraître sincère, car il n'hésita pas à demander des précisions lorsque Sylvain, soucieux pour une fois de ne pas accaparer indûment de temps de parole, se limitait à des informations générales. De son côté, l'Américain expliqua que son groupe était mal implanté de ce côté-ci de l'Atlantique, qu'il était représenté en Allemagne, en Italie et au Danemark par de petites sociétés aux métiers disparates et qu'il cherchait un nouveau point d'entrée pour mieux développer sa présence en Europe.

— Sylvain, nous devrions en parler à nouveau, très bientôt, lui dit Ron Dibbs, les yeux dans les yeux, dans un français marqué par un fort accent texan, tout en lui serrant longuement et chaleureusement la main, lorsqu'ils se séparèrent en fin de soirée.

Sylvain resta à l'écoute, mais Ron Dibbs ne se manifesta pas dans les semaines qui suivirent. Ce ne fut que trois mois plus tard, alors qu'il n'y pensait plus, qu'un avocat français affilié à un cabinet américain reprit contact avec lui de sa part. Par l'intermédiaire de plusieurs prestataires, Dibbs avait pu obtenir des informations très précises sur l'exploitation de SMS Plus International et sur ses performances financières. L'avocat était chargé d'aviser son interlocuteur, que Dibbs aurait souhaité prendre le contrôle de la société SMS Plus. Il demanda à Sylvain, qui prétendit d'abord qu'il n'était pas vendeur, de lui transmettre un certain nombre de documents sur la clientèle, le personnel, les prévisions, puis le pria de réfléchir à un prix de cession, insistant sur le fait que la motivation de Dibbs était très forte et qu'il y avait là une opportunité que Sylvain risquait de ne pas retrouver avant longtemps.

Pour négocier ce genre d'affaires, Sylvain savait s'y prendre. Il répéta qu'il n'était pas vendeur et sur le ton de la plaisanterie, il annonça comme hypothèse de prix de cession un chiffre astronomique, précisant qu'il ne s'agissait que d'un montant minimum pour envisager l'éventualité de céder la société. L'avocat ne sourcilla pas. Ils entrèrent en discussion et après plusieurs semaines d'âpres, mais courtoises joutes oratoires, ils se mirent d'accord pour le rachat des actions détenues par Sylvain dans la société SMS Plus International, soit la totalité de ces actions, pour une somme phénoménale.

Quelques semaines plus tard, une fois les formalités accomplies, SMS Plus n'appartenait plus à Sylvain, il n'en était plus le PDG, il n'avait plus de travail, plus de bureau, plus d'assistante, mais ses comptes en banque s'étaient considérablement étoffés.

Sylvain fêta dignement l'événement par une grande soirée, qu'il organisa au Club des Mille Feux. Il y rassembla des membres premium et des proches, venant au Club pour la première fois. Virginie aussi découvrit le Club ce soir-là.

Dans les semaines qui suivirent, Sylvain fut euphorique. Il ne disposait plus de locaux dans l'immeuble appartenant à Virginie ; il se fit installer un bureau chez lui, confortable, avec vue sur la Seine, la Tour Eiffel et le Champ-de-Mars. Débarrassé de toute contrainte professionnelle, il passa de longs moments en compagnie des gestionnaires de ses comptes et de conseillers financiers en tout genre. Il était bien décidé à faire fructifier les capitaux dont il disposait, quitte même à prendre des risques sur le sujet, puisqu'il était déchargé des aléas quotidiens qui nourrissent l'adrénaline des chefs d'entreprises. Il se fit expliquer les différentes stratégies d'investissement spéculatif, options, effets de levier, arbitrages, marchés émergents. Il s'intéressa aussi aux cryptomonnaies, qui lui étaient présentées comme l'eldorado des placements du moment, des opportunités à saisir rapidement avant que les gestionnaires de placements de pères de famille ne viennent polluer les cours. Une fois son capital réparti, il se mit à en suivre chaque jour l'évolution des cours. Il y avait de bonnes surprises, des mauvaises, et tout cela mettait du piment dans sa vie.

En même temps, l'opulence soudaine de Sylvain n'était pas restée inaperçue, surtout après les éblouissantes festivités données au Club des Mille Feux. Des personnes qu'ils connaissaient de loin se mirent à le solliciter pour des prêts personnels, pour des œuvres de charité, pour des opérations caritatives. Il avait toujours été agacé par ce genre de démarchage et il leur opposa systématiquement une fin de non-recevoir. D'autres, des relations proches et moins proches demandèrent à le rencontrer pour lui présenter des projets auxquels ils voulaient l'associer, tant pour bénéficier de ses conseils prétendument éminents, que pour lui proposer un investissement sommairement qualifié de rentable et sans risque. Une façon de présenter les choses n'ayant rien à voir avec les vraies motivations des quémandeurs, qui n'avaient en fait rien à faire de ses conseils et qui n'étaient intéressés que par son argent, qu'ils voulaient voir investir dans leur projet en leur lieu et place.

Entre autres péchés, Sylvain était particulièrement dévoré par ceux d'orgueil et de curiosité. Les sollicitations le flattaient et il voulait en savoir plus sur les projets. Il fut déçu. Ceux-ci pouvaient se ranger en trois catégories. Dans la première, de vagues idées de lancer un produit nouveau, soi-disant innovant, selon des intentions mal étayées, non chiffrées. Dans la seconde catégorie, des dossiers d'entreprises ou de commerces à racheter, sans aptitude concrète des postulants repreneurs pour les gérer. Dans la dernière, des sociétés traversant des difficultés présentées comme passagères, en fait des canards boiteux sans perspectives. Des déceptions pour Sylvain, qui y trouva aussi matière à contrariété. Il s'efforçait de se comporter en prescripteur, de compenser ses réticences par des suggestions, regardant ses interlocuteurs droit dans les yeux pour mieux les convaincre, mais à partir du moment où il refusait d'engager des fonds, il sentait poindre leur animosité. Il en éprouvait une difficulté à soutenir plus longtemps leur regard, le sien se perdant alors dans la contemplation machinale des eaux grises de la Seine. Au final, il se faisait taxer d'incompétence, de pusillanimité et d'arrogance.

De façon inattendue, c'est près de lui, tout près de lui qu'il trouva matière à investir et à s'investir.

*

Pour Virginie et la société Déclair, en cette année 2013, les perspectives étaient beaucoup moins affriolantes que celles de son compagnon, celui-ci étant désormais libre de tout engagement dans une entreprise. Leur expert-comptable, un monsieur âgé, qui avait accompagné Michel Déclair depuis ses tout premiers débuts, sollicitait chaque année, en mars, un rendez-vous avec Virginie afin de commenter avec elle les chiffres de l'exercice écoulé. Un entretien qui pendant longtemps s'était borné à des échanges polis sans grand intérêt. Le vieil homme était content de se trouver en présence d'une jolie jeune femme et de se mettre en valeur par des suggestions pertinentes, même si elle n'avait pas l'air d'en prendre vraiment note. Mais depuis quelques années, cet entretien était devenu pour Virginie, un cauchemar répétitif. L'expert-comptable pointait régulièrement la baisse du chiffre d'affaires, et soulignait qu'elle ne s'accompagnait pas d'une diminution suffisante des dépenses, ce qui se traduisait inéluctablement par une dégradation des résultats. Et cette fois, c'était grave. Le résultat de l'exercice 2012 était négatif, comme l'étaient déjà devenus ceux de l'année d'avant.

Le vieil expert-comptable se montra d'une franchise cruelle. Virginie devait prendre les dispositions qui s'imposaient, faute de quoi, Déclair courrait au dépôt de bilan.

— Prendre les dispositions qui s'imposent ! Et c'est quoi les dispositions qui s'imposent ? s'écria-t-elle, tandis qu'une boule envahissait son estomac, l'empêchant de respirer normalement. Que me suggérez-vous ?

— Ma chère Virginie, je ne puis que vous recommander de trouver des recettes complémentaires, et en même temps, de ne surtout pas engager de nouvelles charges. Permettez-moi aussi de vous…

— Me voilà bien avancée, avec des conseils comme ça ! le coupa vivement Virginie en haussant les épaules.

— Permettez-moi aussi de vous signaler, reprit l'expert-comptable sans se démonter, que notre note d'honoraires de l'année dernière n'a toujours pas été réglée.

— Ah bon ! Il me semblait pourtant avoir donné les instructions il y a longtemps, répondit-elle avec mauvaise foi, car elle repoussait au maximum le paiement des factures. Elle recevait des appels quotidiens de ses banquiers, mécontents de voir ses comptes à découvert sans autorisation, alors que leurs prédécesseurs géraient la trésorerie abondante amassée du temps de Michel Déclair.

— Du temps de Michel Déclair et grâce à Nathan Kaplan, corrigeait-elle dans sa tête, toutes les fois qu'on évoquait devant elle le passé glorieux de son père.

Quand Nathan Kaplan avait quitté la société, quatorze ans plus tôt, la dynamique était incroyablement ascendante. Le chiffre d'affaires et la rentabilité n'avaient cessé de croître et le carnet de commandes était plein pour plusieurs années. Malgré le départ du jeune directeur, les affaires de Déclair avaient continué à tourner à bon train, comme un véhicule lancé à pleine allure sur le plat et qui aurait poursuivi sur son élan en roue libre, sans trop de frottements pour le ralentir. Mais aussi imperceptibles fussent-ils, les frottements existaient et la vitesse diminua, d'abord insensiblement, puis plus nettement. Après quelques années, le fond récurrent de contrats israéliens s'était épuisé.

En 2005, Virginie avait envisagé de reprendre contact avec Nathan Kaplan, dont l'entreprise, Kaplement, était encore, à l'époque, de taille modeste. Elle s'était dit qu'il pourrait trouver intérêt à un accord de collaboration entre Kaplement et Déclair. Elle avait laissé un message à son bureau, n'avait pas été rappelée et elle avait eu tellement honte de sa démarche, qu'elle n'avait pas insisté. La situation de la société avait continué à se dégrader, du fait de la maladie et la mort de son père. Au Moyen-Orient. Déclair avait vu certains de ses clients fidèles l'abandonner au profit d'autres compagnies d'ingénierie, d'autant plus que son savoir-faire technologique tardait à se renouveler et que ses actions commerciales manquaient cruellement de mordant. Elle se retrouvait ainsi de plus en plus soumise à la concurrence de bureaux d'études moins structurés, ne décrochant des contrats qu'au prix de conditions financières sacrifiées qui précipitaient son déclin.

Les difficultés de Déclair et les pressions que lui faisaient subir ses banquiers commencèrent à se ressentir sur le moral et la santé de Virginie. Elle perdit l'appétit, le sommeil. De retour d'un voyage à Singapour où il avait fait transférer des actifs financiers auparavant placés en Suisse, Sylvain fut frappé de constater qu'en quelques jours, elle avait maigri, que ses traits s'étaient tirés, que son regard exprimait angoisse et tristesse. Epris à sa manière, il avait du mal à accepter que sa compagne ne soit pas pleinement heureuse ; ses devoirs de mâle protecteur étaient en jeu ; si Virginie n'allait pas bien, il lui revenait de trouver une solution.

Ils avaient dîné chez lui, elle avait à peine touché son assiette. Ils s'installèrent dans le salon. Sylvain s'efforça de la faire parler. Etait-elle malade ? Avait-elle ses soucis avec Raphaël ? A moins qu'elle ne l'aimât plus et qu'elle voulût mettre fin à leur relation ? Il reconnaissait qu'il péchait parfois par égoïsme, peut-être n'avait-il pas été attentif à quelque chose !…

Assise confortablement sur un canapé face à la baie vitrée et à la Tour Eiffel, dont la silhouette scintillait dans la nuit bleue, Virginie fut touchée par sa gentillesse et son humilité apparente. Elle lui raconta tout, l'histoire de Déclair, la réputation bâtie en son temps par son père, la trajectoire impulsée par Nathan Kaplan, l'impossibilité à lui trouver un successeur, la médiocrité de ses proches collaborateurs, les clients qui s'éloignaient les uns après les autres, et la chute, lente dans un premier temps, en accélération désormais, sans qu'elle voie comment l'endiguer…

Debout devant elle, Sylvain l'écouta attentivement. Quand elle se tut, il alluma un cigare, en tira les premières bouffées, tout en se tournant vers la fenêtre.

— Ce Kaplan dont tu parles, n'était-ce pas l'homme avec lequel tu avais eu une liaison très sérieuse, il y a des années ?... Tu m'en avais parlé, je me souviens.

— Oui, c'est lui !... J'avais été très amoureuse de lui.

— Mais professionnellement, qu'est-ce qu'il avait de plus qu'un autre ?

Elle haussa les épaules, détournant les yeux.

— Je ne sais pas comment dire... Il avait un dynamisme, un entregent, une imagination. Avec lui, on trouvait toujours des idées, des solutions, ça suscitait beaucoup d'enthousiasme dans les équipes. Les clients aussi ne juraient que par lui. Et pourtant, il était très jeune...

— Pour quelle raison a-t-il quitté la société ?

Elle hésita. Il la regardait attentivement.

— Je ne sais pas vraiment... Il avait épousé une femme riche, il a décidé de monter sa propre entreprise...

— Vous n'étiez plus ensemble, quand il est parti ?

— Non non ! Tout était fini entre nous !

— Et il s'est lancé dans quel secteur d'activité ?

— Ah ! Eh bien, le même que nous ! Le BTP, la maîtrise d'œuvre, l'ingénierie de la construction.

— Je vois ! Il est parti avec la clientèle. Il n'avait pas de clause de non-concurrence ?

— Je ne dirais pas qu'il est parti avec les clients. Ça s'est fait avec le temps. On a perdu des contrats. Je ne sais pas si c'est Nathan qui les a récupérés...

— Ça ne fait aucun doute, faut pas être naïf ! Compte tenu du job qu'il avait chez vous, il connaissait vos prix, vos méthodes, vos conditions... Comment s'appelle sa boîte ?

— Kaplement.

— J'en ai entendu parler, c'est connu… Est-ce qu'il ne vous a pas aussi débauché du personnel ?

— On a eu des démissions de jeunes ingénieurs, qu'il avait recrutés lui-même et qui ne s'entendaient pas avec mon père. Mais ça fait très longtemps…

Sylvain sembla réfléchir longuement en arpentant le salon de long en large. La Tour Eiffel continuait à clignoter imperturbablement dans le noir qui surplombait le halo luminescent enserrant la ville. Il secoua son cigare au-dessus d'un cendrier, puis vint s'asseoir sur le canapé moelleux auprès de Virginie. Il passa son bras autour de ses épaules, l'attirant contre lui.

— Laisse-moi trois jours pour aller au bout d'une idée qui me vient. Je vais trouver une solution, fais-moi confiance. Je veux maintenant que tu te détendes.

Il déposa un baiser sur son front

— Je suis là, tu me fais confiance, n'est-ce pas ? On est bien, tous les deux là. Non ?

Virginie comprit que Sylvain avait envie de faire l'amour. Se comporter en chevalier blanc alimentait sa libido. Ce serait une erreur de se refuser à lui. De toute façon, ça ne pouvait pas lui faire de mal à elle aussi. Elle se pelotonna, lui tendit ses lèvres, regrettant juste de l'avoir laissé allumer un cigare.

Il n'eut pas besoin de trois jours. Le surlendemain soir, ils allèrent dîner près de chez elle, dans un restaurant japonais dont elle aimait bien le cadre et l'ambiance intimiste. Après avoir discuté avec le maître d'hôtel et commandé d'autorité des plats à partager, Sylvain s'avança sur son fauteuil, posa les coudes sur la table, joignit les mains et la regarda dans les yeux. Il affichait un sourire satisfait et sûr de lui.

— Nous allons travailler ensemble au renouveau de Déclair, lâcha-t-il. Oui, tous les deux ! Ça te va ?

Virginie resta immobile à l'observer en retour, un demi-sourire aux lèvres, les yeux emplis de confiance. Il expliqua qu'il avait passé deux jours et deux nuits à consulter des revues et des sites Internet techniques et financiers. Il s'était entretenu avec des amis, des architectes, des investisseurs et des promoteurs immobiliers, des hommes d'affaires internationaux, parmi lesquels son vieux complice libanais Waël, qui vivait désormais à Londres et qui continuait à animer un vaste réseau de businessmen, d'entremetteurs et d'influenceurs de par le monde.

— J'ai un peu œuvré dans ton secteur d'activité, le BTP, lorsque je dirigeais le groupe Tollard, commença-t-il. Il présente de nombreux points communs avec le mien, la sécurisation, la cybersécurité, l'intelligence numérique. La réussite repose sur les projets, le service, les relations. Je peux me vanter d'avoir toujours bien tiré mon épingle du jeu. Tu es d'accord ?

Sylvain rappela qu'il disposait de moyens financiers importants et annonça qu'il était prêt à investir largement dans Déclair. Ils pourraient être associés tous les deux à 50/50, qu'en pensait-elle ? Ou plutôt à 51/49, ce serait plus simple, non ? A son avis à elle, quelle somme fallait-il pour remettre Déclair à flot ? Virginie ne se sentait pas en mesure de répondre tout de suite, de but en blanc. Il dit que ça n'avait pas d'importance, qu'il verrait cela après avoir analysé les comptes. Il serait amené à débloquer des fonds en deux temps, expliqua-t-il, une première fois, ces jours-ci, pour rééquilibrer la trésorerie, rassurer les banques, les clients, puis un peu plus tard, pour soutenir le développement, car il faudrait investir pour se réimplanter sur certains marchés et aussi pour acquérir de nouveaux savoir-faire. Il serait nécessaire de recruter des talents, les débaucher à la concurrence. Pourquoi même ne pas racheter d'autres bureaux d'études ? Peu importaient les sommes, il se sentait très confiant. Pourquoi ? Parce qu'il ne bornerait pas son rôle à celui de simple bailleur de fonds, il allait remonter les manches et s'impliquer personnellement à côté d'elle dans le business de Déclair. Il avait réfléchi à tout, il était souhaitable que Virginie, qui portait le nom de Déclair, restât présidente de la société. Lui-même prendrait le titre de directeur général, sans rémunération pour le moment. On verrait plus tard…

*

La journée promettait d'être chaude. Virginie et Sylvain sont descendus en maillots de bain à la piscine, où ils ont rejoint Raphaël. L'enfant nageait et jouait au ballon avec Anita, assise sur la margelle, les pieds battant la surface de l'eau. Dès qu'elle les a vus, la jeune femme s'est levée, les a salués timidement et est remontée à la maison pour faire le ménage dans les chambres. Sylvain a posé son smartphone et ses revues sur une petite table et a plongé dans le bassin, éclaboussant Raphaël, qui s'est mis à rire et à lui envoyer de l'eau à la figure quand il a refait surface. Virginie s'est installée sur une chaise longue, décidée à profiter des derniers jours de vacances.

La rentrée scolaire était pour la semaine suivante et elle avait prévu de prendre l'avion pour Paris avec Raphaël le surlendemain. De son côté, Sylvain était inscrit le soir même sur un vol pour Dubaï, où il devait retrouver deux de ses collaborateurs. Ils espéraient négocier des avenants sur un marché de construction qui avait rencontré des aléas coûteux pour Déclair.

Cela faisait trois ans que Sylvain avait pris en main les destinées de l'ancienne société de Michel Déclair. Son entrée en fonction avait alors provoqué un choc psychologique au sein des effectifs, séduits par son discours, sa personnalité, son charisme. Leur nouveau patron ne connaissait pas vraiment le métier, disait-on dans les bureaux, mais son réseau de relations était réel et semblait diablement efficace. Ils avaient aussi apprécié qu'il ait procédé à une augmentation de capital en apportant des fonds personnels. L'effet avait été immédiat, de nouveaux contrats avaient été signés.

Sylvain et Virginie s'étaient intelligemment servis de ces premiers résultats commerciaux pour communiquer dans la presse sur la renaissance de Déclair. « Après la renaissance, la reconquête ! » Tel avait été le mot d'ordre lancé par Sylvain devant les collaborateurs, réunis dans une boîte de nuit privatisée pour fêter le démarrage d'un grand chantier, la construction d'un centre de conférences à Abu Dhabi, traité à la barbe des principales compagnies d'ingénierie occidentales, et notamment de Kaplement.

Trois ans après, cependant, les résultats étaient mitigés. Le centre de conférences d'Abu Dhabi avait été mis en service avec quatorze mois de retard et les pénalités que Déclair avait dû verser au maître d'ouvrage avaient absorbé la presque totalité des bénéfices dégagés pendant toute une année sur les autres chantiers. Le directeur du projet, un ingénieur expérimenté nommé Pascal Mellot, un ancien de la maison formé en son temps par Michel Déclair, avait fait les frais de cet échec. Il avait reçu, devant ses collègues, une terrifiante volée de bois vert de la part de Sylvain, qui ne parvenait pas à maîtriser ses colères et qui lui attribuait, à tort, la responsabilité pleine et entière des déboires du chantier. Virginie s'était efforcée, le lendemain, d'apaiser l'humiliation subie, mais sans succès. Pascal Mellot avait donné sa démission un mois plus tard, une défection mal ressentie par les collaborateurs, qui l'appréciaient. Sylvain avait bien essayé de faire revenir l'ingénieur sur sa décision, multipliant excuses, compliments et promesses, mais Mellot avait tenu bon, se croyant obligé d'avouer qu'il avait déjà retrouvé un poste… chez Kaplement, de quoi déclencher une nouvelle fureur de Sylvain et les qualificatifs injustifiés de désertion, de trahison, d'infamie.

— « Cet homme a tendance à papillonner, ébloui et attiré par la lumière des chantiers les plus spectaculaires, sans se rendre compte qu'on peut facilement s'y brûler les ailes. »

Après les révélations de Pascal Mellot lors de son entretien d'embauche, tel avait été le jugement émis par Nathan Kaplan. Le patron de Kaplement avait cherché à cerner la personnalité de l'actuel dirigeant de Déclair, n'ignorant pas qu'il était aussi le compagnon de Virginie.

9

2017

Après avoir raccroché et être revenu à table en s'excusant, il n'a plus été le même. Il a laissé presque intacte son assiette de ravioles de langoustines. C'était pourtant une spécialité du Chef et si l'on se fiait aux commentaires élogieux de Christine Delbouly, elles étaient aussi savoureuses qu'à l'ordinaire. Ils déjeunaient à la table de Patrick Lhermit, invités par lui, à l'entrée de la salle à manger joliment lambrissée du Club des Mille Feux.

Le maître d'hôtel a remarqué que ses couverts étaient posés en travers de son assiette, il est venu vers lui et lui a murmuré à l'oreille :

— Monsieur Morino, voulez-vous que je vous fasse préparer quelque chose d'autre ?

Sylvain a décliné d'un geste de la main en s'efforçant d'adresser un sourire à ses compagnons de table. Patrick, son vieil ami et patron des lieux s'est inquiété.

— Tu n'es pas bien, Sylvain ? Tu es tout pâle… Tu as eu de mauvaises nouvelles ?

— A mon avis, c'est ma réclamation qui le contrarie, a répliqué Christine Delbouly en éclatant d'un rire sonore.

Il l'a longuement regardé, sans aménité. Cette femme de haute et forte stature était la patronne d'un important réseau de salon de coiffure portant son nom. Elle était vêtue d'un tailleur blanc immaculé, qui devait provenir d'une collection ancienne d'un grand couturier. Nul doute qu'il aurait joliment mis en valeur le corps et les jambes d'une jeune femme mince et bien faite. Ce n'était en l'occurrence pas le cas. Il a arrêté son regard sur le visage trop maquillé et sur le chignon blond millimétré qu'elle arborait fièrement. Publicité pour sa maison, a-t-il pensé avec l'envie de ricaner méchamment. L'ensemble était rehaussé d'un assortiment de colliers, de broches et de boucles d'oreilles, dont l'effet tape-à-l'œil était inapproprié pour un déjeuner. Il ne l'avait pas revue depuis deux ans et elle n'avait pas changé. Les teintes du visage, le chignon et la quincaillerie étaient conformes à son souvenir. Le tailleur était de coupe identique au précédent, à ceci près qu'il était jaune la première fois, rouge la suivante, à croire qu'elle avait commandé le modèle dans toutes les couleurs de l'arc-en-ciel.

Christine Delbouly harcelait Sylvain depuis plusieurs semaines, prétendant que la mission personnelle « très spéciale » qu'elle lui avait confiée deux ans plus tôt ne pouvait pas être considérée comme achevée et qu'elle nécessitait de nouvelles interventions. Dans l'impossibilité de joindre Sylvain, elle s'était rabattue sur Patrick, qu'elle connaissait depuis des lustres, car il était ami de l'un de ses quatre anciens maris, avec lequel il avait en son temps servi dans l'Armée. C'était d'ailleurs par l'intermédiaire de Patrick qu'elle avait au début pris contact avec Sylvain.

*

Le service confidentiel d'assistance « très spéciale » mis au point par Sylvain marchait très fort depuis plusieurs années. Il n'avait jamais rencontré de difficultés à remplir son carnet de commandes. Il en avait régulièrement maintenu l'activité à l'écart de SMS Plus International et sa cession de la société, cinq ans auparavant, n'avait eu aucune incidence.

Sa position à la tête du Club faisait de Patrick Lhermit un pourvoyeur exceptionnel de demandeurs d'intervention.

Sylvain s'était toujours, pour sa part, efforcé de sélectionner les requêtes selon un ratio bénéfice-risque exigeant. Pas question de se fourrer dans un mauvais coup pour des clopinettes ! Patrick n'avait pas la même conception des affaires. Pour lui, il fallait apporter de l'aide à quiconque les sollicitait et à chaque fois, c'était à son corps défendant qu'il se rangeait à la décision finale de Sylvain quand elle était négative.

Même chose pour le service après-vente. Une fois la prestation prévue effectuée et payée, Sylvain considérait que l'affaire était close et il ne voulait plus en entendre parler. Il prévenait systématiquement ses futurs clients que ses interventions ne se prêtaient qu'à des obligations de moyens, dont il présentait avec clarté les modalités, mais pour lesquelles il ne pouvait honnêtement garantir les résultats. La propension de Patrick à toujours vouloir faire plaisir à son prochain le conduisait en revanche à rester ouvert aux réclamations des clients, lorsque les prestations exécutées par les hommes de main de Sylvain n'avaient pas obtenu l'effet escompté.

*

La parfaite réalisation des moyens promis ne donnait pas toujours les résultats espérés. Cela avait été le cas pour Christine Delbouly et voilà pourquoi, à l'initiative de Patrick, ils se retrouvaient tous les trois à déjeuner ensemble au Club des Mille Feux.

Mais si Sylvain avait soudain l'air contrarié, et il était effectivement très contrarié, la réclamation portée par cette femme n'en était pas la cause. Il rejetait calmement, mais fermement ses arguments, en dépit de la position complaisamment floue de Patrick.

Leurs premières rencontres dataient de deux ans. Patrick avait mis en relation Christine Delbouly avec Sylvain, alors qu'elle subissait depuis plusieurs mois un contrôle fiscal sévère, qui virait à la vérification approfondie de situation personnelle. L'inspectrice des impôts la suspectait, à juste titre, de n'avoir pas enregistré en comptabilité l'ensemble de ses recettes. Instruisant son dossier à charge semaine après semaine, elle réclamait au chef comptable des documents qu'il était bien en peine de fournir, pour la bonne raison qu'ils n'existaient pas ou plus. L'expert-comptable du groupe de salons de coiffure et l'avocat fiscaliste auquel la commerçante avait fait appel se trouvaient eux aussi fort embarrassés pour répondre aux demandes de l'Administration et ils en étaient venus à essayer de convaincre leur cliente de reconnaître ses erreurs, de tenter de plaider la bonne foi, avec l'espoir d'éviter, au-delà d'un redressement conséquent, des indemnités importantes et une condamnation pénale qui pouvait être lourde d'implications.

Pour Christine Delbouly, qui avait démarré sa carrière comme simple coiffeuse et qui avait gravi un à un, à la force du poignet, les échelons de la réussite sociale, il n'était pas question d'admettre quoi que ce soit. Elle estimait avoir gagné son argent en toute légitimité, considérait que l'Etat était un odieux organisme de racket, auquel elle avait déjà versé un écot largement suffisant et elle s'arrogeait le droit à toutes sortes de recours, fussent-ils illégaux, pour se protéger de sa rapacité. Dans l'impossibilité de présenter des justifications régulières, elle avait donc demandé sans vergogne à Patrick, puis à Sylvain de faire ce qu'il fallait pour décourager l'inspectrice des impôts, une femme d'à peine quarante ans, dont elle tenait le nom, l'adresse et le rattachement hiérarchique à disposition.

Sylvain avait tenté de dissuader Christine, lui expliquant que ses difficultés ne résultaient pas de l'hostilité d'une personne seule, qu'elle avait en face d'elle toute une administration, et que celle-ci n'allait certainement pas renoncer aussi facilement à ses prétentions. Devant l'insistance de son interlocutrice et le montant de cinquante mille euros qu'elle lui proposait, il avait fini par accepter d'intervenir, tout en renouvelant ses réserves.

Il avait confié la mission à Jean-Marc Démesseau, alias Tiburce, son exécuteur des basses œuvres préféré, lequel avait commencé par prendre la fonctionnaire en filature pendant plusieurs jours. Il avait rapporté, photos à l'appui, qu'elle habitait en banlieue, un quartier sans histoires, un immeuble banal, où elle vivait en couple, avec deux petites filles. La famille disposait d'une voiture dont elle ne se servait que pendant les week-ends. Le conjoint travaillait dans le centre de Paris, il emmenait leurs filles à l'école le matin avant de prendre le RER et il rentrait tard le soir. C'était la mère qui les récupérait en fin d'après-midi. Pour se déplacer entre son quartier, son bureau et les sociétés dont elle examinait les comptes, elle marchait et empruntait les transports en commun. Il lui arrivait aussi de s'installer à une table dans un café et de travailler sur son ordinateur portable, puisant par moment dans sa sacoche des documents qu'elle consultait avec attention.

Jean-Marc proposa à Sylvain de lui arracher, avec brutalité, sa sacoche et son ordinateur portable lorsqu'elle sortirait des bureaux Delbouly, un jour de fin de semaine. Un appel téléphonique le soir même ferait allusion à la motivation de l'agression, insisterait si nécessaire sur le message et suggérerait, pour préserver la sécurité des petites filles, de ne pas en rapporter plus qu'il ne convenait à la hiérarchie ni à la police.

Violemment projetée à terre lors de l'opération, l'inspectrice des impôts se releva avec difficulté, sonnée. Après avoir été accompagnée au commissariat par des passants, elle se rendit chez son médecin, qui lui prescrivit dix jours d'incapacité de travail. Elle reçut cinq sur cinq les recommandations d'un appel téléphonique anonyme et ne fit part à personne de ses soupçons. Très éprouvée psychologiquement, elle obtint une mutation au sein de son administration, puis finit par se déclarer en burn-out. Chez Delbouly, on constata que le processus de contrôle fiscal était suspendu et on cria victoire… Trop tôt ! Un an plus tard, la vérification de la comptabilité fut réactivée par un autre inspecteur des impôts, qui ne se montra pas plus enclin que sa devancière à en accepter les méthodes et les chiffres.

— Je vous avais prévenue, Christine, a répété Sylvain. Nous avons fait ce que vous avez demandé, mais je vous avais prévenue. L'Administration fiscale ne laisse pas tomber ses contrôles, sous prétexte qu'un de ses agents jette l'éponge. Ne m'en veuillez pas ! Je ne peux pas tenir compte de votre réclamation.

— Sylvain, et je prends Patrick à témoin, j'estime au contraire que vous me devez… je dis bien : que vous me devez… d'intervenir à nouveau pour dégager le fouille-merde qui pourrit ma vie et celle de mon chef comptable. Envoyez-lui Tiburce.

Christine Delbouly avait haussé le ton et des têtes se sont retournées dans la salle à manger. Sylvain et Patrick n'ont pas bronché. Ils sont restés muets, immobiles, le visage fermé, les dents serrées, leurs yeux vides d'expression vrillés sur ceux de la femme au chignon parfait. Elle les a toisés, l'un après l'autre, puis a cédé une part de sa superbe, prenant une voix geignarde.

— Excusez-moi, Sylvain, vous ne rendez pas compte de la situation dans laquelle je suis. Je vais perdre le fruit de trente ans de travail acharné. C'est terrible, j'en suis malade, je n'en dors pas la nuit, et vous, vous me laissez tomber. Alors que moi, je n'ai cessé de dire du bien de vous à tout le monde, je vous avais d'ailleurs recommandé avec force à l'un de mes amis, François Gurnier, un industriel de Nantes, qui a un problème du même acabit que moi et que vous avez rencontré récemment…

Christine Delbouly les a regardés à nouveau, attendant une réaction qui n'est pas venue. Elle a recouvré un peu d'assurance, s'est redressée, a jeté sa serviette sur la table en se levant.

— Puisque c'est comme ça, je ne vois pas pourquoi je devrais vous faire de la publicité. Vous ne m'en voudrez pas que je téléphone à François Gurnier dès demain pour lui déconseiller vos services… Messieurs, bien le bonjour et merci pour le déjeuner !

Elle a salué d'un signe de tête, a ramassé son sac, puis a pris la direction du hall, d'un pas majestueux marquant sa dignité outragée. Patrick s'est levé à son tour et l'a suivie pour l'accompagner jusqu'à la porte, s'efforçant de lui glisser des mots réconfortants.

*

Resté seul à la table, Sylvain n'a pu s'empêcher de sourire, oubliant pour un instant les tracas qui s'annonçaient à la suite du coup de téléphone de tout à l'heure. Qu'avait dit cette femme ? Qu'elle allait dissuader François Gurnier de faire appel à ses services ! Elle racontait n'importe quoi ! Cela faisait une semaine que la « mission Gurnier », pour le compte de sa société Aeromeca, était achevée. Et le client était ravi de la prestation. Il fallait bien reconnaître que son équipe était intervenue très vite et de façon exemplaire. Un cas d'école !

Implantée dans une zone d'activité proche de Nantes, Aeromeca était spécialisée dans la mécanique de précision.

L'usine fabriquait des composants pour le compte de l'industrie aéronautique et navale. Elle disposait aussi d'une unité indépendante qui réalisait et commercialisait des instruments médicaux et chirurgicaux.

Son patron, François Gurnier, l'avait fondée en 1985, après avoir passé une quinzaine d'années comme chef d'atelier, puis directeur de production aux Chantiers de l'Atlantique. A la suite de grèves à répétition, il avait senti la nécessité d'externaliser au maximum certaines fabrications et avec la bienveillance de sa direction générale, il avait pu s'établir à son compte en tant que sous-traitant de son ancien employeur. Il avait peu à peu obtenu la confiance d'autres industriels, les commandes s'étaient multipliées, il n'avait pas compté son temps et la réussite était venue. La petite entreprise avait quitté l'atelier presque insalubre de ses débuts pour s'installer à Saint-Herblain dans un bâtiment neuf, qui avait été plusieurs fois agrandi depuis. François Gurnier avait eu la sagesse de toujours réinvestir ses bénéfices dans des matériels performants. La société disposait de tours automatiques à commande numérique très sophistiqués et d'un assortiment complet de machines-outils complémentaires permettant d'effectuer tous les types d'usinage.

En 2008, il avait été rejoint à la direction d'Aeromeca par son fils Guillaume, fraîchement diplômé de ce qui s'appelait encore l'Ecole Centrale. Après trois ans à s'imprégner du métier, le jeune Gurnier avait créé le département dédié aux équipements médicaux et chirurgicaux. Le père et le fils n'étaient pas de la même génération, ils n'avaient pas le même profil psychologique, n'avaient pas reçu la même instruction, mais ils étaient complémentaires et s'entendaient bien dans l'ensemble, en dépit de quelques divergences.

La société Aeromeca avait grandi et son effectif comptait plus de deux cents salariés. En contradiction avec le Code du travail, elle n'avait pas, pendant toutes ces années, mis en place de représentation du personnel. François Gurnier s'y était constamment opposé avec vigueur, intervenant directement auprès de chaque salarié, manipulant les uns, faisant pression sur les autres, pour imposer des certificats de carence, dont l'Inspection du travail contestait systématiquement la validité. Les amendes successives infligées à la société et à son dirigeant n'y faisaient rien, il n'y avait toujours pas chez Aeromeca de délégués du personnel ni encore moins d'instance collective à finalité sociale.

En 2012, le recrutement d'un jeune technicien en maintenance, un nommé José Alvarez, devait à terme changer la donne. Ce nouvel arrivant fit preuve pendant trois ans d'une compétence et d'un dévouement à toute épreuve, ce qui conduisit la direction à le promouvoir au grade de technicien supérieur. Il prit alors un certain nombre d'initiatives qui furent appréciées par les Gurnier père et le fils, jusqu'au jour où un ouvrier fit une fausse manœuvre sur une machine et eut deux doigts broyés. Le blessé fut emmené par des collègues à l'hôpital le plus proche où il fut pris en charge. Les jours suivants, José Alvarez s'étonna de ce qu'aucune réunion du personnel ne soit convoquée pour analyser les circonstances de l'accident, puis de fil en aiguille, il prit conscience qu'il n'existait dans la société ni délégués du personnel, ni comité d'entreprise, ni comité en charge de l'hygiène, de la sécurité et des conditions de travail. Il demanda un entretien d'éclaircissement sur le sujet au directeur technique, son supérieur hiérarchique, qui fit la sourde oreille, il réussit à lui parler un jour entre deux portes. Embarrassé, ce dernier répliqua de façon évasive que ce n'était pas de son ressort. Arguant qu'il pourrait s'agir d'une infraction grave dont la société devait se mettre à l'abri, José Alvarez obtint d'évoquer le problème dans le bureau du fils Gurnier, qui le traita avec une courtoisie ironique et méprisante.

— Ah oui ! Très intéressant, merci ! Une lacune lourde de conséquences, dites-vous ? Très bien ! Nous ne manquerons pas d'y réfléchir. Au fait, en ce qui concerne vos responsabilités à vous, vous êtes prêt pour la semaine prochaine, la révision des tours de l'atelier quatre ? Ça, c'est vraiment important !

Deux jours plus tard, Alvarez était convoqué dans le bureau du père Gurnier, qui lui expliqua, en scandant ses propos de grands coups du poing sur la table, que la loi dans son entreprise, c'était celle qu'avait édictée son patron, et que ce patron, c'était lui-même.

— Quand Alvarez fait son travail (*boum !* coup de poing sur la table) et qu'il ferme sa gueule (*boum !*), on est très content de lui (*boum !*), vu ? Mais s'il a des choses à redire, si la maison ne lui plaît pas, la porte est grande ouverte (re *boum !*), vu ? C'est clair ? Alors, retournez à votre poste (*boum* final !).

José Alvarez, pas impressionné pour un sou, termina calmement sa journée à l'usine et enchaîna les suivantes de façon à ne justifier aucun reproche de la part de ses patrons. Il réussit en même temps à prendre contact avec l'Inspection du travail et avec l'antenne locale de la CGT. Chez l'une comme chez l'autre, on était parfaitement au courant des insuffisances béantes d'Aeromeca en matière d'obligations sociales. On attendait qu'un salarié ait la volonté de se révolter, pour se mobiliser à ses côtés. Alvarez fut accueilli en homme providentiel, on l'encouragea, on lui enseigna les éléments de droit social qui lui manquaient, on le prépara au combat syndical.

Quelques semaines plus tard, en dépit des obstructions des Gurnier, Alvarez avait convaincu trois ouvriers d'adhérer au syndicat et des élections avaient pu être programmées. Elles eurent lieu, sous l'œil vigilant d'huissiers mandatés par la CGT. Un comité d'entreprise et un CHSCT se réunirent et commencèrent à poser leurs exigences en matière de conditions de travail, en se référant à des revendications collectées dans l'usine par les nouveaux délégués du personnel.

Il fut envisagé d'aménager des pauses dans les horaires, de rénover, pour les mettre aux normes, les vestiaires et les sanitaires du personnel, de fournir des vêtements de travail adaptés aux différents postes, d'équiper les machines de dispositifs de protection, enfin d'organiser des séances de formation du personnel et de prévention des risques. Et à ce stade, on n'avait pas encore engagé de discussions sur les salaires.

François Gurnier ne manquait pas de charisme, il était même carrément fort en gueule. Il s'opposait avec une telle vigueur à toutes ces mesures — des foutaises, du pognon jeté par la fenêtre ! vociférait-il —, que la plupart des délégués, pour le voir se calmer, auraient été disposés à trouver des compromis ou à accepter un calendrier progressif. Mais José Alvarez ne l'entendait pas de cette oreille, il ne cédait rien, n'hésitant pas, même, à ajouter des revendications aux revendications. Les Gurnier cherchèrent tous les prétextes pour le licencier, mais en sa qualité que délégué du personnel, il était protégé, intouchable.

Entre le patron et le délégué, la haine avait atteint une telle intensité, que l'ambiance chez Aeromeca commença à se dégrader. La société vit sa productivité décroître, des pièces furent livrées en retard, d'autres avec des défauts…

Le hasard voulut que Sylvain et Patrick fussent invités en même temps que François Gurnier à deux journées de chasse dans la propriété solognote d'un producteur audiovisuel. Patrick Lhermit et François Gurnier se retrouvèrent face à face à table au déjeuner. Comme c'est généralement le cas lorsque deux hommes d'affaires viennent de faire connaissance, ils s'enquirent mutuellement de leurs activités professionnelles, l'occasion pour chacun de se mettre en valeur. L'un évoqua son club de tir luxueux et mondain, l'autre son usine de mécanique emblématique de l'industrie française de demain.

— Et comment marchent vos affaires, en ces temps où tout le monde délocalise ses fabrications ? demanda Patrick.

— Notre production de petites séries est tellement spécialisée que nous ne craignons pas la concurrence des pays à bas prix de main-d'œuvre, répondit François. Notre chiffre d'affaires augmente tous les ans et nous sommes littéralement surchargés de commandes.

— On croise tellement d'industriels moroses, que ça fait vraiment plaisir d'en rencontrer un pour lequel tout va bien.

— Houla ! Je n'ai pas dit que tout allait bien !...

François Gurnier s'interrompit et son œil se chargea d'amertume. Un instant plus tard, il reprit.

— Presque tout se passe bien, nos produits sont de grande qualité, nos clients nous apprécient, tous nos indicateurs sont positifs. Mais nous avons un problème majeur : un délégué du personnel, membre d'un syndicat d'extrême gauche, qui nous gâche la vie !... Impossible de lui faire entendre nos arguments de bon sens ! Et impossible de le virer !... Il pourrait menacer l'existence même de ma société.

— Ces syndicalistes sont insupportables, vous avez raison. Ils ont déstabilisé plus d'une entreprise, et pas des moindres... Vous avez essayé de...

Patrick ne termina pas sa phrase, préférant passer un message silencieux en montrant sa main droite où il frottait son index contre son pouce.

— Ha ! On a bien essayé, mais ce monsieur se veut incorruptible. J'ai tout tenté pour qu'il comprenne que j'étais prêt à payer très cher afin de me débarrasser de lui.

Patrick regarda longtemps son interlocuteur dans les yeux avant de répondre.

— Il faudrait que nous en discutions tout à l'heure avec mon ami et associé, Sylvain Morino, là-bas, à l'autre table.

A la fin de la journée, l'affaire était conclue. François Gurnier avait écouté avec intérêt Sylvain faire l'article de sa gamme de prestations. L'industriel avait été très clair.

— Débarrassez-moi définitivement de cet individu, peu m'importe comment, je n'ai rien à faire des conséquences qui en résulteront pour ce salopard !

— Vous ne voulez quand même pas qu'on le supprime, dit Sylvain sur le ton de la plaisanterie.

— Moi, je dis juste que je ne veux plus le voir. Faites ce qu'il faut ! Et le plus tôt sera le mieux. Je serai sur Paris lundi, je passerai en fin de journée rencontrer Patrick au Club. Les Mille Feux, c'est ça ? Je vais demander mon inscription, les activités qu'on y mène me tentent beaucoup. Et j'aurai la somme convenue.

— Parfait, vous réglerez cela avec Patrick. Vous serez ensuite contacté par une personne qui se fait nommer Tiburce. C'est l'homme que je vais charger de la mission que vous nous confiez.

Quand François Gurnier, de retour à Nantes trois jours plus tard, rapporta la teneur de cet entretien à son fils, celui-ci prit peur.

— Papa, j'espère quand même qu'ils ne vont pas le descendre. Rassure-moi, ce ne sont pas des tueurs.

— Ce qui est sûr, c'est qu'ils n'ont pas froid aux yeux. Ils vont nous débarrasser d'Alvarez et c'est tout ce que je demande.

— Tu te rends compte que nous serions les commanditaires d'un meurtre ! Ce n'est pas possible, il faut absolument arrêter cela.

François Gurnier prit peu à peu conscience du bon sens argumenté par son fils. Guillaume n'avait pas tort, ils étaient des industriels respectables, il s'était laissé emporter. Il y avait des limites à ne pas franchir. De quoi auraient-ils l'air s'ils étaient accusés de meurtre ? Et s'ils se retrouvaient en prison ? Que deviendrait Aeromeca ?

Aussi quand un certain Tiburce l'appela le surlendemain pour obtenir des informations précises sur José Alvarez — ses origines, sa situation familiale, son domicile, son caractère, ses habitudes —, François lui passa Guillaume ; il connaissait mieux que lui les dossiers du personnel et il saurait s'y prendre pour recadrer la mission dont Tiburce était investi.

— Je n'aime pas trop les changements de dernière minute, grogna Tiburce. Parce que le planning de ma petite équipe, c'est deux jours de renseignements et de filature, puis hop ! le troisième jour, on passe à l'acte.

— Mon père et moi, nous voulons surtout lui faire comprendre qu'il doit quitter la société, ou mieux la région.

Un silence et des bruits de papier. Guillaume Gurnier imaginait que son interlocuteur relisait ses notes et qu'il réfléchissait. Après un long moment, Tiburce reprit la parole.

— Bon, ne vous inquiétez pas. Vous me dites que notre homme est originaire de Lyon, que sa femme est africaine et que ses enfants sont métis. On va leur faire une grosse frayeur et on mettra ça sur le dos d'excités comme il y en a partout. Il aura un message téléphonique du genre « personne ne veut de toi au boulot, vaut mieux rentrer chez toi avec ta famille bamboula ». Ça devrait suffire.

Un déclic. Tiburce avait raccroché.

Trois jours plus tard, en pleine nuit, la voiture du technicien syndiqué prenait feu, dans un bruit de déflagration qui réveilla tout le quartier. Elle était garée devant le pavillon HLM occupé par sa famille. Il y avait du vent et les flammes gagnèrent la façade. Les témoins virent José Alvarez et sa femme sortir en courant de chez eux, leurs enfants dans les bras. Les pompiers intervinrent rapidement. Personne ne fut blessé.

Les Alvarez quittèrent la région le jour même pour retourner en banlieue de Lyon, où des proches se proposaient de les héberger et de les réconforter. Dans la presse locale, le Maire fit savoir qu'il attendait avec impatience les conclusions de l'enquête. A titre personnel, il penchait pour un court-circuit dans l'équipement électrique du véhicule, probablement mal entretenu. Il fit part de sa compassion pour l'infortunée famille, lui souhaitant de se remettre rapidement de l'incident. Il rendit hommage à l'humanisme et à la générosité de l'employeur de monsieur Alvarez, la société Aeromeca, bien connue dans la région, qui avait libéré sans délai le malheureux salarié de son contrat de travail, lui accordant même une prime de deux mois de salaire, afin qu'il puisse faire face aux dépenses imprévues qui allaient lui tomber dessus.

*

Quand il est revenu, quelques instants plus tard, après avoir raccompagné Christine Delbouly, Patrick était hilare.

— Dis-moi, l'affaire François Gurnier, c'est réglé depuis la semaine dernière, non ? Qu'est-ce qu'elle raconte, cette conne ?

— Bien sûr que c'est réglé. Et bien réglé, Gurnier est enchanté. Elle dit n'importe quoi…

Sylvain s'est levé, a pris son ami par le bras.

— Patrick, on peut aller dans ton bureau ? Il faut que je te parle de quelque chose de beaucoup plus embêtant.

Ils se sont installés confortablement dans les grands fauteuils moelleux assortis au canapé, devant le mur d'écrans vidéo. Patrick s'est saisi d'une cave à cigares en cèdre, l'a ouverte et tendue à Sylvain. Ils ont allumé tous les deux un Montecristo, en exhalant la première bouffée avec béatitude.

— Il s'agit de Claude Pangalier, a commencé Sylvain.

— Ah ! Le violoncelliste !

— Oui, le violoncelliste. Tu te rappelles qu'il faisait l'objet d'une mission spéciale.

— Bien sûr ! Pour le compte de mes vieux amis…

— Le docteur Bélousart et sa femme.

— Ce bon Julien, cette adorable Suzanne ! Des amis très chers, des fidèles du Club, des passionnés de tir à la carabine. Des mélomanes enthousiastes, aussi. Pangalier a été longtemps leur petit protégé.

— Quand tu me les as présentés, ce n'était plus le cas.

Patrick s'est esclaffé.

— Il s'était un peu foutu de leur gueule…

— Je ne connais pas les détails de leur relation. Ils m'avaient juste demandé de prendre contact avec ce monsieur, lui rappeler, de façon musclée, qu'il leur devait deux cent cinquante mille euros et qu'il faudrait commencer à rembourser. Malheureusement, le problème, c'est…

Patrick a interrompu Sylvain d'un geste de la main.

— Attends, il faut que je raconte d'abord toutes les aventures des Bélousart avec Claude Pangalier. Tu vas te marrer.

Sylvain est resté silencieux, l'air grave. Patrick a rallumé son cigare, pompant avec vigueur. Le plaisir de raconter une histoire à son ami faisait rayonner son visage tout en rondeur.

— C'est un vrai feuilleton, qui remonte loin. La mère de Claude a travaillé pour Julien pendant vingt ans. Elle s'appelait Nicole, je l'ai très bien connue, une brave femme, elle est décédée il y a deux ans. Elle était la secrétaire médicale du cabinet. Elle s'était fait engrosser par un type qui faisait du commerce international, qui n'a jamais admis de l'épouser, qui ne s'est d'ailleurs jamais marié. Il gagnait très bien sa vie, mais il était radin à un point pas possible. Bref, il a vaguement reconnu l'enfant, un garçon, mais n'a jamais voulu s'en occuper.

Patrick a retracé les difficultés financières de Nicole et le soutien généreux des Bélousart pour l'aider à élever son fils. Claude avait été un enfant facile, qui ne se faisait pas remarquer à l'école, sauf en éducation musicale, où il avait très vite maîtrisé les bases du solfège et où il se montrait capable, sur n'importe quel instrument, de restituer un air qu'il venait d'entendre.

— Tout le monde a alors déclaré à l'unisson que ce gamin bénéficiait d'aptitudes exceptionnelles. L'oreille absolue ! Julien et Suzanne ont insisté pour qu'il apprenne à jouer du piano, ils lui ont payé des cours deux fois par semaine chez eux, sur leur propre piano. Quand ils recevaient des amis, ils le faisaient venir avec sa mère et lui demandaient de jouer devant leurs invités. J'étais souvent là. Claude devait avoir entre huit et dix ans. Il avait aussi le sens des affaires, après avoir terminé, il allait voir Julien pour se faire payer.

Les deux hommes ont ri, puis Patrick a continué à égrener ses souvenirs. Il a raconté comment les Bélousart avaient pris goût à leur rôle de mécène avant l'heure. Ils avaient voulu que le fils de Nicole suive des parcours d'éveil et d'initiation dans un conservatoire de musique. Le garçon s'y était révélé en avance pour son âge et avait été orienté vers des ateliers où l'on faisait découvrir les différents instruments à des enfants plus grands. Le petit Claude s'y montra fasciné par les instruments à cordes frottées, s'essayant tour à tour au violon et au violoncelle. Il se trouva que les cours d'apprentissage du violon étaient complets, tandis que les vocations pour le violoncelle étaient rares. Des enseignants incitèrent Claude à choisir cet instrument.

— C'est là que Julien et Suzanne ont mis les doigts dans un engrenage infernal, a dit Patrick en mimant le geste avec les deux mains. Claude a commencé une véritable formation au violoncelle, une formation prévue pour les futurs virtuoses, au conservatoire et aussi avec un professeur particulier, lui-même virtuose, qui a remplacé celui qui donnait des cours de piano. Mais un violoncelle, peut-être ne le sais-tu pas, ça coûte très très cher…

D'une mimique, Sylvain a fait comprendre qu'il était ignorant en la matière. Patrick a hoché la tête avec vivacité, pour confirmer ses dires. Il a continué son histoire, relatant que Julien et Suzanne avaient spontanément offert à Claude un violoncelle premier prix. Le petit garçon l'avait emporté tout fier au conservatoire et en était revenu chagriné, son professeur ayant ricané en découvrant l'objet. « On dit jouer du violoncelle, mais on ne joue pas pour autant avec un jouet », avait raillé l'éminent virtuose. Pour les enfants, avait-il expliqué à Nicole, il existe de vrais violoncelles de taille réduite, qu'on garde jusqu'à l'adolescence. Des boutiques spécialisées proposent de la location à des conditions abordables.

— Julien l'avait déconseillée à Nicole, a continué Patrick, il trouvait que ce n'était pas un bon plan. Il s'était renseigné. Un violoncelle de qualité, ça se revend, c'est un investissement avantageux, voilà ce qu'il avait retenu. Il a donc expliqué qu'il fallait en acheter un. Mais attends : pour un violoncelle en bon état, qui ne soit pas de la camelote, qui remplisse bien sa fonction d'instrument de musique, si tu ajoutes un archet, une housse et quelques accessoires indispensables, tu en as vite pour quatre ou cinq mille euros. Et pour ce prix, tu n'as qu'un violoncelle d'entrée de gamme. Nicole n'aurait jamais eu les moyens de débourser cette somme. Voilà ! Ce sont donc mes bons amis Bélousart qui ont offert à Claude son premier violoncelle.

L'affaire du violoncelle, ou du violoncelliste, ne faisait que commencer pour le médecin et sa femme. Ils étaient loin d'imaginer jusqu'où elle allait les mener.

Le tout jeune Claude Pangalier progressa, acheva ses études secondaires tout en devenant un espoir de la musique instrumentale française. Il passa des concours, en réussit, fut accueilli au Conservatoire National de Paris dans un cycle de formation de violoncelliste professionnel. Les Bélousart étaient très fiers de leur protégé. Pour leur faire plaisir, Patrick lui fit animer une soirée privée au Club des Mille Feux.

Claude Pangalier commença à nouer des liens avec d'autres jeunes instrumentistes, se produisant avec eux lors de petits concerts de musique de chambre. Il expliqua à sa mère, qui le rapporta au docteur Bélousart, que le violoncelle d'apprentissage de format trois-quarts ne suffisait plus, qu'il était souvent contraint de jouer sur un instrument qu'on voulait bien lui prêter, mais qu'il fallait désormais se mettre en quête d'un vrai violoncelle de concert.

— Et là, on entrait dans une gamme de prix bien supérieure, a dit Patrick. Julien et Suzanne ont fait le tour des luthiers français, allemands et italiens, impossible de trouver un violoncelle pour musicien professionnel à moins de vingt-cinq mille euros.

— C'est fou ! a lâché Sylvain, stupéfait.

— Attends ! Ce n'est toujours pas fini, tu vas voir. Julien offre un violoncelle à Claude, qui continue son parcours. En quelques années, il devient incontournable dans le petit monde de la musique française. Il se produit dans les festivals, l'été, avec une formation qu'il a montée. Il est invité par des orchestres symphoniques pour jouer des concertos de grands compositeurs, Schumann, Brahms, Dvorak. Peu à peu, on en fait une vraie star du violoncelle. Ce n'est pas aussi médiatique que le piano et le violon, mais il est beau mec et les femmes se pâment devant lui, même quand il joue une œuvre solo contemporaine qui t'arrache les oreilles…

Un jour, après une séance de tir au Club, le docteur Bélousart confia à Patrick que Claude Pangalier était venu le voir avec la fiche descriptive et les photos d'un violoncelle qu'il qualifiait d'exceptionnel. Un instrument fabriqué au dix-neuvième siècle par un luthier italien d'une lignée connue, dans un bois qui séchait dans ses ateliers depuis plusieurs décennies. Le musicien avait expliqué à l'homme qui lui servait à la fois de parrain et de mécène qu'il lui fallait désormais un violoncelle à la hauteur de son talent et de sa renommée. « Il vaut combien ? » avait demandé le docteur. « Je pense pouvoir l'obtenir pour deux cent cinquante mille euros », avait répondu Claude. Un silence avait suivi, les deux hommes ne parvenant pas à se regarder dans les yeux.

« Je ne vous ai pas réclamé de l'acheter pour moi » avait fini par dire Claude, « je vous demande de me prêter cette somme. Mon père, dont vous savez qu'il m'a ignoré toute sa vie, est âgé et très malade. J'ai appris qu'il doit me léguer un capital qui me permettra de vous rembourser. Je vous en conjure. Ce violoncelle est un objet d'exception, je ne voudrais pas le laisser passer ».

— Voilà donc, a répliqué Sylvain, l'origine de la fameuse dette de deux cent cinquante mille euros. Et alors ? Le docteur s'était exécuté illico ?

— Illico presto, je dirais même. Claude Pangalier était reparti avec un chèque. C'était il y a trois ans.

— Et il n'a jamais remboursé Bélousart.

— D'après ce que je sais, leurs relations se sont distendues. Julien et Suzanne n'ont plus été invités aux concerts. Pangalier s'est mis à les éviter, à ne plus donner de nouvelles. Le temps a passé, Julien a appris par hasard que le père de Claude était décédé depuis un an.

Patrick a relaté que le docteur Bélousart téléphona au musicien afin de lui présenter ses condoléances, qu'il n'osa pas évoquer la perspective d'un début de remboursement et ne trouva à dire que « j'espère que la succession s'est bien passée », ce à quoi son interlocuteur répondit « non, elle est bloquée par des notaires ».

— Julien et Suzanne décident de ne pas harceler Claude et gardent leurs distances. Des rumeurs leur parviennent : Claude Pangalier décevant en concert ; fatigué, Claude Pangalier annule sa tournée américaine ; contrat rompu pour Claude Pangalier, etc. Des magazines le montrent sur des plages du bout du monde avec des jolies femmes. Ils apprennent qu'il mène la grande vie et qu'il a acheté un appartement avec terrasse à Neuilly… Ils se confient à moi et c'est à ce moment-là que je te les présente…

Silence. Le visage de Sylvain est resté fermé. Patrick, lui, a rigolé.

— Marrant, non ? a-t-il demandé à son ami.

Sylvain s'est levé et s'est mis à marcher de long en large, cigare au bec, les mains dans les poches, dans le grand bureau.

— On a un problème ! a-t-il annoncé avec gravité, après avoir posé son cigare sur un objet servant de cendrier.

Patrick l'a regardé, assis dans son fauteuil, les bras sur les accoudoirs, le cigare entre les doigts, pas encore inquiet… Sylvain a expliqué.

— J'ai confié la mission à Tiburce… Démesseau. Il a pris un coéquipier dans son réseau habituel, à la DGSE. Ils ont trouvé Claude Pangalier à la sortie d'un concert, l'ont suivi jusqu'à chez lui, à Neuilly. Ils l'ont filé pendant trois jours pour voir comment et quand ils allaient l'aborder pour passer le message prévu, « vous avez une dette de deux cent cinquante mille euros, faudrait commencer à la rembourser… ».

Patrick a approuvé de la tête, Sylvain a continué.

— Tiburce et son coéquipier se sont concertés — Tiburce l'appelle Méraldor, ils ont tous des noms de code, là-bas —, ils décident d'intervenir un soir où il rentre seul, tard. Ils le guettent donc dans son parking, en sous-sol. C'est un petit immeuble, il n'y a pas beaucoup de voitures, il est deux heures du matin. Ils sont masqués, Tiburce a une matraque, Méraldor a un flingue, pour faire peur. Ils se sont démerdés pour entrer et ils attendent, planqués…

— Et alors ? a demandé Patrick.

— Je te le raconte comme Tiburce me l'a raconté tout à l'heure au téléphone… Le bruit de la porte du garage qui s'ouvre, l'éclairage qui s'allume… Pangalier arrive avec sa Porsche, se gare, sort de voiture, il est seul. Tiburce se montre, avec sa matraque, « Monsieur Pangalier ? » Surprise ! « Oui, que voulez-vous ? — Nous venons de la part d'un ami, à qui vous devez beaucoup d'argent ». A ce moment, l'autre, Méraldor s'avance à son tour, avec son flingue muni d'un silencieux braqué sur le violoncelliste. Début de panique ! « Mais qui êtes-vous ? Que me voulez-vous ? — Je crois qu'on vous l'a déjà dit », répond Méraldor ». Un long silence, Pangalier regarde tour à tour les deux hommes qui le menacent… et soudain, la minuterie s'éteint, le noir absolu. Tiburce entend un « plop », puis un râle et un bruit de chute. Le temps de retrouver sa lampe torche dans sa poche et de l'allumer, il aperçoit le violoncelliste affalé sur le sol. Il le retourne, mort, une balle en plein cœur.

— Merde ! a lâché Patrick.

— Comme tu dis ! a répondu Sylvain

— Qu'est-ce qu'il lui a pris à… à… Mirador ?

— Méraldor ! Tiburce dit que c'est le stress, avec la lumière qui s'éteint.

— Merde ! a répété Patrick. Ils avaient les nerfs plus solides, autrefois, les agents Action de la DGSE. Ça s'est passé quand ?

— Cette nuit. Tiburce ne m'a prévenu que pendant le déjeuner. Ils ont fait le ménage. Ils ont nettoyé les traces de sang, récupéré dans la Porsche la télécommande de la porte de garage, ont fait entrer la voiture de Méraldor, ont mis le corps dans le coffre et ont pris la route pour l'enterrer à cinq cents kilomètres, en Auvergne, dans une forêt que Méraldor connaît. Le terrain était meuble, ils ont pu creuser assez profond pour qu'un promeneur ne risque pas de tomber sur un bout de squelette, ils ont rebouché et maquillé l'endroit avec des branches et des feuilles...

Patrick s'est levé et a commencé à marcher de long en large à son tour, tirant nerveusement sur son cigare.

— Quelle histoire ! Qu'est-ce qu'on va dire ?

Sylvain s'est rassis dans son fauteuil, croisant négligemment les jambes, s'efforçant par son attitude de montrer à Patrick qu'il fallait garder la tête froide.

— On n'en parle pas du tout, a-t-il répondu. Pas de cadavre, pas de meurtre ! Le violoncelliste aura disparu, sans raison. Tu ne le connaissais pas et moi non plus. Tiburce me dit que quarante mille personnes disparaissent sans explication tous les ans en France et que dix mille ne sont jamais retrouvés.

Patrick s'est arrêté de marcher, les mains sur les hanches, tournant le dos à Sylvain.

— Eh bien ! Julien et Suzanne ne sont pas prêts de récupérer leur pognon. Merde ! Qu'est-ce que je vais leur dire ?

— Tu ne leur dis surtout rien du tout !

10

Avril 2019 - Les seigneurs et les manants

Mercredi, 18 h 15

Mehdi luttait contre la somnolence, sans se faire la moindre illusion. Il savait qu'il ne pourrait pas résister. Ça lui arrivait à chaque fois qu'il devait reprendre la route en fin d'après-midi, après avoir mené des entretiens longs et intenses, loin de chez lui ou de son bureau. La nuit précédente avait été très courte, il avait fait un saut au SRPJ tôt le matin, puis avait conduit la voiture tout au long du trajet à l'aller. Le lieu où il avait passé la journée l'avait impressionné, tant par son histoire, que par sa vocation. Il l'avait découvert et parcouru sous le regard tantôt curieux, tantôt narquois, de quidams en tenue militaire, faisant semblant d'être affairés, mais ne perdant une miette de ses propos ni de ceux de ses interlocuteurs. Il avait procédé à plusieurs auditions. Des entretiens qui l'avaient mis sous tension, face à des personnes qui prenaient régulièrement quelques secondes avant de lui répondre — une façon de tourner sept fois leur langue dans leur bouche, s'était-il dit —, tout en l'observant fixement d'un œil impénétrable. Il était encore surpris de ce qu'il avait appris, mais la plupart de ses intuitions s'étaient confirmées. A l'heure du déjeuner, il avait décliné poliment l'invitation de l'officier de permanence à profiter du mess. Il avait préféré s'isoler avec ses collègues, manger un sandwich et boire une bière en leur compagnie, sur le parking, tout en faisant le point et en donnant des instructions.

La journée avait été bien remplie. Si bien qu'à dix-huit heures, assis confortablement sur le siège passager, après avoir salué l'officier de permanence qui l'avait raccompagné à sa voiture et une fois franchi le portail de la base, il s'était soudain senti libéré de la concentration mentale qui pesait sur lui depuis le matin. Il avait nettement perçu le relâchement de tous ses organes, musculaires, nerveux et sensoriels, ce qui s'était traduit par une envie irrépressible de fermer les yeux et de laisser le sommeil l'envelopper tout entier. Il avait l'habitude et savait qu'il n'aurait besoin que de dix minutes de récupération.

— Je suis désolé, Alexandra, a-t-il dit d'une voix molle à son adjointe, installée au volant. J'ai un coup de pompe, il faut que je roupille un instant. Tu ne m'en voudras pas ?

— Pas de problème, a-t-elle répondu en riant. Chacun son tour. Ce matin, en venant, j'ai pu finir ma nuit pendant que tu conduisais.

*

Mercredi, 7 h 20

Ils s'étaient retrouvés à l'hôtel de police très tôt, avant sept heures. S'y trouvaient aussi deux brigadiers de leur équipe, que Mehdi avait convoqués la veille au soir. Juste le temps d'un briefing sommaire et de préparatifs menés au pas de course, avant de prendre la route pour rejoindre le Centre parachutiste d'entraînement spécialisé de la DGSE, à Cercottes, un village du Loiret, proche d'Orléans, à une heure et demie de trajet. C'était là, au CPES de Cercottes, qu'était rattaché le militaire nommé Démesseau Jean-Marc.

La vocation de cet établissement militaire dépendant de l'Armée de terre est de préparer les forces spéciales françaises susceptibles d'intervenir en opération extérieure. Dans des conditions de confidentialité absolue, des instructeurs de haut vol forment les agents du service Action envoyés en mission clandestine à l'étranger : entraînement physique, maniement des armes, préparation mentale, assimilation d'identité nouvelle. Hautement sécurisé, le site comporte des terrains de sport, des salles de réunion et de cours, des bureaux, ainsi que des petits logements à disposition des effectifs permanents ou de passage.

Lors du dernier entretien téléphonique entre le commissaire Prigent et le commandant avec lequel il était en relation au ministère des Armées, il avait été déterminé que le lieutenant Mehdi Mokhdane et son adjointe, la sous-lieutenante Alexandra Delgado, seraient attendus à neuf heures précises par le colonel L…, chef du Bureau Opérations Instructions du Centre, qui leur accorderait une heure. Le capitaine D…, officier de permanence du jour, prendrait la suite et se tiendrait à leur disposition si leur visite était appelée à durer.

En ce qui concernait les deux brigadiers accompagnant Mehdi et Alexandra dans un second véhicule, leur venue n'était pas annoncée, pas plus que le mandat de perquisition obtenu du juge in extremis par Mehdi. L'ambiance ne manquerait pas de s'échauffer, lorsque les officiers du CPES seraient contraints de s'y prêter.

Un trajet autoroutier monotone. Un paysage plat, dont la végétation en pleine renaissance avait émergé peu à peu sous le soleil qui se levait. La journée promettait d'être belle. Mehdi avait conduit en écoutant les émissions matinales à la radio, informations, interviews, analyses entrecoupées d'annonces publicitaires. Il ressentait une sorte de plaisir secret et coupable à avoir Alexandra à côté de lui dans la voiture et savourait la perspective de passer un long moment avec elle. Il la trouvait mignonne, avec ses cheveux noirs coiffés à la garçonne, ses grands yeux noisette rieurs et son petit cul rond, toujours moulé dans un jean très ajusté, sur lequel les collègues ne manquaient pas de laisser leur regard traîner. S'en suivaient parfois des commentaires, généralement à voix basse, en tout cas jamais devant elle ; ils savaient tous qu'elle n'apprécierait pas un mot déplacé et qu'elle pourrait même déclencher un scandale. Alexandra était une policière très professionnelle et elle avait cloisonné sa vie privée, qui était, Mehdi l'avait appris par hasard, celle d'une jeune femme libre, très libre. Le savoir faisait galoper son imagination et ce matin, dans la voiture où Alexandra était presque à son contact, la fragrance poivrée relevée par une touche de cannelle de son eau de toilette n'arrangeait rien. Mais ils étaient tous les deux en fonction et Mehdi était capable de laisser voguer ses fantasmes sans nuire à son efficacité d'enquêteur. Il se répétait qu'il était marié à une femme qui lui plaisait, qu'ils avaient un petit garçon et qu'il était heureux.

Ignorante des turbulences qu'elle provoquait dans le cortex de son voisin, Alexandra s'était endormie dès le départ. Elle s'était réveillée à mi-parcours et avait entrepris de lire à haute voix, à l'attention de son chef, la documentation qu'on lui avait remise sur l'établissement de la DGSE où ils se rendaient. Alexandra avait poursuivi par la lecture sur son smartphone de ce qu'elle avait trouvé comme complément d'information sur le web. Mehdi écoutait, sans poser de questions.

Après avoir quitté l'autoroute, en périphérie d'Orléans, ils avaient parcouru un paysage de banlieue, où la circulation était dense, traversé la petite ville proprette de Saran et étaient parvenus devant l'entrée du camp militaire.

*

Mercredi, 8 h 55

Après avoir garé les véhicules sur le parking extérieur, les quatre policiers en mission se sont pliés aux instructions affichées devant le tourniquet de l'entrée. Ils ont sonné, justifié de leur identité devant un écran vidéo et ont été priés de se présenter au poste de garde, où des militaires en tenue de combat, armés de fusils d'assaut, ont regardé leurs brassards « police » d'un œil étonné, avant que l'un d'eux examine attentivement les papiers produits par Mehdi et qu'un autre vérifie leurs identités.

— C'est pour le colonel L… et le capitaine D..., je suis au courant, a dit un troisième militaire, assis à un bureau face à une série d'écrans. Je le fais prévenir. Veuillez patienter. Je vais vous enregistrer.

Mehdi et ses équipiers sont restés debout, groupés, tandis que les deux militaires qui les avaient contrôlés tournaient autour d'eux, l'air préoccupé.

— Vous venez pour une enquête ? a demandé le premier, après avoir déambulé sans but.

Mehdi s'est retourné prestement pour se placer face à lui, répondant du nez : « Hm hm ! »

— Quelqu'un de chez nous a fait une bêtise ? a demandé l'autre.

Mehdi l'a dévisagé fixement, sans répondre. Le militaire a détourné le regard.

Une porte s'est ouverte sur un jeune officier à la silhouette svelte et à l'allure franche, qui s'est présenté comme le capitaine D.... Mehdi a demandé à lui parler en tête-à-tête. Les deux hommes se sont isolés et le policier a expliqué qu'il disposait d'une commission rogatoire, lui permettant de perquisitionner dans les locaux couramment occupés par le dénommé Démesseau Jean-Marc : logement, bureau, rangements. Le capitaine a lu les documents que lui tendait Mehdi, il a protesté que ça n'était pas prévu, a râlé pour le principe, puis a haussé les épaules.

— C'est bon ! a-t-il lâché. Je vais demander à un caporal d'emmener vos gars dans sa chambre. Et je vais me renseigner pour savoir si le nommé Démesseau a un casier personnel dans les vestiaires.

Revenu parmi les autres, le capitaine a donné des instructions pour que les voitures des policiers entrent et stationnent dans la base. Il s'est ensuite adressé au militaire assis à son bureau.

— Caporal, vous allez appeler Damianus… ou bien Adalstan, si Damianus n'est pas disponible. C'est pour emmener nos… euh… visiteurs à la chambre de Tiburce, afin qu'ils s'y livrent à leur enquête en toute liberté.

Puis il s'est tourné vers Mehdi, lequel venait de noter que les trois militaires du poste de garde avaient échangé des regards inquiets.

— Vous, lieutenant Mokhdane, je vous accompagne auprès du colonel L… Je vous ferai ensuite visiter le Centre.

Le colonel L… était un quinquagénaire, dont l'air sévère dissimulait un esprit pince-sans-rire affuté. Ses cheveux blancs taillés ras le faisaient apparaître plus âgé qu'il était. Il s'est levé pour accueillir Mehdi et lui serrer chaleureusement la main. Il a désigné deux fauteuils, priant le policier de s'asseoir et invitant le capitaine D… à rester.

— Bienvenue en ces lieux, lieutenant. Il paraît que l'adjudant-chef Démesseau, connu ici sous le pseudonyme de Tiburce, s'est mis à jouer au petit soldat, sans que sa hiérarchie soit au courant.

— C'est une façon claire de présenter les choses, mon colonel. J'espère pouvoir la reprendre à mon compte. Encore faudra-t-il que j'aie rencontré les officiers auxquels il est rattaché, pour évaluer leur rôle dans l'encadrement de Démesseau ou de Tiburce, je ne sais pas comment vous préférez qu'on l'appelle. A propos, je me référais jusqu'à présent aux dires d'un complice présumé et je croyais que Démesseau était officier, avec le grade de commandant.

De concert, le colonel et le capitaine ont hoché la tête négativement.

— Démesseau bénéficie d'un statut contractuel depuis sa retraite officielle de l'active, il n'a jamais dépassé le grade d'adjudant-chef, a confirmé le colonel, en manipulant les feuillets d'un classeur qui était probablement le dossier particulier du militaire dont ils parlaient. D'après ce que je lis, car je ne le connais pas personnellement, même si j'ai eu de nombreuses occasions de le croiser ici, cela fait longtemps que Tiburce est titulaire de ce grade. C'est, dirons-nous, son bâton de maréchal, n'est-ce pas !... Pour répondre à la question que vous vous posez, lieutenant, vous savez certainement que, pour des raisons d'organisation, de confidentialité et de sécurité, les agents rattachés aux forces spéciales sont désignés en interne par un pseudonyme. C'est une loi non écrite ! Alors nous continuerons à l'appeler Tiburce, si vous n'y voyez pas d'inconvénient.

Le capitaine D... est intervenu

— Mon colonel, il me paraît souhaitable de préciser que Tiburce n'est pas un agent Action.

— Oui, c'est exact, a repris le colonel. Écoutez bien, lieutenant. Il est vrai que les forces spéciales constituent la colonne vertébrale, la raison d'être de ce Centre, qui n'existe que pour les agents qui vont être envoyés en mission à l'étranger pour le compte de l'Etat ; ou qui vont en revenir, avec la nécessité de passer par une sorte de sas de décompression, vous comprenez ? Ces effectifs d'élite sont pris en charge par des instructeurs de la maison, qui les entraînent physiquement, qui les préparent à des manœuvres risquées, sauter en parachute de nuit, s'infiltrer dans une collectivité, par exemple. Ils répètent les rôles qu'ils vont devoir jouer pour coller aux identités qu'on leur fabrique. On les forme au combat, ça pourra leur être utile. On les perfectionne au maniement de certains gadgets technologiques. — Vous avez vu des films de James Bond, non ? Eh bien, c'est presque pareil… sauf les filles fatales en minijupe. — Tout ça, c'est pour les agents Action, ils sont les fers de lance de la Sécurité extérieure. Mais en second plan, autour de ces hommes et de ces femmes, pour que tout fonctionne parfaitement, il y a un ensemble de services de soutien, qui sont essentiels : la sécurité, notamment le poste de gardiennage, où vous avez été accueillis à votre arrivée ; et aussi la cuisine, la maintenance, l'informatique, la comptabilité, j'en oublie… Toutes celles et tous ceux qui travaillent ici sont des militaires et tout le monde est en tenue. Ça fait partie de la philosophie de l'Armée. Nous avons des grades, des métiers, des missions, mais nous sommes tous égaux dans notre raison d'être et dans notre engagement à servir. Et de surcroît, nous sommes tous habilités « confidentiel-défense ». Alors, dans notre loi non écrite, il a été un jour décidé que tous les effectifs du CPES disposeraient d'un pseudonyme. Confidentialité oblige.

Mehdi écoutait attentivement. Le colonel s'est arrêté un instant. Il a repris, l'air goguenard.

— J'ajoute que l'obligation de confidentialité s'impose aussi à vous et à vos collègues, tous policiers que vous soyez. Le capitaine ne vous laissera pas partir sans que vous ayez signé un engagement de ne rien divulguer de ce que vous aurez vu et entendu ici, à l'exception, bien entendu, de ce qui sera utile à la justice pour les besoins de l'enquête criminelle à laquelle vous participez. Sachez que les infractions sont punies de lourdes amendes et de peines de prison.

Toute expression d'humour avait disparu du visage du colonel, qui observait son interlocuteur avec une solennité sévère. Mehdi soutenait son regard sans broncher.

— Je pense en particulier à la presse, a repris le colonel. Elle ferait certainement ses choux gras d'une affaire comme celle-ci, compte tenu de l'appétit de scandales manifesté par beaucoup de nos concitoyens. Nous ne verrions pas d'un bon œil que des journalistes éprouvent le besoin d'en connaître sur cette affaire, dans l'intention d'en profiter pour discréditer les institutions de la Nation. Nous comptons donc sur vous et sur vos collègues pour une confidentialité absolue. Me suis-je bien fait comprendre ?

— Pas de problème, mon colonel, a répondu calmement Mehdi. Vous avez ma parole et je me porte fort pour mon équipe… Maintenant, si nous en revenions à Tiburce !

— Vous avez raison, a dit le Colonel après un silence, se replongeant dans les papiers qu'il avait entre les mains. Ce Tiburce est un des militaires les plus anciens du Centre. Il était là avant moi. Si j'en crois le dossier que j'ai sous les yeux, il est arrivé à Cercottes avec le grade de sergent, il y a plus de dix ans. Il rentrait d'Afrique, où il avait servi. Vous verrez tout à l'heure le capitaine de N…, un de nos gestionnaires des ressources humaines, qui vous donnera tous les détails. Ce que je lis, c'est que Tiburce n'a jamais été un agent Action et qu'il n'a pas travaillé directement pour les forces spéciales. Il avait été affecté au début à la maintenance des bâtiments, il avait la responsabilité d'un atelier et d'une petite équipe d'ouvriers, peintre, électricien, plombier, bricoleur. Puis on l'a chargé de la sécurité. Il a formé l'équipe de gardiennage en fonction, celle que vous avez vue tout à l'heure au poste de garde, qui trie et gère les entrées dans le Centre, ainsi que les sorties.

Le colonel a continué de consulter son dossier, avant de reprendre.

— Il y a deux ans, il a obtenu son grade actuel, avec de nouvelles missions. Deux jours par semaine, il est affecté à un service rattaché à Mortier — boulevard Mortier, c'est la maison-mère, le siège —, un service chargé de la mise à niveau de réservistes. Il n'est donc présent ici que trois jours par semaine et il s'occupe de formation dans les services de soutien, d'intégration des nouveaux arrivants dans le Centre, un lieu complexe, vous vous en rendrez compte, qu'il connaît bien évidemment comme sa poche.

*

Mercredi, 12 h 30

Un rayon de soleil un peu moins paresseux que les autres avait franchi le lit de nuages qui couvrait le ciel. Complices, les vitrages en amplifiaient l'impact lumineux, les façades des bâtiments semblaient moins austères, presque avenantes. Le fond de l'air n'en restait pas moins frisquet.

— Alors, les gars, vous avez trouvé quelque chose d'intéressant ? a demandé Alexandra, qui avait repris son anorak dans la voiture et était en train de l'enfiler.

Les deux brigadiers avaient achevé leurs investigations et venaient de rejoindre leur chef et son adjointe dans la cour. Avant de répondre, ils se sont précipités sur les paniers-repas préparés à la cuisine du mess, que de jeunes militaires avaient apportés. Montrant les sacs qu'ils avaient posés au sol, un des brigadiers a pris la parole, la bouche pleine, l'air content de lui.

— Ouais, une bonne pêche ! Dans la chambre, sous le matelas, une enveloppe contenant plus de huit mille euros en espèces. Dans un tiroir, des polars, des romans d'espionnage, avec des pages marquées, des notes au crayon ou au stylo. A vous de voir si ça présente un intérêt…

— De l'intérêt vous en trouverez certainement dans ce qu'on a dégotté dans son casier au gymnase, a dit l'autre brigadier. Une enveloppe avec dix mille balles en billets de cinq cents. Un pistolet semi-automatique chargé, qui ne fait pas partie des armes du Centre. Faut savoir que Tiburce venait parfois renforcer les gardes-barrière de l'entrée et qu'il était alors équipé comme eux de ce qu'ils appellent une arme longue, un fusil mitrailleur, et d'une arme courte, un Glock. Il y avait aussi des traceurs GPS dernier cri, avec leur mode d'emploi. Et puis, une série de feuilles A4, où sont griffonnées des courbes qui font penser à des schémas d'attaque ou d'encerclement. Avec des pseudos, inscrits avec des flèches à certains points.

Il a tendu les feuilles à Mehdi, qui a énuméré les noms :

— Méraldor, Emogène, Damianus, Adalstan, Théodimir, Horédor… On se croirait dans une série médiévale, a commenté le lieutenant en laissant échapper un petit rire. Eh bien, je suis sûr qu'au poste de garde, ils pourront nous indiquer qui se cache derrière chacun de ces pseudos. Ça va nous guider pour nos auditions de cet après-midi, pas vrai, Alexandra ?

Les quatre policiers ont terminé leurs sandwiches en échangeant des appréciations personnelles très positives sur ce qu'ils avaient vu au camp de Cercottes. Leur sentiment était que les dérives éventuelles d'un ou plusieurs individus devraient si possible être traitées indépendamment de la vocation globale de l'institution.

Mehdi en a profité pour demander s'ils avaient bien tous signé un engagement de confidentialité. Sur la réponse affirmative qu'il a obtenue, il a insisté pour que le secret le plus total soit gardé sur l'enquête, y compris en interne. Puis il a autorisé les deux brigadiers, qui en avaient terminé avec les perquisitions, à prendre la route du retour.

*

Mercredi 14 h 25

Le caporal en treillis qui s'est assis face à Mehdi en posant son casque sur la table n'avait pas l'air tranquille et bien entendu, cela n'a pas échappé au policier. Ce dernier s'est employé à mettre son interlocuteur à l'aise.

— Emogène, a-t-il commencé d'une voix enjouée en arborant son meilleur sourire, nous nous sommes vus ce matin, vous vous souvenez ? Depuis, comme vous vous en doutez, je connais votre vrai nom, mais puisqu'ici, c'est ainsi qu'on vous appelle, eh bien, allons-y pour Emogène. D'accord ?

— D'accord, monsieur.

— Bonjour, Emogène.

Le sourire de Mehdi s'était encore élargi.

— Bonjour, monsieur.

— Parlez-moi de Tiburce.

— … Euh !…

Le militaire regardait Mehdi, l'air perdu.

— J'écoute.

— Euh !… Qu'est-ce que… qu'est-ce que vous voulez savoir, monsieur ?

— Je vous écoute, Emogène.

— Tiburce… c'est le plus ancien d'entre nous, le plus gradé, aussi… Il connaît très bien le Centre, il nous a tout montré, tout expliqué… On a beaucoup appris avec lui… Il compte beaucoup pour nous…

— Emogène, cela fait combien de temps que vous travaillez ici ?

— Quatre ans, monsieur.

— Quatre ans ? Vous connaissez maintenant les lieux aussi bien que lui, non ? Qu'est-ce que Tiburce vous apporte ?

— Il a… des contacts avec des instructeurs du service Action. Il nous obtient des petits boulots supplémentaires, dans le cadre de l'entraînement des agents. On nous fait jouer des petits rôles dans des simulations de situation, on sert de cible dans des exercices. On appelle ça « faire les plastrons ».

— Des petits jobs qui vous rapportent des petites primes ?

— Oui, monsieur, pas grand-chose, en fait. Mais ça nous permet de fréquenter les véritables agents des forces spéciales… Parce que, vous savez ?…

Emogène s'est interrompu, tandis que ses yeux semblaient implorer de la compréhension, de l'indulgence de la part du policier, lequel a relancé sèchement.

— Oui ?

— Au poste de garde, on rêve tous de devenir agent Action, on est prêt à tout pour se faire remarquer… Tiburce nous donne des conseils. Il essaye toujours de rendre service…

— Quel genre de service, Emogène ?

— Ça dépend… Il connaît du monde dans la maison. Il a des relations à Mortier…

Mehdi a laissé passer de longues secondes de silence.

— Vous a-t-il déjà proposé des missions… spéciales ?

— Euh ! Oui, monsieur… Mais pas récemment…

— Avez-vous effectué de telles missions avec lui ?

— Ben !…

— Je vous écoute.

— Oui, monsieur, une fois ou deux… il y a longtemps…

— Pas récemment ?… Pourquoi ?

— Ça s'était mis à déraper…

Mehdi est resté immobile, son visage s'efforçant d'exprimer une empathie totale. Après un long silence, le militaire s'est clarifié.

— Une mission a mal tourné, il y a eu une sorte d'accident. Une personne a disparu, elle aurait été tuée.

Mehdi se souvenait des confessions de Jamil. Face aux hésitations de son interlocuteur, il a tenté un coup de bluff.

— Oui, le violoncelliste !

— Ah ! Vous savez ?

— Mais ce n'était pas vous.

— Non, ce n'était pas moi.

Mehdi a ouvert son carnet, pour consulter ses notes.

— C'était Méraldor, a-t-il tenté à nouveau.

— Oui, monsieur, c'était Méraldor.

— Où est-il, Méraldor ?

— On ne sait pas, monsieur. On ne l'a plus revu.

*

Mercredi 18 h 30

Il suivit la silhouette dans l'escalier et découvrit avec stupeur qu'il menait à son emplacement de parking dans la copropriété. D'habitude, l'éclairage s'allumait dès qu'il franchissait la porte, mais là, bizarrement, tout l'étage était dans le noir. Pourtant, il voyait très nettement sa voiture, elle se détachait dans l'obscurité, ce qu'il trouva étonnant. La silhouette féminine réapparut, sans qu'il parvienne à distinguer ses traits. Alexandra ? La lumière se fit soudain et il entendit des pas derrière lui. En se retournant, il aperçut deux militaires casqués se diriger vers lui en braquant leur pistolet mitrailleur.

— J'ai de mauvaises nouvelles de Méraldor, dit l'un.

La prise de conscience très nette de son rêve a fait sourire Mehdi, tandis qu'il revenait à la réalité et que la voiture qui venait de leur faire des appels de phare éblouissants les doublait rageusement. Il a jeté un coup d'œil à la montre du tableau de bord et vu qu'il avait dormi une dizaine de minutes, comme il l'avait prévu. Il s'est senti en pleine forme.

Il a regardé autour de lui. Le jour s'assombrissait. Au travers du tourbillon des lumières rouges et blanches diffusées par les flots de véhicules, il pouvait distinguer des silhouettes d'immeubles et de pavillons typiques des zones périurbaines. A côté de lui, le fin profil d'Alexandra se découpait comme une ombre chinoise. Il l'a contemplée un moment. Elle était concentrée sur sa conduite, elle accélérait, freinait, tournait, il en a eu mal au cœur. Il s'est redressé dans son siège, a sorti une petite bouteille d'eau de sa sacoche et a bu une gorgée.

Mehdi a attendu qu'ils soient engagés sur l'autoroute, pour ouvrir la conversation sur ce qu'ils avaient, chacun de leur côté, retenu de leur journée d'enquête.

— C'est assez incroyable, a-t-il dit. Pour être honnête, ce que j'ai vu aujourd'hui m'a plutôt impressionné. La DGSE est certainement une machine de guerre top niveau, et patatras, voilà que de simples gardes-barrière se sont mis à jouer à « Tueurs à gages ».

— Tu as raison et ça me fait froid dans le dos, répondit Alexandra. Parmi mes « clients », certains ont reconnu avoir tabassé des inconnus, brutalisé des femmes, volé et détruit des ordinateurs, menacé d'enlever des enfants...

— Les miens n'ont pas été aussi bavards. L'un d'eux avait l'air d'être au courant de pas mal de choses, mais il a prétendu n'avoir participé à rien... Tu as réussi à les faire parler facilement, ceux que tu nommes tes clients ?

Elle a souri et lui a jeté un petit regard complice.

— Au début, ils jouaient les durs, dans le genre « je sais tout, mais je ne dirai rien », surtout pas à la police et encore moins à une femme... jeune, de surcroît !

— Et jolie, par-dessus le marché, a ajouté Mehdi.

Du coin de l'œil, il a vu qu'Alexandra tournait la tête vers lui et il a perçu l'ironie de son regard.

— Ah ! Attention, lieutenant ! Pas de propos tendancieux envers une subordonnée, je vous prie.

Il s'est tourné vers elle, mais ses yeux étaient à nouveau dirigés sur la route. Ils ont ri de concert avant qu'elle reprenne.

— Pour en revenir à mes clients, lorsqu'ils se rendaient compte qu'ils risquaient de passer quelque temps en prison, ils se mettaient à tout déballer. J'en ai même eu un qui s'est mis à pleurer. Ils ont alors tous chargé à fond Démesseau, Tiburce, quoi. C'était Tiburce qui les avait recrutés et ils l'avaient suivi pour quelques centaines, parfois quelques milliers d'euros.

— Voilà un point sur lequel ils ne sont pas nets. A les écouter, Tiburce leur présentait les missions comme officielles et en provenance du siège, boulevard Mortier à Paris, et en même temps, il proposait de les rémunérer en espèces. Soit ils nous prennent pour des billes, soit ils sont eux-mêmes idiots à un degré hallucinant.

— L'un d'eux avait été plus lucide. Je crois que c'est celui dont le pseudo est Damianus, il faudra que je regarde mes notes. Il est plus ancien que les autres, un peu plus gradé aussi, il est caporal-chef ; c'est depuis longtemps un copain de Tiburce. Il reconnaît avoir compris que Tiburce s'était mis à son compte, il lui avait un jour montré une grosse liasse de billets de cinq cents euros. Ça les avait tous les deux impressionnés, ils n'avaient jamais vu autant d'argent liquide… Moi non plus, d'ailleurs, a ajouté Alexandra, en pouffant de rire.

Mehdi a ri à son tour, attendant la suite.

— Il avait donc participé une fois, a repris Alexandra, puis il s'était tenu à l'écart, mettant en garde Tiburce et en insistant pour qu'il ne pervertisse pas les jeunes du service. En tout cas, c'est ce qu'il dit… Parce que c'est vrai, ils l'ont tous dit, Tiburce leur assurait que c'était des missions ordonnées par le siège, des « opérations Mortier ».

— Moi aussi, j'ai entendu parler d'« opérations Mortier ». Mais le capitaine D… m'a dit que les « opérations Mortier » n'existaient pas, que l'expression n'était pas utilisée à la DGSE. Ils ont créé cette appellation entre eux.

— A propos d'appellation, Mehdi, j'ai aussi découvert qu'ils s'étaient constitués en une sorte d'organisation secrète : « les Manants du CPES ». Rien de très élaboré, juste un groupe WhatsApp, au sein duquel ils communiquaient.

— Un groupe WhatsApp ? Tu as pu voir certains de leurs messages ?

— Oui, rien de précis sur les missions dites spéciales des uns et des autres. Chacun gardait la confidentialité sur les siennes. Ils partageaient surtout des blagues, des récriminations sur les conditions de travail. Et puis des rancœurs, beaucoup de rancœurs : le mépris dans lequel on les tient, l'impossibilité d'avoir accès à certaines formations, les obstacles mis à leur avancement. Ils déblatèrent aussi pas mal sur de supposés loupés de la direction ou d'agents qui se prendraient pour des caïds.

— As-tu vu quelque chose sur la mort d'un musicien, un violoncelliste, ou sur une opération en cours contre un espion du Mossad ?

— Je n'ai rien vu de tel sur les messages WhatsApp. Par contre, des rumeurs circulent. Ils parlent en effet de la disparition ou de la mort d'un type lors d'une mission qui a mal tourné et ils s'interrogent sur ce qui est arrivé à leur collègue qui travaillait sur le coup avec Tiburce.

— Méraldor ?

— C'est ça, Méraldor ! Il aurait lui aussi disparu. Le bruit court que Tiburce pourrait l'avoir descendu. Mais à leur connaissance, on n'aurait pas trouvé de cadavres. L'opération en cours ? Oui, ils en ont vaguement entendu parler. Il serait même question, selon certains, d'une opération « homo ». Mais ils suivent les consignes « maison », celles de la DGSE, qui impose de se taire : on est confidentiel-défense ou on ne l'est pas ! Et il y a aussi les règles de l'Armée, où l'usage est de feindre d'ignorer ce qu'on n'est pas censé connaître. De surcroît, ils ont appris que pour cette mission, Tiburce aurait recruté ailleurs.

— Le capitaine D… s'est renseigné. Il est formel, la DGSE n'a aucune opération en cours ni en projet, où le Mossad serait impliqué.

La voiture arrivait au péage. Mehdi a passé sa carte de crédit à Alexandra. Elle l'a glissée dans l'automate, puis l'a rendue à Mehdi tout en accélérant.

— Ça va ? Tu ne veux pas que je te remplace au volant ?

— Non, c'est bon. Dis-moi, Mehdi ; toi, tu as surtout auditionné des officiers. Tu as le sentiment qu'ils t'ont parlé librement ?

Mehdi prit le temps de réfléchir avant de répondre.

— Pour être franc, je pense qu'ils n'étaient pas enchantés de notre visite. Ils auraient préféré découvrir le problème eux-mêmes et le régler en interne, sans intervention de la police. Mais ils sont respectueux des institutions et ils ont joué le jeu, même si je sentais bien qu'ils faisaient attention à ce qu'ils me disaient.

— C'est normal.

— Est-ce normal ? Je suis convaincu qu'aucun titulaire des forces spéciales n'est complice des méfaits orchestrés par Démesseau ; ni aucun officier dans la hiérarchie. Mais ces derniers portent d'une certaine façon la responsabilité des dérives de leurs effectifs. Dans un organisme de ce niveau, il est choquant que ces dérives n'aient pas été détectées en amont. Il est même anormal que personne n'ait anticipé qu'elles puissent se produire, compte tenu des relations qui s'établissent entre les différentes catégories de militaires.

— Tu veux parler du sentiment de mal-être des gars du poste de garde ?

— Oui. Le nom qu'ils ont donné à leur groupe WhatsApp est révélateur. Les officiers et les agents Action donnent l'impression de former une élite, un cercle fermé sur lui-même, une aristocratie de seigneurs qui manquent probablement de considération pour les petits sous-offs, pour les sans-grade, ceux qui se qualifient eux-mêmes de « manants du CPES ». Les seigneurs et les manants. Des braves types dévoués, mal payés, un peu méprisés, qui passent des journées ennuyeuses et parfois des nuits entières à regarder des écrans de surveillance sur lesquels il n'y a rien à voir, à contrôler des papiers qui sont toujours conformes, à noter des heures d'entrée et de sortie, dont tout le monde se fiche. Des jeunes gars qui manquent de maturité et qui vénèrent des agents exerçant un métier noble, auquel on ne leur donne pas le moindre espoir d'accéder un jour.

— Alors ils se créent eux-mêmes leur terrain de jeu, leur champ de bataille, se donnant l'illusion de devenir des guerriers, en suivant plus ou moins naïvement un individu mal intentionné comme Démesseau.

— C'est exactement ce que je pense. Cela ne nous regarde pas, mais la direction de la DGSE va se faire taper sur les doigts, il faudra qu'elle amende ses procédures, qu'elle admette qu'il existe une faille dans son mode de commandement et de relation entre les militaires, qu'elle identifie et surveille des signaux faibles dans les comportements pouvant conduire à des dérives comme celle-là…

Confortablement calé dans son siège, Mehdi réfléchissait en hochant la tête.

— Le camp de Cercottes devra se remettre en question, tout en subissant les contraintes de l'instruction judiciaire à laquelle nous participons. J'imagine que le juge ne se contentera pas de nos rapports, qu'il va vouloir procéder lui-même à des interrogatoires, avec de probables gardes à vue, et plus tard, un paquet de mises en examen, des contrôles judiciaires… Il va falloir renouveler les effectifs, au CPES…

Mehdi continuait à approfondir ses réflexions et à les commenter, en lâchant de temps en temps un petit rire sarcastique.

— Et on aura la confrontation « secret de l'instruction » contre « confidentiel-défense » ! Ça va faire des étincelles… Sans parler de la presse, qui va forcément s'en mêler, peut-être se déchaîner… et n'oublions pas ceux qui vont vouloir déplacer l'affaire sur le terrain politique…

— Et nous, là-dedans ?

— Nous, il nous faut maintenant orienter notre enquête vers les donneurs d'ordres, les commanditaires de ces missions spéciales.

— Mais Kaplan, c'est un agent étranger ou pas ?

— J'ai reçu plusieurs mails à son sujet depuis ce matin. Les perquisitions d'hier n'ont rien donné. Rien de suspect chez lui, rien de suspect à son bureau. Au siège de la DGSE, il n'apparaît dans aucun dossier. Il n'est pas sur les listes d'Interpol… C'est un homme d'affaires, un chef d'entreprise. Il a plutôt une bonne réputation.

— Alors nous, on part de quoi ?

— De ce que nous a révélé le jeune Jamil Benkha… Le fameux duo Sylvain et Patrick, dont on ne connaît que les prénoms… Le club de tir…

— N'oublions pas les deux types qui ont disparu, le violoncelliste et Méraldor. Faudrait quand même savoir ce qu'ils sont devenus.

— Je suis pessimiste en ce qui les concerne. On n'a aucune piste pour les localiser.

— Espérons qu'on pourra faire parler Démesseau et Kaplan.

— J'y compte bien. Un homme d'affaires international comme Kaplan a certainement des ennemis.

— Tu as eu des informations de l'hôpital, dans la journée ?
— Son état est resté stable.

Le smartphone de Mehdi a vibré brièvement dans sa poche. Un SMS. Il l'a sorti et élevé devant ses yeux.

— Merde ! Mauvaise nouvelle.
— C'est l'hôpital ?
— Oui. Il est mort.

11

Avril 2019 - Témoin indirect, cible directe

Jeudi matin

L'Airbus 380 avait engagé sa descente vers les pistes de Roissy-CDG. Dans la cabine de première classe, le lit dans lequel il avait confortablement dormi avait été réinstallé en fauteuil club. Il se sentait en forme et cherchait de quoi s'occuper l'esprit pour les quelques dizaines de minutes qui lui restaient à passer à bord. Il avait terminé le livre qu'on lui avait prêté, achevé de feuilleter les revues que l'hôtesse avait déposées près de lui et répondu à ses mails. Il décida de tirer mentalement un bilan des réunions et des conférences auxquelles il avait participé pendant ses quatre dernières journées à Mexico.

Le thème général portait sur la pénurie de logements au Vénézuéla, une crise dont les conséquences humanitaires devenaient de plus en plus critiques, après vingt ans d'importantes catastrophes naturelles dans le pays. Elles avaient privé de toits plusieurs millions de personnes. Le plan *Gran Misión Vivienda,* lancé avant sa mort par l'ancien chef de l'Etat, le charismatique et controversé Hugo Chavez, n'avait pas atteint les résultats escomptés. Bien loin de son objectif, il se limitait à la construction à grands frais de quelques dizaines de milliers de nouvelles habitations. Elles restaient pour partie inoccupées, parce que de graves erreurs techniques les rendaient dangereuses ou parce qu'elles étaient situées dans des zones quasiment inaccessibles, comme c'était le cas de

Ciudad Caribia, un projet de ville utopique implantée dans les montagnes voisines de Caracas. En même temps, la population subissait l'effondrement de l'économie nationale et l'inflation galopante du bolivar, se traduisant par une explosion de la pauvreté, un phénomène qui ne laissait pas de susciter la polémique chez les opposants au régime, dans un pays dont le sous-sol contenait les plus grandes réserves naturelles de pétrole de la planète.

Les institutions se trouvaient tiraillées entre, d'un côté, le gouvernement socialiste révolutionnaire bolivarien de Nicolas Maduro, adoubé par Hugo Chavez, et de l'autre, l'Assemblée nationale, qui venait de porter à sa tête Juan Guaido, un jeune homme politique préconisant une social-démocratie mâtinée de libéralisme économique. Alors que les nations occidentales affichaient leur préférence pour l'option Guaido, Maduro bénéficiait logiquement du soutien inconditionnel de la Russie, de la Chine, de la Turquie et de l'Iran. Concrètement, l'action publique au Vénézuéla était à l'arrêt.

Au Mexique, soucieux de prévenir des flux d'émigration incontrôlables, le président avait déclaré sa neutralité dans le conflit interne vénézuélien et avait décidé de jouer au conciliateur. Son gouvernement avait ainsi organisé à Mexico un séminaire international sur la question de l'habitat au Vénézuéla.

C'est en raison de son expérience en matière de construction massive de logements qu'il avait été invité par la délégation commerciale française à participer à plusieurs tables rondes et à donner son avis sur les propositions qui seraient émises. Des systèmes constructifs industrialisés avaient été passés au crible et il s'était exprimé. Il avait écouté des architectes et des urbanistes asséner des vérités qui leur étaient personnelles. Les débats avaient été pollués par les invectives que se lançaient les deux clans nationaux ainsi que par les accusations mutuelles de corruption, de détournement de fonds et de falsification de données. Des griefs qui, selon lui, n'étaient pas totalement infondés. Certains prévoyaient de financer les opérations en dollars grâce à la possibilité d'en acquérir localement à un niveau de prix privilégié, une pratique qui rappelait le scandale des piastres dans l'ex-Indochine française. D'autres appelaient à la création d'une cryptomonnaie nationale indexée sur les cours du pétrole. Il estimait que les deux schémas étaient irréalistes et dangereux. Pour une entreprise comme celle qu'il dirigeait, participer à ce type d'opérations comportait le risque d'être mis à l'index par des autorités anticorruption, dont les exigences ne cessaient de se durcir dans la plupart des pays occidentaux. Sa décision était prise. Il ne donnerait pas de suite concrète aux contacts qu'il avait noués à Mexico.

L'avion toucha le sol d'un pneu, sembla hésiter, puis se stabilisa sur toutes ses roues, avalant gloutonnement le béton de la piste deux de l'aéroport, puis terminant plus tranquillement son parcours pour venir se ranger à l'emplacement qui lui était dévolu, tandis que se répétaient les dernières consignes, notamment de rester assis et attaché jusqu'à l'extinction du signal lumineux.

Sitôt l'avion immobile, la cheffe de cabine se présenta près de lui et lui glissa à l'oreille qu'il lui était enjoint de quitter l'appareil en premier, car des représentants de la police l'attendaient sur la passerelle. Il fut étonné, se demanda si cela avait un rapport avec ce que lui avait relaté son épouse par téléphone la veille. Sans se poser plus de questions, il défit sa ceinture de sécurité, se leva, attrapa sa serviette dans le coffre à bagages, se retourna pour vérifier qu'il n'oubliait rien et se dirigea vers la porte en répondant aux saluts des personnels de bord.

A peine dans la passerelle, il se trouva face à plusieurs personnes obstruant le passage. Une jeune femme aux cheveux courts fit un pas vers lui. Elle était vêtue en civil et portait un brassard « police ». Son visage était plaisant et souriant lorsqu'elle s'adressa à lui.

— Monsieur Nathan Kaplan ?

Après sa confirmation, elle lui tendit plusieurs feuilles de papier, s'exprimant avec amabilité et fermeté.

— Bonjour monsieur, je suis l'officier de police Delgado, de la Brigade criminelle du SRPJ de V.... Je suis désolée de cet accueil brutal, j'ai pour instructions de vous remettre cette convocation urgente et de vous conduire au plus tôt à l'hôtel de police auprès du lieutenant Mokhdane. Il voudrait vous entendre à titre de témoin indirect sur une affaire criminelle. Ces messieurs qui m'accompagnent sont de la Police aux Frontières et de la Sécurité intérieure. Je vous demande instamment de bien vouloir me suivre.

Il lui emboîta le pas sans discuter, encadré par quatre costauds en tenue et au visage impassible. Il précisa à son interlocutrice, qui s'en inquiétait, qu'il était prévu que ses bagages en soute lui soient livrés à domicile. Ils traversèrent l'aérogare, en sortirent à l'avant et se dirigèrent vers une voiture banalisée, où on le fit monter à l'arrière entre les deux costauds de la Sécurité intérieure, tandis que la policière s'installait à côté du conducteur. Il fut sur le point de poser une question, mais la jeune femme anticipa sa demande, indiquant qu'elle ne pouvait rien dire et que le lieutenant Mokhdane lui expliquerait tout dès qu'ils seraient arrivés à son bureau.

Le trajet prit trois quarts d'heure et ne fut pas très agréable pour Nathan Kaplan, coincé entre les deux malabars en tenue, brinquebalé par les mouvements nerveux de la voiture et assourdi par le mugissement incessant de la sirène. Il songea qu'il aurait préféré pouvoir rentrer chez lui prendre une douche, puis décida de faire contre mauvaise fortune bon cœur et revint en pensée sur son entretien téléphonique de la veille avec Ilana, son épouse.

Ilana avait essayé plusieurs fois de l'appeler à Mexico, sans réussir à le joindre : sujétions de réseau, de décalage horaire, de programme de réunions. Elle était donc passablement irritée quand il l'avait rappelée, d'autant qu'à son tour, le moment ne lui convenait pas, elle avait rendez-vous chez son coiffeur, ou chez son ostéopathe, il ne se savait plus. Elle lui avait raconté de façon précipitée ce qu'il s'était passé devant chez eux, tôt dans la matinée : une altercation autour d'une vieille voiture tout-terrain entre cinq personnes armées… Oui, elle les avait comptées, lui avait-elle assuré. Elle avait appris plus tard que trois d'entre elles étaient de la police. Puis des cris, l'un des types qui se met à courir vers le carrefour, et alors, une voiture qui déboule à toute allure et, vision d'horreur, qui heurte le fuyard, lequel est projeté en l'air, retombe sur la chaussée, roule sur lui-même et reste immobile à plat ventre les bras en croix, les jambes désarticulées. Elle avait tout vu et failli se trouver mal, elle n'arrêtait pas d'y penser depuis. Ce carrefour était dangereux, elle l'avait toujours dit. Un risque effrayant pour les enfants ! Il fallait qu'ils déménagent… (Elle avait le chic pour profiter de la moindre occasion de justifier ses obsessions, l'une d'elles étant de déménager.) Et puis il y avait eu la visite des policiers en fin de matinée, elle avait prié David de s'en occuper, ce qu'il avait fini par accepter de faire, en râlant, comme d'habitude. Les flics avaient fouillé partout, laissé des marques qui ne s'en vont pas… Hein ?… Si, ils portaient des gants, mais ils avaient quand même laissé des marques… C'était quoi, cette histoire d'espionnage ? lui avait-elle ensuite demandé… Si ! Elle avait entendu l'un d'eux dire qu'il était un espion. Non seulement il n'était jamais là, toujours en voyage, il ne s'occupait pas d'elle ni de ses enfants, mais maintenant, il lui faisait supporter en son absence les aspects les plus sordides de ses activités ; elle ne comprenait pas en quoi consistait son métier, ne l'avait jamais compris et elle lui avait mille fois recommandé de travailler avec sa famille…

Balloté entre les épaules de ses deux cerbères, il soupira. Il n'avait rien dit, bien qu'il la trouvât injuste ; elle appréciait la vie luxueuse qu'elle menait, grâce aux revenus très importants que son activité lui rapportait. Mais peut-être avec les années ne se rendait-elle même plus compte des sommes qu'elle dépensait, achetant de manière compulsive tout ce qui lui faisait envie, parce que ça venait de sortir, parce qu'une amie en portait déjà, ou encore, comme elle le disait en s'apitoyant sincèrement sur elle-même, parce qu'« elle n'avait rien à se mettre ». Il savait qu'elle ne changerait pas et il s'était fait une raison, mais ce qui le tracassait le plus, c'était que leurs enfants semblaient prendre le même chemin. Sa fille et son plus jeune fils étaient gâtés à l'excès, ils étaient trop petits pour s'en rendre compte, mais ils avaient déjà l'habitude de voir tous leurs caprices satisfaits. Son fils aîné Sacha suivait un cursus universitaire en Angleterre et il y menait une vie d'apprenti jet-setter, laissant, dans les restaurants à la mode et dans les agences de location de voitures, des ardoises indécentes pour un jeune homme de dix-neuf ans. Il avait tenté plusieurs fois d'y mettre bon ordre, mais Sacha, qui semblait n'avoir aucune conscience des échelles de revenus et de modes de dépenses, était allé se faire consoler auprès de sa mère et de ses grands-parents maternels, qui le vénéraient comme un prodige qu'il n'était pas et qui lui passaient toutes ses lubies.

La voiture pénétra enfin sous le porche majestueux de l'hôtel de police et s'arrêta dans une grande cour pavée. Les deux gardes du corps de Nathan Kaplan en sortirent, le libérant de son sentiment de claustration. La jeune policière, téléphone portable à l'oreille, invita d'un geste Nathan Kaplan à la suivre dans un bâtiment, où ils abordèrent un large escalier en pierre. Lorsqu'ils arrivèrent à l'étage, une haute porte s'ouvrit dans le couloir sur un homme de grande taille aux cheveux et à la barbe grise, habillé en civil. Il avança pour les accueillir, puis les fit entrer dans la salle d'où il venait. Un autre homme, plus jeune, un brun au visage avenant, portant également des vêtements civils, s'y tenait debout derrière une table de réunion. Ils serrèrent tous deux la main de Nathan Kaplan, l'invitant à s'asseoir avec eux. Le grand barbu prit la parole.

— Monsieur Kaplan, je suis le commandant Rivière, de la direction de la Sécurité intérieure, voici le lieutenant Mokhdane, de la Brigade criminelle régionale, vous connaissez déjà madame Delgado, son adjointe.

Son élocution était appliquée, ses mains jointes sur la table, ses yeux rivés dans ceux de Nathan Kaplan.

— Je vous dois des excuses pour les désagréments que nous vous avons fait subir, à vous et à votre famille. Comprenez-nous, des accusations très graves avaient été émises à votre encontre, nous avons été obligés de réagir avec rapidité et efficacité…

— De quoi suis-je accusé ? interrompit Nathan Kaplan.

Le commandant Rivière lâcha un petit rire.

— Vous étiez, répondit-il en accentuant le verbe à l'imparfait, vous étiez suspecté de préparer un attentat en France pour le compte d'un service de renseignements étranger. Excusez du peu.

Nathan Kaplan haussa les sourcils en signe d'étonnement amusé. Le commandant reprit.

— Entretenez-vous des relations avec des agents israéliens, monsieur Kaplan ?

— Je fais des affaires en Israël depuis des années, répondit Nathan Kaplan, et j'y connais beaucoup de monde. Mais les agents secrets ont la particularité d'être secrets et…

— Nous savons que vos activités professionnelles vous amènent à travailler sur des sujets militaires. Est-ce que l'un de ces sujets pourrait menacer la sécurité de la France ?

— Pas à ma connaissance.

— Je vous crois, monsieur Kaplan. D'autant que nous vous avons passé au crible. Nous avons perquisitionné votre domicile et votre bureau, sans rien trouver de suspect. Nous avons interrogé nos collègues israéliens, avec lesquels nous entretenons de bonnes relations, et ils nous ont assuré que vous n'aviez jamais été inscrit sur leurs registres. Nous avons aussi consulté l'ensemble des services de police européens, il semble que vous soyez blanc comme neige et par conséquent…

Le commandant laissa passer quelques secondes avant de continuer.

— Par conséquent, ma mission est terminée.

La voix du commandant se fit plus grave.

— Je précise, monsieur Kaplan : ma mission à moi est terminée, pas celle du lieutenant Mokhdane et de madame Delgado. Parce que sous le prétexte mensonger de vous empêcher de commettre un attentat, vous avez été visé par une opération criminelle qui avait pour objectif de vous tuer, monsieur Kaplan, et ses commanditaires pourraient remettre ça.

Les derniers mots avaient été prononcés sur un ton théâtral et Nathan Kaplan parut ébranlé. Content de son effet, le commandant poursuivit.

— Il est de votre intérêt vital de tirer cette affaire au clair. Le lieutenant et sa collaboratrice vont vous expliquer tout cela. Moi, je tenais simplement à vous rencontrer pour que vous vous sentiez dédouané de toute accusation d'espionnage et pour vous présenter nos excuses.

Sur ces entrefaites, le commandant Rivière se leva, serra chaleureusement les mains, prononça quelques mots d'encouragement pour la suite de l'enquête et prit congé. La jeune policière sortit derrière lui, laissant Nathan Kaplan et Mehdi Mokhdane en tête-à-tête.

Les deux hommes se jaugèrent du regard pendant de longues secondes, puis, de concert, sans que l'on puisse dire que l'un en aurait pris l'initiative, ils se sourirent. Nathan Kaplan rompit le silence.

— Je suis un peu sonné par ce que je viens d'entendre. Qu'est-il arrivé exactement ?

— Je vais tout vous raconter, en commençant par le commencement.

Mehdi Mokhdane se renversa en arrière dans son fauteuil, croisa les jambes et prit quelques secondes pour récapituler en silence les principaux axes de ce qu'il allait raconter.

— Deux personnes ont passé la nuit dans un gros quatre-quatre Land Rover, stationné devant votre domicile, afin de vous guetter au petit jour. Selon les aveux de l'un d'eux, ils avaient projeté de vous écraser lors de votre promenade matinale. Il paraît que vous faites un tour à vélo, tous les jours, de très bonne heure.

— C'est exact. Quand je ne suis pas en voyage.

— Ils ne semblaient pas savoir que vous étiez absent. Ils vous auraient aperçu rentrer chez vous la veille au soir, à bord de votre voiture.

— Ça devait être mon frère. Quand il réside chez nous, il lui arrive d'emprunter ma voiture.

— Oui, j'ai pensé que ça pouvait être votre frère, je l'ai rencontré.

Pour raconter la suite, Mehdi Mokhdane s'efforça de dédramatiser l'atmosphère en adoptant un ton quelque peu distancié et badin.

— Nos deux branquignols — parce qu'il faut bien qualifier les gens de ce qu'ils sont ! — étaient donc mal informés. Ils ont de surcroît joué de malchance : un riverain qui a l'habitude de faire le tour du quartier pour promener son chien, très tard le soir et très tôt le matin, les a remarqués en passant et repassant à côté de leur véhicule. Il a trouvé leur présence louche et a appelé le commissariat. Une voiture de patrouille s'est pointée avec trois flics, vers six heures et demie ou juste avant. Ils ont demandé leurs papiers aux deux zigotos, qui ont d'abord fait semblant de dormir, puis ont joué aux andouilles, du genre « on fait rien de mal ! ». Ensuite, les collègues les ont fait sortir de leur quatre-quatre, dans lequel ils ont découvert des armes. Ils ont alors prétendu être des militaires français en mission secrète. Puis les flics ont remarqué que la voiture était équipée de plaques d'immatriculation bricolées, ça les a étonnés, ils ont eu quelques secondes d'inattention et hop ! l'un des deux gars a fichu le camp en courant… Manque de pot une fois de plus, il a traversé le carrefour en même temps qu'un type qui avait fait la fête toute la nuit, qui roulait trop vite, et qui ne l'a pas vu. Boum ! Il a valdingué sur la chaussée.

Le sourire que Nathan Kaplan affichait en écoutant le lieutenant s'effaça, lorsqu'il entendit ses derniers mots.

— Et alors ? demanda-t-il. Est-ce que… ?

— Il a été transporté à l'hôpital en urgence absolue et il est décédé hier soir, sans avoir repris connaissance.

Mehdi Mokhdane tendit à Nathan Kaplan une pièce d'identité munie d'une photo.

— Il s'appelait Jean-Marc Démesseau. Ça vous dit quelque chose ? Le reconnaissez-vous sur cette photo ?

Nathan Kaplan regarda attentivement la photo, tout en hochant négativement la tête, d'un air navré.

— Et l'autre ? demanda-t-il.

— Un jeune crétin, qui s'est fait manipuler par Démesseau et qui s'imaginait en mission spéciale pour le compte de l'Etat. On l'a embarqué, en même temps que le chauffard. Il est toujours en détention, il s'appelle Jamil Benkha. Voici à quoi il ressemble. Son visage vous dit quelque chose ?

— Non, fit Nathan Kaplan, après avoir jeté un coup d'œil à la photo montrée par le policier, qui reprit.

— On essaie de lui tirer les vers du nez, mais il n'a pas l'air de savoir grand-chose. Il nous a parlé d'un club de tir, fréquenté par des individus qui pourraient être les commanditaires ; il ne connaît pas le nom de ce club et son adresse, mais il prétend pouvoir nous y mener, ce que nous verrons demain... Vous arrive-t-il de vous rendre dans un club de tir, monsieur Kaplan ? Vous tirez, vous-même ?

— Pas le moins du monde.

— On a aussi deux prénoms, sans patronyme : Patrick et Sylvain. C'est tout...

Mehdi Mokhdane attendit de voir si Nathan Kaplan réagissait, puis il demanda :

— De votre côté, monsieur Kaplan, vous connaissez-vous des ennemis ?

Nathan Kaplan réfléchissait à toute vitesse. Sylvain ! Où avait-il vu ou entendu ce prénom ?

*

Etait-ce il y a deux ans, était-ce il y a trois ans ? En vieillissant, il se rendait compte que plus le temps passait et plus il passait rapidement, ce qui augmentait la difficulté de dater les souvenirs avec précision. Il s'est rappelé que ce soir-là, Ilana avait fortement insisté pour qu'il l'accompagne à l'Opéra, ce qui l'ennuyait copieusement.

— Je ne reste que quelques jours à Paris, j'aurais préféré profiter d'un peu d'intimité avec ma femme, avait-il plaidé avec tendresse.

Elle lui avait répondu en lui clouant le bec.

— Tu ne restes que quelques jours à Paris, c'est la conséquence de ton organisation professionnelle et tu l'as construite malgré moi, ta femme. Tu me dois au moins, quand tu es là, de te consacrer à moi selon mes désirs. En l'occurrence, la dernière fois qu'il avait été monté à Paris, j'avais manqué Les Contes d'Hoffmann, je tiens absolument à assister à sa reprise. C'est une œuvre d'Offenbach, courte et facile, qui te plaira. Tu m'accompagnes, point final.

Il ne discuta pas plus avant et ils se rendirent ensemble à l'Opéra. Pour être honnête, il apprécia les premiers actes, les déboires amoureux du poète, d'Olympia et d'Antonia. A l'entracte, Ilana voulut rejoindre des amies au bar. Nathan connaissait son épouse, elle ne buvait jamais, de peur de prendre du poids ; elle désirait juste arborer sous le nez de ses copines la nouvelle montre qu'elle s'était offerte. Il prétexta la fatigue et annonça qu'il resterait assis à sa place. Elle lui jeta un regard furieux, haussa les épaules et s'en fut se mêler aux flux de spectateurs qui quittaient la grande salle.

Les entractes sont longs à l'Opéra. Pour s'occuper, il sortit son smartphone et commença à surfer sur Internet.

— Bonsoir Nathan, lança derrière lui une voix féminine un peu rauque, qui le fit sursauter.

Il se leva et se retourna. C'était la première fois qu'ils se rencontraient depuis la fin de leur liaison, pas loin de vingt ans auparavant ! Une relation torride, il se souvenait. Il ne put empêcher un léger sourire d'apparaître sur ses lèvres. Il la contempla et constata qu'elle avait peu changé. Son visage était marqué par quelques rides, probables reflets d'autant de cicatrices intérieures ; une once de tristesse transparaissait dans son regard à peine moins bleu qu'autrefois, tribut payé à quelques souffrances, à quelques déceptions. Virginie était aussi mince, séduisante et élégante qu'à l'époque, avec peut-être une voussure imperceptible dans les épaules. Sa voix avait pris une tonalité très légèrement plus grave.

Il la complimenta sincèrement sur son allure, elle lui répondit en riant qu'il se défendait assez bien pour sa part, lui aussi. Les sourires qu'ils affichaient montraient qu'ils étaient tous deux heureux de leur rencontre fortuite.

Ils eurent à peine besoin de mettre à jour ce qu'ils connaissaient l'un de l'autre. Par politesse, ils se demandèrent l'âge de leurs enfants, ses trois à lui, son unique à elle, mais ils ne gardèrent pas les réponses en mémoire. Pour le reste, ils savaient presque tout. Elle avait suivi tout son parcours avec Kaplement, il s'intéressait de temps à autre à l'entreprise dans laquelle il avait démarré sa carrière.

Nathan Kaplan savait que Déclair était en situation difficile. Par délicatesse, il préféra ne pas poser de question. Son directeur général, Sylvain Morino, n'avait pas bonne réputation et la rumeur prétendait que Virginie entretenait depuis plusieurs années une liaison avec lui.

Ce fut elle qui aborda le sujet. Ce n'était pas le lieu ni le moment pour une discussion professionnelle, reconnut-elle, mais elle saisissait l'occasion. Elle voulait absolument qu'il lui accorde une entrevue, de façon très confidentielle, afin d'évoquer très sérieusement avec lui le futur de Déclair. Elle y tenait beaucoup, elle était inquiète. Il repartait le surlendemain en voyage, mais ils convinrent de déjeuner ensemble, quinze jours plus tard, dans une brasserie discrète de banlieue, dont il lui donna l'adresse.

Comme à son habitude, il arriva à l'heure au restaurant. On lui attribua une table, d'où il la vit descendre d'un taxi, une dizaine de minutes plus tard. Il se leva pour l'accueillir, l'embrassa sur les joues et prit son manteau, qu'il confia au serveur. Ils s'assirent en se souriant, on leur donna des cartes. Elle sortit des petites lunettes pour la consulter. Il ne parvenait pas à détacher son regard de son visage et il fut à nouveau touché par le soupçon de tristesse qu'il pouvait y déceler. Ses lunettes lui allaient parfaitement et il se sentit heureux de constater qu'une femme pouvait dépasser la cinquantaine, intégrer les signes inévitables de l'âge, tout en restant belle et désirable.

Ils consacrèrent un moment à parler de choses et d'autres, du passé et du présent, comme de vieux camarades qui ne se sont pas vus depuis quelque temps. Mais ils n'étaient pas de vieux camarades et ils se dévisageaient avec attention, comme s'ils vérifiaient que chaque trait, chaque détail correspondaient bien à ceux d'autrefois, tels qu'ils les avaient gardés en image dans leurs souvenirs. Et s'en rendaient-ils compte ? La teneur de leurs sourires et de leurs regards était plutôt empreinte de séduction que d'amitié.

Virginie n'oubliait toutefois pas l'objet de leur rendez-vous. Elle profita d'un blanc dans la conversation, pour sortir de son sac une clé USB, qu'elle posa sur la table.

— Nathan, je n'irai pas par quatre chemins. Déclair est en situation très difficile, notre carnet de commandes s'était amélioré il y deux ou trois ans, mais aujourd'hui, nous sommes contraints de constater que notre plan de charge est insuffisant. Nous avons du mal à nous montrer compétitifs lors des appels d'offres et, tu le sais bien, engranger des contrats en baissant les prix n'est pas une bonne solution. En dépit d'une gestion très serrée, nous perdons de l'argent sur la plupart de nos marchés. J'ai aujourd'hui, tu en as peut-être entendu parler, un associé qui assure la direction générale, il s'appelle Sylvain Morino. C'est un homme très compétent et dynamique, il avait un peu redressé la situation, à son arrivée, mais là, je suis de nouveau très inquiète. Nous avons d'importantes difficultés de trésorerie et les banques nous harcèlent.

— Qu'attends-tu de moi ? lâcha-t-il après l'avoir écoutée avec attention.

— Je vais te le dire, Nathan. Je m'adresse à toi parce que tu es un grand professionnel. Sur cette clé USB que je te laisse, j'ai constitué un dossier complet sur la situation de Déclair : les comptes des derniers exercices, les relevés mensuels de gestion des contrats en cours ou récemment terminés, le carnet de commandes et les tableaux de suivi commercial, les fichiers complets du personnel et, que sais-je encore... tout ce qui peut avoir trait à la réalité actuelle de Déclair. Ma démarche est bien sûr confidentielle.

Elle s'arrêta un instant, son regard se fit implorant

— J'ai besoin de ton aide, en souvenir de ce que Déclair a pu représenter pour toi... à défaut de ce que moi, j'ai pu représenter pour toi. J'ai besoin que tu me conseilles, j'ai besoin que tu me dises si je n'ai plus qu'à déposer le bilan et à laisser disparaître la société créée par mon père ; ou si un grand professionnel peut reconstruire quelque chose de viable à partir de ce qui est.

Il ouvrit la bouche, mais se retint de répondre trop tôt, voulant éviter d'émettre un propos blessant. Il saisit la clé USB, la contempla pensivement pendant de longues secondes, la glissa dans sa poche et s'exprima avec douceur.

— Qu'imagines-tu ? Que je te donne juste un avis ? Que je te guide dans un plan d'action à mettre en place, avec la collaboration de ton directeur général actuel, ou sans lui ? Que je le remplace ? Que je reprenne Déclair et que je l'intègre à mon groupe ?

— A toi de voir, Nathan. Je suis un peu perdue, je m'en remettrai à ce que tu me diras.

De l'humidité perla au pourtour de ses pupilles bleues. Elle reprit d'une petite voix étranglée.

— Tu t'en rends compte, Nathan ? Tu imagines comme c'est difficile pour moi ?

Il a saisi sa main sur la table. Elle agrippa la sienne et la serra. La détresse amplifiait son charme. Il ressentait un élan d'émotion, en même temps qu'un début d'excitation sexuelle. Il lui sourit gentiment.

On vint les servir. Elle remit ses petites lunettes pour manger et cela l'aida à retrouver une contenance. Elle fut plus rapide que lui pour trouver un sujet de conversation et lui demanda son opinion sur cet homme très jeune, presque inconnu, qui s'était lancé dans la course à l'Elysée. Nathan répondit qu'il en pensait du bien et que si lui-même avait eu vingt ans de moins et pas autant de responsabilités dans ses affaires, il aurait eu envie de rejoindre l'équipe de ce candidat et d'apporter sa pierre à son projet. Virginie estimait toutefois qu'il n'avait aucune chance et que malgré des accusations qu'elle trouvait injustes, cette élection était gagnée d'avance par le candidat de la droite traditionnelle. Ils discutèrent ensuite des événements du monde, des menaces d'attentats, du Brexit, des premiers pas du nouveau président américain. Puis, à la demande de Virginie, Nathan raconta quelques anecdotes amusantes vécues lors de ses derniers voyages à l'étranger, avant que Virginie n'essaie, comme des années plus tôt lorsqu'ils sortaient ensemble, d'intéresser Nathan aux livres qui venaient d'être publiés, aux expositions prochaines et à ce qu'il ne fallait pas manquer dans le programme de l'Opéra Bastille.

Quand on apporta l'addition sans qu'il l'ait réclamée, le restaurant était vide, les tables avaient été dressées pour le dîner, l'après-midi était largement engagé. Dehors, il pleuvait. Nathan proposa à Virginie de la raccompagner en voiture, tout en prévenant qu'il était garé dans une rue voisine et qu'il leur faudrait marcher sous la pluie. Virginie ouvrit un parapluie de poche et prit le bras de Nathan, afin de les abriter tous les deux.

A peine avaient-ils fait trois pas que la pluie devint déluge et que le léger vent tourna à la bourrasque. Virginie poussa un cri quand son parapluie se retourna, Nathan ôta son imperméable pour la protéger. Ils avançaient, agrippés l'un à l'autre, atteignirent difficilement la voiture. Nathan ouvrit la portière avant droite, jeta littéralement Virginie à l'intérieur, faisant ensuite le tour en courant pour se laisser tomber sur le siège de conducteur, appréciant qu'elle lui ait ouvert la portière depuis sa place.

Virginie utilisait le miroir de courtoisie pour arranger ses cheveux. Elle regarda Nathan en riant, tandis que la pluie crépitait furieusement sur le pare-brise et sur le toit. Elle sortit de son sac des mouchoirs en papier et se pencha sur lui pour éponger son visage.

— Mon pauvre, tes vêtements sont complètement trempés, s'écria-t-elle avec enjouement, avant de susurrer, sur un ton suggestif, presque intime.

— Ça ne te rappelle rien ?

Il ne répondit pas, troublé. Bien sûr qu'il se rappelait ! « Je ne suis pas du genre à coucher le premier soir ! » Le souvenir lui en revenait de temps en temps ; il n'était pas daté, aurait pu être d'hier. Le visage de Virginie était tout près du sien. Il la trouvait belle. Les yeux gris-bleu rencontrèrent son regard, devinrent interrogatifs. Il leva la main, caressa sa joue, puis attira son visage contre le sien. Elle ferma les yeux et ne résista pas.

*

Sylvain… Sylvain Morino ! C'était ça ! L'homme que Virginie avait engagé pour diriger Déclair et qui avait été, et était peut-être encore son amant. Aux dernières nouvelles, il était toujours en poste chez Déclair et dans le métier, ses frasques continuaient à défrayer la chronique.

Mehdi Mokhdane a bien vu que Nathan Kaplan s'était, pendant quelques secondes, déconnecté de la réalité du moment et qu'il était plongé dans des réflexions ou des souvenirs personnels. Il s'est bien gardé de le bousculer, restant silencieux, tout en l'observant avec attention, attendant patiemment qu'il soit revenu à l'écoute.

— Monsieur Kaplan, a-t-il finalement repris, je vais reformuler ma question. Un homme d'affaires comme vous a forcément eu, au cours de son parcours, des dizaines d'occasions de se créer des inimitiés : des concurrents, des rivaux, des envieux, des déçus, des personnes qui estiment que vous leur avez fait du tort… Parmi les gens que vous connaissez, quelqu'un est-il susceptible de vous en vouloir ?

— Au point d'attenter à ma vie ?

— Vous savez, il suffit parfois à certains individus au caractère ombrageux d'un incident insignifiant à leur détriment, pour développer un ressentiment qu'ils vont ressasser en l'amplifiant jour après jour, jusqu'à le transformer en haine implacable, avec au bout, une possible décision de passer à l'acte. Dans la police criminelle, il nous arrive de rencontrer ce type de scénario.

Nathan Kaplan écoutait le lieutenant avec beaucoup d'attention. Après tout, se disait-il, si l'homme auquel il songeait était coupable, mieux valait qu'il soit mis hors d'état de nuire. Et si ce n'était pas lui, cet homme ne risquait tout simplement rien… Il se décida.

— Ecoutez, monsieur Mokhdane, vous avez évoqué un homme prénommé Sylvain. C'est peut-être une fausse piste, mais je pense à un certain Sylvain Morino. Il dirige une entreprise concurrente de la mienne. Je ne le connais pas personnellement, je ne l'ai jamais rencontré. Mais mes collaborateurs m'ont rapporté à plusieurs reprises, ces dernières années, des offensives concurrentielles très agressives de sa part ou de la part de sa société. Il passe pour être parfois violent.

Mehdi Mokhdane notait calmement les déclarations de Nathan Kaplan.

— Morino, dites-vous. Vous l'écrivez comment ?... Et quel est le nom de son entreprise ?

Nathan Kaplan a répondu, puis après avoir hésité, il a ajouté qu'il avait lui-même commencé sa carrière dans la société Déclair. Mehdi Mokhdane a relevé la tête.

— J'en suis parti il y a plus de vingt ans, a précisé Nathan Kaplan.

— Et ce Sylvain Morino y travaillait déjà ?

— Non, il est arrivé bien plus tard, il y a cinq ou six ans. Mais si ça se trouve, je fais erreur et cet homme n'est pour rien dans l'affaire.

— Ne vous inquiétez pas, monsieur Kaplan, nous allons juste procéder à quelques vérifications. Rien d'autre à me signaler sur Sylvain Morino et la société Déclair ?

— Non, rien !

Mehdi Mokhdane s'est levé et s'est rapproché de Nathan Kaplan.

— Je vais vous rendre votre liberté. Si une autre idée vous vient, n'hésitez pas à m'appeler. Même chose si vous vous sentez menacé ou si quelque chose vous paraît bizarre. Vous avez ma carte, enregistrez mon numéro sur votre portable. Nous avons mis un policier en faction devant chez vous. Et un de mes équipiers va vous raccompagner.

12

Avril-Juin 2019 - L'enquête

— Voilà ! C'est là ! s'est-il écrié.

Enthousiaste, il a tapoté de ses mains menottées l'épaule du lieutenant Mehdi Mokhdane, assis sur le siège passager avant de la voiture de tête, et il a montré du doigt le panneau noir sur lequel l'indication « Club des Mille Feux » semblait flamboyer. Le policier assis à l'arrière à côté de lui l'a rappelé au calme, mais Jamil avait atteint son objectif, il en était fier et il fallait que cela se sache.

— Je vous l'avais dit, j'ai pas l'adresse, mais je serai capable d'y retourner. J'ai une super-mémoire. C'est moi qui conduisais, chaque fois que je suis venu !

— Merci Jamil, dit Mehdi. Maintenant, tu vas rester tranquillement dans la voiture avec le brigadier Marton.

Les quatre véhicules de police ont traversé à toute allure le parking quasiment désert et se sont arrêtés côte à côte, portières déjà ouvertes, devant le perron desservant le bâtiment. Une dizaine de policiers en civil se sont rassemblés autour de Mehdi, qui a rappelé ses instructions à ses troupes et a franchi la porte d'entrée à leur tête. Un vaste hall, une imposante banque d'accueil inoccupée, et dans un angle, trois hommes interrompus dans leur discussion, qui regardaient avec étonnement les arrivants envahir les lieux.

Mehdi a brandi sa commission rogatoire.

— Police criminelle ! a-t-il annoncé d'une voix forte. Est-il possible de voir le directeur ?

L'un des trois hommes, un rondouillard d'âge mûr au crâne rasé, s'est dirigé vers lui.

— C'est moi, a-t-il répondu. Que se passe-t-il ?

— On peut se parler dans votre bureau ?

Patrick Lhermit en avait vu d'autres, mais il n'en menait pas large. Face au lieutenant Mokhdane, qui l'observait sans rien laisser paraître de ses intentions, il s'était efforcé de présenter sous l'angle le meilleur possible l'histoire et l'activité de son Club. Son établissement était en règle, il disposait de toutes les autorisations légales et il n'avait pas manqué de lâcher quelques noms de VIP, des membres du Club connus dans la haute administration, ce qui n'avait pas eu l'air d'impressionner son interlocuteur. Il ne savait pas précisément ce que les flics cherchaient, mais s'il s'avérait, comme on semblait le soupçonner, que des actes criminels avaient été conçus dans le Club, il risquait purement et simplement la fermeture.

— Puisque vous me parlez de membres premium, vous devez bien avoir une liste, avait insinué le policier.

Et voilà maintenant que ce flic épluchait son fichier avec attention, lâchant de temps en temps un bref ricanement ou un commentaire monosyllabique. Patrick espérait qu'il n'irait pas poser des questions déplaisantes à des clients importants.

— Tiens ! Sylvain Morino ! Il vient souvent ici ?

— Non, on ne peut pas dire qu'il vienne souvent.

— Il est pourtant membre premium… Et là, je lis Jean-Marc Démesseau. Ah ! Il n'est pas premium, lui.

— Démesseau, vous dites ? Ça ne me dit rien, comme ça. Vous savez, je ne connais pas les noms de tous nos membres.

*

Le temps s'était nettement réchauffé. Sylvie n'avait pas d'obligation particulière ce soir-là, mais Mehdi avait insisté au téléphone pour aller lui-même chercher Martin chez Soraya. Sylvie avait apprécié que son mari ne néglige pas ses devoirs de père, c'était plutôt rare chez les hommes de sa génération, s'il fallait en croire ses copines et ses collègues.

En fait, Mehdi avait escompté que Soraya serait vêtue plus légèrement que la dernière fois et il avait misé juste. Quand il est arrivé chez elle, la jeune femme était assise avec une toute petite fille dans les bras. Elle était enserrée dans une jupe qui remontait haut sur ses cuisses rondes et les pointes de ses seins se devinaient sous son teeshirt. Tout en embrassant son fils et en l'habillant, Mehdi s'est demandé si Soraya portait un soutien-gorge. La question le travaillait au point qu'il n'a pas remarqué que son petit garçon lui tendait quelque chose en lui parlant.

— Je crois que Martin a un dessin pour vous, Mehdi, a dit Soraya, un large sourire illuminant son visage.

— Euh !... Ah oui ! Oh, mon poussin, comme c'est beau ! Qui sont ces deux personnes ?

— C'est maman et toi, a dit le gamin.

— Vous êtes vraiment gâté, ce soir, Mehdi, a dit Soraya au père, qui s'est senti penaud.

— Lors de mes enquêtes, je découvre parfois des endroits incroyablement insolites.

Mehdi racontait à sa femme des épisodes de sa journée de travail. Ils avaient fini de dîner depuis longtemps, Martin dormait dans sa chambre. Ils étaient tous les deux allongés sur leur lit, à moitié déshabillés, la tête blonde de Sylvie reposant au creux de l'épaule de son mari. Ils regardaient la télé sans la voir. Mehdi a évoqué sa descente au Club des Mille Feux.

— Figure-toi, dans une banlieue éloignée, en pleine nature, un bâtiment industriel qui ne ressemble à rien du dehors, mais dont l'intérieur est somptueusement aménagé, je suis tombé sur un club de tir pour *happy few*...

Il a incliné son visage vers celui de Sylvie.

— Des *happy few* ! Tu sais ce que c'est ?

— Je suis prof d'anglais, mon chéri, a-t-elle répondu en levant la tête vers lui pour lui sourire.

Il l'a embrassée sur le front et a repris.

— J'ai découvert une sorte de cercle privé, fréquenté par des stars, des politiques, des hommes d'affaires, qui viennent avec leur femme ou une copine, pour des dîners mondains, des avant-premières de films, des soirées canailles...

Il a continué, rêveur.

— Le patron est sûrement un voyou, mais l'endroit est vraiment chouette. Je me demande si je pourrais t'y emmener un jour...

— Ça ne m'intéresse pas du tout, mon chéri... Si tu me faisais plutôt l'amour.

— Ah ! Je vois quand même que ça t'excite.

— Arrête de dire des bêtises et embrasse-moi.

*

Deux semaines après la tentative d'assassinat de Nathan Kaplan, laquelle s'était terminée par l'accident ayant coûté la vie à Jean-Marc Démesseau, le lieutenant Mehdi Mokhdane avait été prié, en compagnie de son adjointe, l'officière de police Alexandra Delgado, et en présence de Vincent Huvert, le chef de la brigade criminelle régionale, de faire le point de son enquête devant le commissaire divisionnaire Prigent. Mehdi et Alexandra étaient assis d'un côté d'une table rectangulaire, face à leurs supérieurs. Mehdi avait disposé un dossier devant lui. Il en manipulait les pages en parlant.

— Je rappelle que nous avions très peu d'éléments au départ, si ce n'est la mise en cause de la DGSE, sur laquelle je reviendrai. Le téléphone portable retrouvé sur Démesseau fonctionnait avec des cartes prépayées et nous n'y avons récupéré aucun indice. La perquisition de son domicile n'a rien produit non plus. Ce que nous connaissons de façon certaine depuis pas mal de temps, c'est l'identité des deux personnes dont le jeune Benkha avait donné les prénoms, Patrick et Sylvain ; le premier, c'est Patrick Lhermit, il est le propriétaire d'un club de tir mondain, le Club des Mille Feux, où se croisent des militaires, des hommes d'affaires et quelques individus moins recommandables. L'autre, Sylvain Morino, est un membre dit « premium » de ce Club. Un membre très assidu, contrairement aux premières allégations de Lhermit, si l'on en croit les registres auxquels nous avons eu accès. Ce Morino pourrait bien être le commanditaire de la tentative de meurtre.

Tout en restant concentré sur son dossier, Mehdi s'attachait à garder un contact visuel avec chacun de ses interlocuteurs, afin de s'assurer de leur attention.

— Nous avons consulté la comptabilité du restaurant du Club et questionné son personnel, a-t-il poursuivi. Morino et Lhermit déjeunent et dînent souvent ensemble. Les deux hommes sont très proches, peut-être même associés dans certaines affaires. Démesseau, lui, se plaçait à un niveau inférieur, il était plutôt l'exécuteur des basses œuvres. Il ne venait que rarement au Club, et sa visite s'effectuait toujours sur le même mode : arrivée en milieu de matinée, entraînement au tir — une séance d'une heure offerte par la maison —, suivi de quelques verres au bar sur le compte du patron en attendant Morino, puis déjeuner rapide avec celui-ci ; de temps en temps, ils allaient tous les deux rejoindre Lhermit dans son bureau, où ils s'enfermaient.

— Tout cela va dans le bon sens, Mokhdane, mais ça ne nous donne pas beaucoup d'éléments probants, observa le commissaire.

— Vous avez raison, monsieur. Cela nous permet juste de confirmer que le Club fonctionnait comme lien entre ces trois hommes, Lhermit, Morino, Démesseau, ce dernier étant contractuel à la DGSE.

Mehdi fit une pause, le temps que ses interlocuteurs opinent, avant de continuer.

— Nous avons enquêté sur le Club et sur Lhermit. Rien à dire, tout est en ordre, le Club est en exploitation depuis plus de dix ans, il bénéficie d'appuis en haut lieu, mais rien de suspect. Il y a un coffre dans le bureau de Lhermit, il nous l'a ouvert sans rechigner. Dedans, des relevés bancaires, des pièces comptables, des actes notariés et environ dix mille euros en coupures diverses. Lhermit semble mener un train de vie élevé, le Club affiche des profits, c'est cohérent ; peut-être le fisc trouverait-il à redire qu'on y brasse autant d'espèces, mais ça n'est pas notre problème.

— Sauf si ces espèces correspondent à des contrats d'intimidation ou de chantage, intervint Huvert.

— Bien raisonné, Vincent, mais à ce stade, nous n'avons pas d'éléments probants en ce sens, répondit Mehdi.

Agacé, il tourna une page dans son dossier, marmonnant que la présence de dix mille euros en espèces dans un établissement de ce genre n'avait pas grande signification, d'autant que rien n'empêchait qu'il y eût un autre coffre ailleurs. Difficile donc, pour le moment, de conclure quoi que ce soit sur Lhermit.

— L'enquête sur Morino est plus intéressante, reprit-il, même si elle n'est pas non plus probante. Morino et sa compagne, une certaine Virginie Déclair, dirigent une entreprise qui porte le nom de cette dernière, Déclair ; cette société aurait été créée par le père de cette femme. Elle opère dans le secteur de la construction, en France et à l'international. Elle serait donc une concurrente directe de Kaplement, l'entreprise de Kaplan, et elle serait en difficulté financière.

— Une éventuelle piste de mobile ? intervint le chef de la crim'.

— Une piste en effet, oui. A approfondir, répondit Mehdi.

Le commissaire prit la parole. Il rappela que depuis que l'enquête avait été élargie aux agissements de certains agents de la DGSE, l'affaire était considérée comme sensible, que la direction centrale de la police judiciaire et le cabinet du ministre de l'Intérieur devaient faire front contre le ministère des Armées, où l'on se déclarait scandalisé par le comportement abusif des enquêteurs vis-à-vis de certains militaires des services secrets, qui auraient été traités en tant que suspects, alors que rien ne prouvait leur implication. Il indiqua aussi que la presse commençait à mettre son nez dans l'affaire, il avait lui-même reçu plusieurs coups de fil auxquels il avait répondu comme il avait pu pour désamorcer la curiosité de fouineurs pas très bien intentionnés à l'égard du Gouvernement, de l'Administration et de ses personnels porteurs d'un uniforme. Le commissaire Prigent voulait donc savoir ce qu'il était ressorti concrètement des auditions des militaires qui avaient été convoqués en tant que témoins.

Mehdi rétorqua que l'implication des militaires en question était aujourd'hui avérée dans des affaires ayant un lien avec celle de Kaplan, mais qui n'y étaient liés qu'indirectement. Il fit doucement glisser son dossier devant son adjointe.

— Je vais laisser Alexandra vous rapporter les auditions des militaires de la DGSE. Ils sont un certain nombre à avoir constitué un petit groupe secret, qu'ils ont appelé « les manants de Cercottes » ; ils fonctionnent en réseau, communiquent en privé sur une boucle WhatsApp et ils se livrent à des opérations d'intimidation musclée pour le compte de Démesseau. Nous vous en avions parlé.

La jeune policière prit le relais, encouragée par les regards bienveillants des trois hommes autour de la table. Elle expliqua qu'avec Mehdi et en accord avec le juge, des convocations avaient été adressées à trois militaires, des caporaux affectés au poste de garde de Cercottes, dont les réponses avaient semblé peu claires ou incomplètes lorsque Mehdi et elle-même les avaient interrogés sur place. Ils avaient été convoqués en même temps, afin qu'ils ne sachent pas où l'enquête en était et pour qu'ils ne puissent pas se concerter.

Le premier militaire qu'ils avaient auditionné avait essayé de se défiler sur toutes leurs questions, invoquant son accréditation confidentiel-défense. Quand ils avaient voulu prendre connaissance de leurs messages sur son téléphone portable, ils avaient constaté qu'ils avaient tous été effacés.

— Je ne vous raconte pas la colère de Mehdi, dit la policière, en jetant un coup d'œil malicieux à son supérieur.

— Nous avons sur le champ trouvé un motif pour le placer en garde à vue jusqu'au soir, intervint Mehdi. Ça l'a rendu plus bavard. Et ses petits copains aussi.

Le commissaire et le chef de la crim' ont souri et ont fait signe à Alexandra de continuer.

— Les deux autres ont reconnu avoir participé à des agressions organisées par Démesseau. Les personnes visées étaient des hommes, parfois des femmes, de tous âges. Ils sont intervenus dans plusieurs villes en France. Les modalités étaient variées, elles pouvaient aller, d'après eux, depuis la simple menace jusqu'au passage à tabac violent. Nous avons contacté les commissariats locaux. On a trouvé des mains courantes qui pouvaient correspondre. Aucune blessure grave, semble-t-il. Les affaires ont été classées sans suite. Ou égarées. A deux reprises, on a pu remonter à une victime, mais on n'en a rien tiré.

— Une précision, s'il te plaît, Alexandra : leurs interventions s'effectuaient à deux ou à trois ?

— Ça dépendait, Vincent. Quand les objectifs se limitaient à des intimidations, ils y allaient à deux. Démesseau était toujours bien renseigné. Il montrait un flingue ou un couteau et sortait des menaces du genre « on sait que ta fille de douze ans va à telle école, alors si tu veux pas qu'il lui arrive des bricoles, t'as intérêt à... »

Alexandra avait pris une voix rocailleuse pour ses derniers mots et cela avait fait rire les hommes autour de la table.

— C'était quand même un gros salopard ! observa le commissaire.

— Et quand Démesseau prévoyait de donner des coups, ils s'y mettaient à trois, l'un étant chargé de décourager les curieux et de prendre des photos. Démesseau disait qu'il n'y avait rien de plus efficace qu'envoyer à quelqu'un des photos de lui en train de se faire casser la figure.

— Vraiment un salopard ! insista le commissaire.

— Il aurait peut-être aussi commis des homicides, intervint Mehdi. On nous a parlé d'un type qui aurait été tué accidentellement lors d'une intimidation ayant mal tourné ; un musicien, un violoncelliste, pour être précis. On a enquêté dans le monde de la musique ; un certain Claude Pangalier, un violoncelliste renommé, n'aurait plus donné signe de vie depuis plusieurs mois. Mais personne n'a porté plainte, personne ne semble s'inquiéter ; cet homme qui vit seul a la réputation d'être un peu fantasque et d'être capable de se rendre invisible pendant six mois ou un an, s'il lui prend l'envie de traverser l'Amazonie à pied ou l'Atlantique à la rame. Et un militaire ayant assisté à l'accident aurait disparu aussi.

— Tu penses que Démesseau aurait pu se débarrasser d'un témoin gênant ? intervint Vincent.

— C'est possible, en effet, mais nous n'avons rien, pas même de cadavres ! Pour l'instant, nous devons donc nous contenter d'en revenir à nos petits caporaux, qui voulaient passer du statut d'agent de sécurité à celui d'agent Action.

— Est-ce qu'ils connaissaient leurs victimes ?

— Non, Démesseau ne dévoilait rien des identités de leurs cibles. En tout cas, c'est ce qu'ils prétendent.

— Dites, Alexandra, combien ils touchaient pour ces… missions ? demanda le commissaire.

— Entre mille et trois mille euros, une rémunération négociée chaque fois avec Démesseau, dépendant du temps à passer et du risque encouru.

— C'était toujours bon à prendre, commenta Mehdi, mais ils nous ont dit que leur motivation essentielle était l'adrénaline de l'action, n'est-ce pas, Alexandra ?

— Ils nous ont expliqué que travailler dans un poste de garde était à mourir d'ennui : vérifier les papiers d'un visiteur ou d'une livraison, ouvrir la barrière, la fermer, traîner toute la journée à regarder des écrans de télé sur lesquels il ne se passe jamais rien… Mortel !

— Et alors, votre gardé à vue, il s'est mis à table ? demanda le commissaire.

Lors de son deuxième interrogatoire, ce militaire, auquel avait été attribué en interne le pseudonyme de Théodimir, s'était en effet montré prolixe et les enquêteurs avaient remonté une piste essentielle. Près de deux ans auparavant, avec Démesseau et un autre militaire, Méraldor, ils s'étaient rendus tous les trois en voiture à Nantes. Démesseau s'isolait pour passer des coups de fil. Il avait l'air de très bien savoir ce qu'il faisait. Ils avaient pris deux soirs de suite en filature un type sortant d'une usine. Le troisième soir, ils s'étaient allés en pleine nuit jusqu'au domicile de cette personne. Une voiture était garée devant. Méraldor avait réussi à ouvrir le bouchon de remplissage du carburant, Démesseau avait apporté de quoi siphonner le réservoir, il suffisait alors d'approcher une flamme et de partir en vitesse. Ils avaient vu que la voiture prenait feu. Le lendemain, ils avaient appris que l'incendie avait gagné la maison. Il n'y avait pas eu de blessé, mais Démesseau avait sonné la retraite en mode dispersé, il avait quitté Nantes seul en voiture, intimant l'ordre à ses compagnons de rentrer par des trains différents. Théodimir n'avait plus entendu parler de l'affaire et n'en savait pas plus.

En accord avec Mehdi, Alexandra avait pris contact avec l'antenne de police judiciaire de Nantes et ils avaient recherché la trace de cet incendie dans les commissariats locaux. Ils avaient retrouvé l'adresse du pavillon et le nom du locataire. Celui-ci, un certain José Alvarez, n'avait pas, sur le moment, voulu porter plainte et avait précipitamment quitté la région avec sa famille.

L'enquête s'était poursuivie à Meyzieu, dans la périphérie lyonnaise, où les Alvarez s'étaient installés pour reconstruire leur vie et oublier leurs mésaventures nantaises. Mehdi et Alexandra s'étaient rendus ensemble au nouveau domicile familial, dans un petit immeuble récent proche du centre-ville. José Alvarez n'était pas chez lui, les deux policiers avaient été reçus par madame Alvarez, une femme d'origine africaine vêtue d'un jean et d'un pull, qui travaillait comme aide-soignante de nuit, ce qui justifiait sa présence chez elle en ce début d'après-midi. Elle venait juste d'accompagner les enfants à l'école et elle était sur le point de ressortir pour faire des courses.

Mehdi lui expliqua qu'une enquête avait été rouverte sur l'incendie de leur voiture et de leur pavillon de Nantes. La jeune femme afficha un air contrarié : son mari et elle avaient décidé de tirer un trait sur ce qui leur était arrivé. José, son mari, avait suivi une formation et s'était installé à son compte comme consultant en sécurité industrielle. Selon sa femme, il était très content de sa décision.

— C'est curieux, lui disait-il parfois quand elle servait le dîner, aujourd'hui on me paye pour améliorer les conditions de travail dans les usines, et quand j'étais employé, on m'ordonnait de me taire, sous peine de supprimer mes primes… quand ce n'était pas pire !

Mehdi et Alexandra écoutaient avec attention. Leur attitude bienveillante incitait madame Alvarez à parler. Le nouveau métier de son mari lui prenait beaucoup de temps, il comptait des clients sur toute la région Rhône-Alpes, parcourait des centaines de kilomètres et rentrait rarement avant neuf heures le soir. Mais il ne voulait plus jamais travailler pour un patron, il gardait un trop mauvais souvenir de son dernier poste, surtout quand il avait voulu devenir délégué syndical. Elle l'avait bien prévenu qu'il commettait une erreur. Mais que voulez-vous, les hommes n'écoutent jamais leur femme, José comme les autres, et lui, quand il avait une intention en tête, il allait jusqu'au bout, impossible de lui faire faire marche arrière. Madame Alvarez donna aux policiers le numéro de portable de son mari et bien sûr, répondit-elle à une dernière question, elle connaissait le nom de l'ancien employeur de son mari, la société Aeromeca.

Dès lors les choses allèrent très vite. Revenus au bureau, Mehdi et Alexandra consultèrent le site des tribunaux de commerce, obtinrent l'état civil du patron d'Aeromeca, un certain François Gurnier, dont le nom figurait aussi, prometteuse coïncidence, sur la liste des membres premium du Club des Mille Feux, tout comme Sylvain Morino.

François Gurnier reçut une convocation urgente de l'antenne de police judiciaire nantaise. L'objet de son audition n'était pas indiqué, Gurnier s'y rendit seul et sans méfiance, persuadé qu'il s'agissait d'une simple routine administrative, en rapport avec le voisinage de l'usine, qui protestait une nouvelle fois contre le bruit des machines ou le volume des déchets déposés sur la voie publique. Il avait d'ailleurs l'intention de dire à sa manière leur fait à ces fonctionnaires bons à rien, qui se permettaient de faire perdre du temps à l'industriel important qu'il était.

Après dix minutes d'attente – un scandale ! –, il fut reçu par un officier de police du cru, lequel était accompagné d'un second officier de police, venu spécialement de la région parisienne pour l'interroger. L'interroger ! Ce policier au nom pas français et qui était à n'en pas douter originaire de l'autre rive de la Méditerranée — si l'on voyait ce qu'il voulait dire ! — avait l'intention de l'interroger ! Et sur quoi donc ? Il n'eut pas à attendre longtemps et se retrouva même pris au dépourvu par l'entrée en matière du policier parisien.

— Monsieur Gurnier, nous enquêtons sur monsieur Sylvain Morino et les incendies subis il y a bientôt deux ans par votre ancien salarié, monsieur José Alvarez.

Au premier nom cité, le visage de l'industriel s'était décrispé, il avait esquissé un hochement d'assentiment, tandis que son œil s'allumait, mais la fin de la phrase le prit comme un crochet au foie. Il se trouvait que son fils et bras droit prénommé Guillaume, de tempérament anxieux, revenait régulièrement sur cet incident dont personne ne parlait plus, s'inquiétant de la possibilité qu'il réapparaisse un jour avec mise en cause de son père ; et justement, la semaine précédente, Guillaume avait déclaré qu'avec le temps écoulé, le risque était devenu minime et qu'ils n'avaient plus de raison de craindre quoi que ce soit. Voilà pourtant que l'affaire ressortait, le prenant totalement au dépourvu, au point que, le souffle coupé, il répondit par réflexe.

— Je n'ai jamais demandé à Sylvain Morino de mettre le feu à la maison de ce sale individu.

Les deux policiers le fixaient sans bouger ni parler. Il se rendit compte qu'il avait dit une bêtise et essaya de rectifier, ce qui n'eut pour effet que d'aggraver son cas.

— D'ailleurs, je ne suis pas certain de connaître ce… comment l'appelez-vous ? Sylvain Morino ?

— Monsieur Gurnier, répondit Mehdi après avoir laissé son interlocuteur prendre conscience pendant quelques secondes du pétrin dans lequel il s'enferrait, j'ai le plus grand respect pour votre âge et je m'en voudrais de devoir vous faire passer de mauvais moments dans ces locaux pendant les prochaines vingt-quatre heures, à moins que le juge d'instruction chargé de l'affaire ne décide de vous transférer en région parisienne pour vous y placer en garde à vue.

L'œil plein d'une bienveillance affectée, Mehdi se pencha en avant vers l'industriel qui se tassait peu à peu sur sa chaise. Il lui parla d'une voix douce.

— Monsieur Gurnier, je suis certain que vous n'avez demandé à personne de mettre le feu chez José Alvarez. Et je crois sincèrement que votre intérêt, maintenant, est de tout nous dire sur ce que vous avez effectivement demandé à Sylvain Morino.

*

Sylvain a reçu à son tour une invitation pressante à se présenter au bureau du lieutenant Mokhdane, de la police judiciaire. Il s'est bien douté que cette convocation faisait suite au nouveau fiasco de Démesseau, à son lamentable échec dans l'affaire Kaplan, un désastre dont l'homme de main était la première victime. Une triste fin, mais quand même, quel incapable ! Le jour de l'événement, Sylvain avait été préoccupé de ne pas recevoir d'appel de sa part et il s'est félicité d'avoir eu la prudence de ne pas avoir essayé de le joindre. En vertu du même principe de précaution, il n'a pas non plus appelé Patrick Lhermit ; les deux complices étaient depuis longtemps convenus de ne pas communiquer sur leurs portables pendant les « missions spéciales ».

Sylvain n'a su que le surlendemain, par des racontars au bureau, ce qu'il s'était passé devant la demeure des Kaplan. Il a fini par comprendre que l'homme grièvement blessé et hospitalisé était Démesseau. Deux jours plus tard, il prenait le risque de téléphoner à l'hôpital, se présentant comme un parent de la victime, et il apprenait son décès. Mais Sylvain ne savait pas si, avant de mourir, Démesseau avait parlé à la police. Son avocat, à qui il a raconté une version très édulcorée des événements, lui a dit de ne pas s'inquiéter, expliquant que pour une simple audition, il ne pouvait pas l'accompagner.

— J'espère justement que je n'aurai jamais à venir avec toi, car cela voudrait dire que tu es sur le point d'être mis en examen, ha, ha, ha, a-t-il conclu en riant.

— L'imbécile ! a pensé Sylvain en haussant les épaules.

Il est arrivé en Porsche et a un moment envisagé de la laisser en double file devant l'hôtel de police, voire même sur le trottoir, histoire de montrer qu'il n'était pas intimidé. Mais lui sont revenues les fréquentes remontrances de Virginie, le tempérant dans sa tendance à l'arrogance, et il a sagement garé son cabriolet dans une rue voisine, sans prendre le risque de se faire voir au volant. Il a terminé le chemin à pied, s'est dirigé vers l'un des plantons de service à l'entrée, a prononcé avec froideur et autorité les mots « le lieutenant Mokhdane, je vous prie ! », tout en exhibant sa lettre de convocation et ses papiers d'identité, pour recommencer la même opération auprès de la fonctionnaire chargée de l'accueil. Il a attendu debout dans un hall, adossé à un pilier en pierre, jusqu'à ce qu'un homme jeune, très brun, le visage ouvert, dévale en souplesse le grand escalier et vienne en souriant à sa rencontre, la main tendue.

— Monsieur Morino ? Lieutenant Mokhdane. Vous me suivez à l'étage, s'il vous plaît ?

Les deux hommes ont monté les marches l'un derrière l'autre. Sylvain regardait avec dédain le policier et son blouson de cuir terne à la coupe ordinaire, se demandant combien de blousons de ce genre il pourrait se payer pour le prix de celui qu'il portait et qu'il avait acheté dans une boutique luxueuse de faubourg Saint-Honoré.

Son avocat lui avait conseillé de nier systématiquement tout ce qui pourrait l'incriminer et il ne s'en est pas privé. Sylvain a nié être assidu au Club des Mille Feux. Il a nié être proche de Patrick Lhermit, nié avoir connu Jean-Marc Démesseau, nié avoir animé un réseau d'intimidation et de chantage. Il craignait pourtant que ses dénégations ne tiennent pas longtemps devant des témoignages qui risquaient d'être irréfutables. Mais il voulait croire en sa chance et surtout, il était obsédé par la volonté d'instituer un ascendant mental sur ce policier, un simple inspecteur, un homme de statut social médiocre qui l'observait patiemment, sans perdre son calme, et dans les yeux duquel il voyait poindre une once d'ironie, à l'idée qu'il disposait des éléments qui allaient lui permettre de le confondre.

Sylvain a tenu bon lorsque le policier et son adjointe, une jeune femme brune plutôt jolie au regard perçant, qui venait de les rejoindre, ont évoqué le projet d'une confrontation avec Jamil Benkha, un jeune homme qui avait été mis en relation avec Démesseau en sa présence, au Club des Mille Feux. Il a encore tenu bon lorsqu'ils ont rapporté le témoignage d'un dirigeant de société nantais du nom de François Gurnier. Ce n'était en effet que parole contre parole, face à un petit loubard de banlieue et à un vieil industriel à moitié cinglé.

Mais le lieutenant Mokhdane a continué à abattre ses atouts.

— J'ai aussi un dépôt de plainte pour extorsion de fonds de la part d'une amie de monsieur Gurnier, une certaine Christine Delbouly, une femme d'affaires qui fait face actuellement à beaucoup d'ennuis avec le fisc.

— Cette vieille salope ! a commenté Sylvain pour lui-même, tout en se sentant de plus en plus enserré dans un piège.

— Ce n'est pas du tout ce que vous pensez, inspecteur, a-t-il rétorqué, plus que jamais décidé à ne pas se laisser abattre. Il m'est arrivé d'intervenir en tant que conciliateur pour le compte d'amis empêtrés dans des conflits personnels, avec l'Administration ou avec des gens pas corrects. Ce n'est que de la conciliation, j'ai horreur de la violence. Et comme conciliateur, je sais y faire. J'avoue que je me fais payer cher pour cela ; et en espèces, je le reconnais.

— Bien sûr ! Et vous aviez besoin pour cela d'une équipe de gros bras, que votre exécuteur des basses œuvres, Jean-Marc Démesseau allait recruter à la DGSE, lança la policière en le scrutant d'un œil noir inquisiteur.

— Vous l'ignorez peut-être, monsieur Morino, a repris Mehdi après quelques secondes, mais votre homme de main préféré, le défunt Démesseau, était un grand bavard. Eh oui ! Il ne savait pas tenir sa langue, il a raconté beaucoup de choses à ses petits copains de la DGSE, ainsi qu'au jeune homme que vous qualifiez de loubard de banlieue. Notamment le meurtre d'un certain Claude Pangalier, violoncelliste de son état. Drôle de conciliation, vous ne trouvez pas ? Et le projet d'assassiner monsieur Nathan Kaplan, patron d'une entreprise prospère, concurrente directe de la vôtre, au bord de la faillite.

Nathan Kaplan ! La première fois que Sylvain avait entendu ce nom maudit, c'était quelques semaines après son entrée au capital de Déclair et sa nomination à la direction générale de la société présidée par Virginie. Cela faisait alors près de quinze ans que Nathan Kaplan avait quitté Déclair et il faisait encore partie de sa mythologie, il était un emblème de son histoire, presque au même titre que son fondateur, le père de Virginie. C'était insupportable ! Et il aurait fallu de surcroît que lui, Sylvain Morino, le prenne comme modèle, puisque Virginie elle-même, l'avait présenté aux ingénieurs de Déclair comme « le nouveau Nathan Kaplan », l'homme qui allait replacer leur société sur le chemin de la performance et de la prospérité.

Et non seulement son nom était cité à tout bout de champ, « monsieur Kaplan n'aurait pas procédé ainsi », ou bien « Nathan aurait excellé sur ce projet », mais il fallait aussi que son nom soit mentionné chaque fois que la société qu'il avait créée, Kaplement, emportait un contrat que Déclair avait convoité : « Ah, c'était Nathan Kaplan, face à nous ? Alors on n'avait aucune chance… ».

Sans parler de ce que cet enfoiré représentait sentimentalement — et pas que sentimentalement ! — pour Virginie. L'amour de jeunesse qu'on n'oubliera jamais. Celui dont on évite de prononcer le nom, mais auquel on ne cesse de penser. Sylvain n'était pas dupe, il ne l'avait jamais été et il n'en avait jamais rien laissé paraître, mais depuis le début de leur liaison, il sentait planer sur lui l'ombre de ce rival. Cela le faisait douter de lui-même, de son charme, de sa virilité. Plaisait-il à Virginie autant que Nathan Kaplan ? Parvenait-il à la faire rire autant que lui ? La faisait-il jouir autant que lui ? Sylvain avait tout essayé pour faire disparaître Nathan Kaplan de sa mémoire. Il l'avait couverte de cadeaux comme une princesse, il avait dépensé des fortunes pour elle. Certes, Virginie le remerciait toujours gentiment, mais il n'avait jamais eu le sentiment d'une reconnaissance enthousiaste. Et puis il y avait eu cette trahison…

En fin de compte, son association avec Virginie dans le capital de Déclair avait coûté cher à Sylvain, très cher. Année après année, en dépit de ses grandes ambitions et de ses certitudes d'être un entrepreneur accompli, il lui avait fallu compenser des pertes et réinvestir, une obligation à laquelle il était seul à souscrire, car Virginie n'en avait pas les moyens. De surcroît, la chance ne lui avait pas beaucoup souri ces derniers temps, pas plus au casino, aux cartes, que dans ses spéculations financières. Son patrimoine en avait pris un coup. Il n'avait pas pour autant sacrifié son train de vie, luxueux, dispendieux. L'avenir s'avérait incertain.

Pour trouver une issue, Sylvain a envisagé une solution : faire entrer un fonds d'investissement dans le capital de Déclair ; mais pour que ce type d'opération financière soit bénéfique, il fallait pouvoir afficher des perspectives séduisantes. Justement, une opportunité a paru se dessiner.

Ces derniers mois, Sylvain a obtenu de positionner Déclair sur un projet colossal, la construction d'un quartier entier d'immeubles de grande hauteur dans l'une des principales villes des Emirats. Il entretenait d'excellentes relations parmi les mandataires de la famille souveraine, ainsi qu'avec les institutions internationales prévues pour participer au financement du projet. La société Déclair paraissait d'autant plus promise à ce projet, qu'elle avait réalisé, quelques années plus tôt, dans cette même ville, un centre de congrès qui était considéré comme une réussite. Ses ingénieurs travaillaient d'arrache-pied sur l'avant-projet, et les donneurs d'ordres semblaient très satisfaits de l'avancement des études préliminaires. Finaliser l'obtention de ce contrat aurait largement rétabli la situation financière de Déclair.

Mais après des mois de négociations, il fut porté à la connaissance de Sylvain, qu'à la demande de la famille souveraine, le projet de Déclair serait mis en compétition avec celui d'une autre entreprise. Il apprit peu de temps après que ce concurrent serait Kaplement. Encore Kaplement ! Encore Nathan Kaplan ! Que faire ? L'historique de leurs confrontations ne plaidait pas en faveur de Déclair. Sylvain pouvait-il aller trouver Kaplan, surmonter l'inimitié que cet homme lui inspirait et essayer de conclure un arrangement qui lui conserve la mainmise sur l'opération ? Sylvain craignait que Kaplan ne lui rie au nez. Au mieux, Kaplan proposerait à Sylvain une place minoritaire dans un consortium, où il ne pourrait pas engranger les profits qu'il avait prévus.

Sylvain a alors imaginé de faire entrer Démesseau en jeu afin d'intimider Kaplan. Le faire tabasser en lui laissant entendre qu'il valait mieux, pour son bien-être et celui de sa famille, qu'il abandonne toute ambition sur une affaire qui revenait, presque de plein droit, à une autre entreprise que Kaplement. Une routine pour Démesseau et ses sbires !

Les deux hommes discutaient des modalités à mettre en place, quand Virginie a fait irruption dans le bureau sans prévenir. Sylvain lui a présenté Démesseau, qu'elle rencontrait pour la première fois. En bredouillant quelque peu, il lui a exposé le plan envisagé pour écarter Nathan Kaplan de leur chemin. Elle a haussé les épaules en levant les yeux au ciel, puis a laissé échapper un commentaire cinglant, d'une voix sèche, avant de quitter la pièce.

— N'importe quoi ! Mon pauvre ami, si tu crois pouvoir faire reculer Nathan comme ça !

Une répartie qui a claqué comme une gifle. Sylvain a alors changé son fusil d'épaule. Deux jours plus tard, il donnait carte blanche à Démesseau pour neutraliser définitivement Nathan Kaplan, sous réserve que l'opération ait l'apparence d'un accident. Ayant eu vent de nouvelles interrogations sur la disparition inexpliquée d'un caporal et de rumeurs sur une « mystérieuse affaire d'un violoncelliste », il lui a aussi imposé de ne plus recruter ses comparses à la DGSE.

Cela faisait une heure que Sylvain était assis sur un banc inconfortable, dans un couloir de l'hôtel de police. Sans dossier pour s'appuyer, il était penché en avant, les coudes sur les cuisses, les mains pendant entre les genoux. Certaines parties du bâtiment classé très ancien où le SRPJ était installé n'avaient pas été rénovées. Les murs auréolés de salpêtre et l'éclairage faiblard des ampoules nues en plafond leur conféraient un air lugubre. Il s'efforçait de ne rien voir et de réfléchir à une stratégie.

A la fin de l'audition, le lieutenant Mokhdane avait signifié à Sylvain son placement en garde à vue. Il ne l'enfermait pas en cellule, il le maintenait à sa disposition, en compagnie d'un gardien de la paix, le temps qu'il soit statué sur son sort. Au bout d'une heure, l'adjointe du lieutenant Mokhdane est venue lui remettre une convocation du juge d'instruction pour la semaine suivante et lui a fait savoir qu'il était libre.

— C'est tout ? a-t-il dit en se levant. Je peux m'en aller ?

Sur acquiescement de son interlocutrice, il s'est dirigé à pas lourds vers la sortie, en pliant machinalement sa lettre de convocation. Prenant soudain conscience de la jolie silhouette de la policière, il s'est retourné. Elle le regardait avec dureté, mais il est vrai qu'elle était mignonne et bien fichue. Sylvain s'est redressé. Sa confiance en lui reprenait ses droits. Ils n'avaient aucune preuve. Il continuerait à nier.

*

Le lieutenant Mokhdane avait le sentiment d'avoir bouclé son enquête. La semaine se terminait, un parfum de liberté flottait dans son bureau, porté par un rayon de soleil printanier. Mehdi allait pouvoir se consacrer pleinement pendant deux jours à Sylvie et à Martin. Il les emmènerait au Jardin zoologique. Son petit garçon était fasciné par les animaux, il en collectionnait les figurines et les livres d'images, s'appliquait à dessiner ses favoris sur des feuilles colorées, qu'il venait ensuite montrer avec fierté à ses parents. Prof et flic, Sylvie et Mehdi étaient pendant toute la semaine, chacun à sa manière, confrontés aux tribulations parfois erratiques du genre humain. Cela leur ferait du bien de se consacrer à d'autres observations.

Il lui restait encore une personne à auditionner. Elle était probablement étrangère à l'affaire, mais peut-être était-elle en mesure de lui apporter des éléments de preuve qui lui faisaient défaut. En fait, Mehdi avait envie de la rencontrer et de l'entendre, par curiosité. Il lui a donc téléphoné et a proposé d'aller lui rendre visite à son bureau.

Virginie Déclair est venue l'accueillir à la sortie de l'ascenseur. Une belle femme. Mehdi connaissait son âge : presque vingt ans de plus que lui. Il s'est demandé à quoi ressemblera Sylvie, son épouse, dans vingt ans, lorsqu'elle aura le même âge. Sera-t-elle aussi fraîche, bien faite, séduisante ? Il avait vu une photo de Virginie, neutre, comme le sont souvent les photos d'identité. Face à elle, il s'est trouvé à la fois intimidé par son allure et troublé par sa présence charnelle. Il ne s'y attendait pas. Une veste courte bleue ouverte sur un teeshirt blanc laissait imaginer une jolie forme de buste. Un jean serré mettait en valeur la longueur de ses jambes et la féminité de son bassin. D'épais cheveux blonds juste tirés vers l'arrière, sans artifice. Des yeux gris-bleu sûrs de leur charme. Mehdi a fini par saisir la main que Virginie lui tendait depuis deux ou trois secondes et il s'est s'excusé maladroitement de la déranger, une attitude qui n'était pourtant pas dans ses manières d'être de flic.

Elle l'a conduit dans son bureau, et ils se sont assis autour d'une table ronde. La pièce était accueillante, des couleurs chaudes, des meubles en bois cérusé. Elle lui a proposé un café, qu'il a accepté, ce qui n'était pas non plus dans ses manières d'être. Il l'observait pendant qu'elle s'activait sur sa machine à expresso ; en regardant bien, il y avait bien quelques rides sur le visage, quelques veines saillantes sur les mains. Mais la physionomie d'ensemble et la gestuelle étaient celles d'une femme jeune.

Mehdi s'est ressaisi et a commencé à expliquer qu'il enquêtait sur une tentative de meurtre ayant visé une personne répondant au nom de Nathan Kaplan. Il termina en indiquant à Virginie qu'il avait tout lieu de penser que son associé et conjoint Sylvain Morino était impliqué…

Au nom de Nathan Kaplan, Virginie a imperceptiblement hoché la tête et haussé les sourcils, puis elle a interrompu Mehdi.

— Permettez, lieutenant. Sylvain Morino est en effet mon associé, mais il n'est pas mon conjoint. Il est mon compagnon depuis une dizaine d'années, mais nous ne sommes pas mariés et nous n'habitons pas ensemble.

La voix mélodieuse légèrement rauque de son interlocutrice a failli faire frissonner Mehdi, qui a proféré de nouvelles excuses. Virginie a souri avec bienveillance, ne voulant pas mettre mal à l'aise le policier, un homme qu'elle trouvait sympathique.

— Mais je vous ai interrompu, vous disiez que Sylvain…

— Oui, madame, nous soupçonnons Sylvain Morino d'avoir commandité cette tentative de meurtre en utilisant les services d'un homme de main, disons même d'un tueur à gages, un certain Jean-Marc Démesseau. Ce nom vous dit-il quelque chose ?

— Pas du tout !

— Et celui de Nathan Kaplan ?

— Oui, bien sûr. Il est à la tête de Kaplement, une entreprise directement et depuis longtemps concurrente de la nôtre.

— Le connaissez-vous personnellement ?

— Je l'ai rencontré deux ou trois fois, il y a des années. Il m'avait dit avoir fait un stage ou un job d'été chez Déclair, au début de sa carrière professionnelle. Je ne le savais pas, cela datait de vingt-cinq ou trente ans, du temps de mon père, j'étais encore étudiante.

— Madame Déclair, je suis désolé de vous annoncer que les soupçons qui pèsent sur monsieur Morino reposent sur des présomptions très fortes. Parmi les mobiles plausibles, nous pensons à un conflit d'intérêts d'ordre financier ou commercial entre lui et monsieur Kaplan, ou entre les sociétés Déclair et Kaplement. Il se trouve que votre société rencontre de grandes difficultés financières.

Il s'est penché vers elle, la regardant droit dans les yeux.

— Madame Déclair, considérez-vous que monsieur Kaplan et la société Kaplement ont une responsabilité dans ces difficultés ? Je vous pose la question.

— Il me pose la question ! a répété Virginie pour elle-même, avec un mélange d'ironie et d'amertume.

— Je sais qu'il a déjà interrogé Sylvain et Nathan, a-t-elle réfléchi avec sagacité ; apparemment, ni l'un ni l'autre ne lui ont parlé de mes récentes rencontres avec Nathan.

Elle se souvenait de cette rencontre fortuite et des quelques semaines qui avaient suivi. Humiliation et espoir fou, espoir fou et humiliation.

Avant de tomber sur Nathan par hasard à l'Opéra, son quotidien était devenu irrespirable. Elle avait heureusement refusé les invitations de plus en plus pressantes de Sylvain à venir s'installer chez lui. Elle tenait à préserver comme des oasis de bien-être, les moments qu'elle passait chez elle, seule avec Raphaël, qui grandissait et restait un amour de petit garçon. Elle accompagnait son fils à l'école le matin, avant de rejoindre son bureau, un enfer qu'elle quittait de bonne heure en fin d'après-midi, pour aller le rechercher et le ramener à la maison.

Virginie avait sincèrement espéré que Sylvain serait en mesure de redresser Déclair. Mais il était trop impatient, trop expéditif, trop superficiel pour diriger une entreprise dans un secteur d'activité qui exigeait de l'analyse, de la technicité, de la persévérance, de la diplomatie. A chaque problème qu'il rencontrait, Sylvain se déclarait entouré d'incapables et piquait des colères noires. Il obtenait des succès commerciaux, grâce à des décisions qu'il prenait à l'emporte-pièce, exposant la société à des risques majeurs ; des coups d'éclat dont il aimait se vanter devant tout un chacun, mais qui ne la trompaient pas. Virginie voyait clairement que Déclair n'existait encore que parce que Sylvain y reversait, année après année, des sommes considérables provenant de son patrimoine personnel, lequel s'amenuisait d'autant. Chaque fois qu'elle lui présentait les comptes, il les contestait, furieux. Elle ne pouvait faire autrement que de manipuler les chiffres pour qu'ils soient acceptables. Mais cela n'aurait pas pu durer éternellement.

Apercevoir Nathan Kaplan à l'entracte, trois rangs devant elle, avait fait battre son cœur à grands coups. C'était bien lui, il avait vingt ans de plus que la dernière fois, mais c'était bien lui. Elle s'était approchée, il avait eu l'air aussi ému qu'elle. Ils étaient convenus de déjeuner ensemble. Lui seul pouvait l'aider à mettre un terme à la chute de Déclair. Elle avait préparé sa requête avec minutie. Au restaurant, il l'avait écoutée avec attention, affichant une attitude empathique, ainsi qu'il le faisait jadis. Ils s'étaient observés, avaient égrené des souvenirs. Et puis il y avait eu cet orage, Nathan s'était retrouvé trempé dans la voiture, comme lors de leur première soirée. Ils avaient ri. Il l'avait embrassée.

Le désir les avait embrasés, irrésistible. Où aller ? Pas chez elle, pas chez lui. A leur âge, cela ne se faisait plus de baiser dans une voiture. Ils riaient pourtant comme des adolescents en consultant leur smartphone à la recherche d'un hôtel à proximité, où se réfugier pour un moment d'après-midi. On commençait à parler de télétravail et ils avaient constaté que des hôtels mettaient des chambres à disposition de professionnels itinérants entre deux rendez-vous. Il y en avait un à deux rues de là.

Dès la porte refermée, ils s'étaient mutuellement et lentement dévêtus, retrouvant spontanément les gestes d'autrefois, feignant chacun de redécouvrir chez l'autre un corps qu'ils n'avaient pas oublié et qui réagissait comme dans leurs souvenirs. La peau de Nathan, son odeur, son doigté, son intimité de mâle l'avaient emportée dans une jouissance qu'elle n'avait jamais atteinte avec Sylvain ni avec Charles ni encore moins avec Yves, son éphémère époux.

Dans le tendre abandon qui avait suivi l'extase et qui s'était prolongé tard dans l'après-midi, Nathan avait confié à Virginie qu'il avait lui aussi ressenti une plénitude qui lui avait manqué.

Ils s'étaient revus plusieurs fois, dans la même chambre d'hôtel, secrètement, avec une ardeur qui ne se démentait pas, sans jamais parler de Déclair ; ni sans jamais évoquer le futur de leur relation.

Et puis elle avait reçu un mail, dans lequel Nathan Kaplan déclarait qu'à l'analyse des documents qu'elle lui avait soumis, il ne percevait pas de solution pour assurer la pérennité de Déclair. Il attirait son attention sur la mauvaise gestion et les actes anormaux commis par Sylvain Morino depuis plusieurs années. Elle pourrait devoir en assumer la responsabilité. Il l'incitait à la méfiance.

Il ne l'avait plus appelée, n'avait pas répondu à ses appels ni à ses SMS implorant des explications. Depuis, elle n'avait plus eu de nouvelles de Nathan Kaplan, si ce n'est indirectement, par l'annonce de nouveaux succès de Kaplement… jusqu'à la tentative de meurtre contre lui.

Elle avait été à nouveau blessée, humiliée. Mais ce n'était pas la première fois que Virginie devait faire preuve de résilience et elle avait acquis une sorte de dureté. Elle continua à élever son fils, à accomplir ses tâches administratives chez Déclair, à sortir et à passer ses week-ends avec Sylvain, supportant des frasques et des colères, qu'il se faisait pardonner par une vraie gentillesse et une grande générosité.

Un soir où elle devait dormir chez lui, elle tomba sur les traces d'une autre présence féminine. Elle se doutait bien que

Sylvain menait quelques aventures sans lendemain et elle avait décidé de ne pas s'en offusquer. Mais il se lança dans des justifications stupides qui l'agacèrent et elle répondit qu'elle n'y voyait aucun mal, qu'ils étaient libres tous les deux d'avoir une vie sexuelle indépendante et qu'ils auraient bien tort de s'en priver. Sylvain en resta stupéfait ; son naturel de propriétaire exclusif prenant le dessus, il exigea des clarifications. Sur un ton le plus neutre possible, elle dévoila qu'elle avait revu Nathan Kaplan, dans la perspective d'un rapprochement entre Kaplement et Déclair et qu'elle avait saisi l'occasion de mêler l'agréable à l'utile, un agréable très agréable, qui lui avait rappelé sa jeunesse.

Elle regretta ces aveux, se rendant compte de l'humiliation de Sylvain, qu'elle avait trompé en tant que partenaire à la fois intime et professionnel. Face à son ressentiment et à sa peine, elle assura qu'elle s'était laissé aller à une pulsion liée à un souvenir de jeunesse, que le chapitre était désormais clos et que cela ne se reproduirait plus. Sylvain lui dit qu'il l'aimait et qu'il tenait à elle.

La vie et les (mauvaises) affaires poursuivirent leur cours. Se présenta l'opportunité de l'immense opération de construction dans les Emirats et de la dernière chance pour leur société. Au sein des équipes Déclair, Sylvain était au four et au moulin sur le projet, auquel il croyait dur comme fer. Quand apparut le spectre de la concurrence de Kaplement, il partagea son inquiétude avec Virginie et cela devint pour tous les deux une obsession de tous les instants.

Sylvain ne l'avait pas tenue au courant de son intention de faire tabasser Nathan Kaplan par son gang de gros bras. Il ne l'en informa que lorsqu'elle pénétra inopinément dans le bureau où il en discutait les modalités avec un petit bonhomme à l'air costaud, qu'elle ne connaissait pas. Ils lui expliquèrent. Elle ne cacha pas son scepticisme sur l'efficacité d'une intimidation.

— Tu crois vraiment que quelques coups de poing feront reculer Nathan, lui demanda-t-elle quelques instants plus tard, ou c'est juste une petite vengeance contre un rival ?

Il répondit qu'il pouvait très bien aller plus loin et, s'il le fallait, donner l'ordre d'éliminer définitivement Nathan Kaplan. C'était cela, qu'elle voulait ? Elle répliqua que c'était à lui de défendre son honneur, son couple et ses intérêts. Qu'il prenne ses responsabilités ! C'était cela, être un homme !

Il la prévint le surlendemain qu'il avait finalement donné instruction de neutraliser Nathan Kaplan. Etait-elle certaine de ne pas y voir d'inconvénient ? Elle prit juste note, sans chercher à l'en dissuader.

*

Mehdi attendait que Virginie réagisse. Il était conscient que sa question était vaseuse et qu'elle pouvait susciter de la réflexion.

— C'est difficile de vous répondre, lieutenant. La notion de responsabilité est floue. Kaplement n'a pas de compte à nous rendre. Maintenant, je peux comprendre que Sylvain, qui se donne beaucoup de mal à diriger Déclair, puisse être agacé de toujours les retrouver sur son chemin. De là à imaginer qu'il ait souhaité la mort de monsieur Kaplan !

Elle a hoché la tête de droite à gauche.

— Vraiment, lieutenant, a-t-elle ajouté. Je ne crois pas un instant à la culpabilité de Sylvain.

*

Dans les semaines suivantes, les procédures s'accélèrent. A l'issue de son audition chez le juge d'instruction, Sylvain Morino est mis en examen pour tentative d'assassinat en bande organisée et placé en détention provisoire avec mandat de dépôt immédiat. Patrick Lhermit et Jamil Benkha, mis en examen pour complicité, échappent à la détention provisoire et sont soumis à un strict contrôle judiciaire. Les caporaux du poste de garde de Cercottes, qui s'étaient compromis avec Démesseau, sont mis en examen pour association de malfaiteurs, violences en réunion, chantage et extorsion de fonds. A l'exception de deux d'entre eux, ils ne sont pas soumis à contrôle judiciaire.

13

Deux ans plus tard

Paris étincelle sous le soleil de juin. Une onde de chaleur impalpable semble sourdre depuis les pavés du quai de l'Horloge. Les touristes sont nombreux à l'arpenter. Les étudiants, filles et garçons, ont préféré la position assise sur le bord, les pieds dans le vide. Contempler la Seine rafraîchit. Les garçons portent des bermudas et des teeshirts, les filles des robes courtes à bretelles. Mehdi Mokhdane a les yeux qui traînent sur les jambes et les épaules nues, où des tatouages de toutes sortes apparaissent Les regards se croisent et l'on se sourit.

Ils sont passés sous le Pont-Neuf, Mehdi en a raconté l'histoire à Martin, qui a désormais huit ans et qui va avoir une petite sœur. Sylvie, enceinte de six mois, commence à ressentir la fatigue de la promenade. Le square du Vert-Galant, à la pointe ouest de l'ile de la Cité, est tout proche. Elle ne doute pas qu'en son état, une place ombragée lui sera offerte sur l'un des bancs.

Tout à l'heure, après leur halte, ils passeront devant le 36, quai des Orfèvres, l'adresse mythique éternelle de la Brigade criminelle de Paris, la Crim', la vraie, celle où Mehdi a appris qu'il venait d'être muté. Bien sûr, la Crim' a déménagé, elle est aujourd'hui installée dans un immeuble récent à l'architecture impressionnante de verre et d'acier, du côté de la porte de Clichy, mais le futur capitaine tenait à s'imprégner de la mémoire de ceux qui l'ont précédé.

— Pas si vite ! avait objecté le commissaire Prigent. On a encore besoin de Mokhdane ici.

Il était prévu d'ouvrir prochainement les procès des « manants de Cercottes » et de l'affaire Kaplan. Afin que la justice passe dans les meilleures conditions, le parquet avait insisté pour que le juge d'instruction chargé des enquêtes et les officiers de police qui lui étaient associés, en l'occurrence Mehdi Mokhdane et son adjointe Alexandra Delgado, restent en charge de l'affaire jusqu'à son issue.

Nathan Kaplan savait qu'il serait cité comme témoin. Sylvain Morino était toujours en détention provisoire. Patrick Lhermit avait été laissé en liberté dans l'attente d'un jugement, mais l'on avait tellement parlé, dans la presse comme sur les ondes, du Club des Mille Feux et de ses activités secrètes, que les principaux membres s'en étaient détournés et qu'il avait dû fermer.

En revanche, après son entretien avec le lieutenant Mokhdane, Virginie n'avait pas été sollicitée au cours de l'instruction. Elle n'en avait pas été le moins du monde étonnée, considérant sincèrement qu'elle était tout à fait étrangère au processus qui avait abouti à la tentative de meurtre sur Nathan Kaplan. Ses échanges avec Sylvain sur le sujet s'étaient littéralement effacés de sa mémoire.

La forêt de la Comté fait partie des richesses naturelles et botaniques de L'Auvergne. Très ombragée par de nombreux chênes centenaires, elle abrite une flore exceptionnelle d'espèces protégées et, en automne, une grande variété de champignons. Le week-end, des promeneurs quittent les sentiers balisés en quête d'une récolte savoureuse. En dégageant un tapis de mousses et de feuilles mortes dans l'espoir de trouver des cèpes, l'un de ces promeneurs du dimanche était tombé sur un crâne humain et des ossements. Avertis, les gendarmes avaient mis à nu les restes de deux corps. Grâce aux analyses ADN, on avait pu identifier l'un d'eux, un homme porté disparu depuis de longs mois, un certain Claude Pangalier, musicien de son état. L'information était parvenue jusqu'à Mehdi, qui avait pu se faire confirmer par la suite que le deuxième cadavre était celui d'un caporal de la CPES de Cercottes. Accompagné d'Alexandra, il avait relancé de nouvelles auditions des militaires de la DGSE, afin d'étayer les charges de l'instruction.

La presse s'était saisie de l'événement. Une presse d'extrême gauche, dont une spécialité était de déterrer des incidents compromettants pour les institutions, exerçait sa malignité en mettant sur le même plan les dérapages de quelques militaires très subalternes et des barbouzeries légendaires datant d'un demi-siècle, telles que l'affaire Ben Barka. Une presse d'extrême droite, confite dans une sorte de nostalgie antidreyfusarde, clamait qu'il fallait préserver l'honneur de l'Armée et lui permettre de régler en interne des problèmes qui ne regardaient qu'elle et surtout pas une Justice inféodée à des idéologies malsaines.

L'intention du ministère public était de renvoyer Sylvain Morino, Patrick Lhermit et Jamil Benkha devant une cour d'assises, tandis que les « manants » de la DGSE, qui en fin de compte, n'étaient pas directement impliqués dans l'attentat à la vie de Nathan Kaplan, seraient déférés devant un tribunal correctionnel. Mais après bientôt deux ans d'interrogatoires et d'enquêtes complémentaires, il s'était avéré que les preuves et les témoignages seraient insuffisants pour espérer obtenir une condamnation pour tentative d'assassinat, un crime qui aurait pu valoir à Sylvain une peine d'emprisonnement de vingt ans.

Les personnes suspectées d'avoir tué le violoncelliste étaient mortes. Le parquet s'est donc finalement vu contraint de renoncer aux chefs d'accusation les plus graves et de se contenter de ne faire juger l'ensemble des prévenus que pour des faits délictueux, dans le cadre d'une seule et même affaire. La peine maximale sera de trois ans de prison, probablement ramenée plus tard à deux pour bonne conduite ! Il n'y avait dès lors aucune raison de maintenir plus longtemps Sylvain Morino en détention. Ses avocats ont demandé sa mise en liberté immédiate.

*

Après l'incarcération de Sylvain, Virginie s'était retrouvée seule aux manettes de Déclair, à essayer de démêler les sacs de nœuds qu'il avait plus ou moins consciemment laissés derrière lui. Les difficultés financières de la société devenaient critiques et les espoirs d'y mettre fin semblaient illusoires. Elle avait mandaté un consultant spécialisé pour dresser un tableau clair de la situation, chercher un éventuel repreneur, négocier un moratoire avec ses créanciers et, si besoin était, prendre les dispositions qu'il fallait auprès du tribunal de commerce.

Nathan Kaplan avait pris confidentiellement contact avec le mandataire. Après quelques semaines d'échanges et de discussions, il avait proposé de faire racheter les parts de Sylvain et de Virginie par Kaplement, pour un prix bien supérieur à ce qu'ils auraient pu escompter. Virginie avait été agréablement surprise de l'apprendre, mais avait été contrariée de ne pas en avoir été informée personnellement par Nathan. Décidément, cet homme était insaisissable.

Il lui fallait l'aval de Sylvain, qui était resté son associé. Virginie obtenait sans difficulté des autorisations de visite à la maison d'arrêt, mais elle ne s'y était rendue que peu de fois, au grand dépit de Sylvain, qui supportait mal son retrait du monde actif. Il reprochait à Virginie de l'abandonner et il lui arrivait de se montrer vindicatif à son égard. Pas de quoi lui donner envie de venir plus souvent, d'autant que les procédures d'accès revêtaient un aspect humiliant et que la promiscuité avec des parentes de détenus, nombreuses à porter le voile islamique, lui était désagréable. Au cours d'une visite, Virginie parla à Sylvain de la proposition de Nathan Kaplan, que le mandataire lui avait transmise. Il la trouva irrecevable, mais c'était plus par mauvaise humeur que par conviction et il ne s'y opposa finalement pas.

Six mois après la conclusion d'un accord financier qui s'était donc mis en place par conseils interposés, Nathan rappela Virginie et lui proposa de prendre un verre, le jour même, en fin d'après-midi, à la terrasse du Flore, boulevard Saint-Germain. Elle avait déjà un rendez-vous, qu'elle décida d'annuler, afin d'accepter l'invitation de Nathan.

Ils arrivèrent et s'assirent en même temps, heureux de se voir. Un moment de bien-être, tranquille, qui se prolongea par un dîner, puis par un autre verre, au bar d'un hôtel proche, où des chambres étaient disponibles. Ils n'eurent pas besoin d'un déluge pour se rapprocher. Presque naturellement, sans même en parler explicitement, ils reprirent une relation intime, qui durait désormais depuis plus d'un an.

Virginie avait décidé de ne plus se poser de questions. Nathan Kaplan était souvent absent : toujours de par le monde, toujours pour de nouveaux projets, toujours pour de nouvelles affaires. Mais dès qu'il rentrait sur Paris, ils se retrouvaient le soir à l'hôtel, le même, tout près de la rue Bonaparte, où elle habitait avec son fils. Virginie passait avec Nathan des moments intenses de plaisir et de bonheur ; elle les vivait comme ils venaient ; et s'ils ne venaient pas, elle s'adaptait. C'était ainsi depuis plus de trente ans, elle ne voyait pas pourquoi elle devrait s'en priver, au prétexte qu'un jour, elle en était persuadée, il disparaîtrait pour la troisième fois de sa vie sans explications.

Un soir, ils dînaient en tête-à-tête dans un tranquille restaurant de quartier, où ils avaient leurs habitudes. La lumière était tamisée. Une bougie allumée était posée entre eux sur la table. Virginie en voyait le reflet danser dans les yeux de Nathan et elle s'est demandé s'il contemplait la même chose dans les siens, car il la regardait fixement en silence.

Il s'est soudain animé et de but en blanc, il lui a annoncé avoir vendu son groupe.

— Comment ça, vendu ? Tu as vendu Kaplement ? a-t-elle répliqué, stupéfaite.

— Oui, je viens de vendre toutes mes actions ; la totalité du groupe, avec ses filiales, Déclair, entre autres…

Il a hésité, puis s'est mis à raconter.

— J'ai accepté l'offre d'un fonds d'investissement américain, qui le voulait à tout prix. Ses financiers — ou bien ses comptables, ou je ne sais qui — avaient établi une série de ratios auxquels je n'ai rien compris, mais qui les ont amenés à me proposer une somme importante. Et moi, je vais vieillir, je vieillis même déjà ; il fallait bien un jour ou l'autre que je passe la main.

— Mais pour le moment, tu restes à la tête du Groupe, non ?

— Ils voulaient que je continue, j'ai refusé. Quand c'est fini, c'est fini. Ça ne les a pas fait changer d'avis… Mais ils ont diminué le prix de trente pour cent.

Elle le regardait, incrédule.

— Et alors ? a-t-elle fini par demander.

— Et alors quoi ?

— Tu as accepté ?

Il souriait. Elle continuait à le regarder sans comprendre.

— Ça reste une belle somme, a-t-il déclaré, gaiement. Ce n'était pas possible autrement. Ils n'ont pas la même optique stratégique que moi. Tu sais : le développement du business fondé dans la durée, sur des valeurs…

Il a émis un petit rire dubitatif et amer.

— Le métier en lui-même ne les intéresse pas. Pas plus que les hommes et les femmes que j'ai formés et qui sont la vraie richesse du groupe. Et que j'ai un peu le sentiment de trahir.

— Allons bon !

— D'après ce que j'ai compris, ils chercheront à optimiser leurs fameux ratios, afin de tout revendre dans trois ou quatre ans à un autre fonds financier, à un prix encore supérieur.

Nathan Kaplan s'est tu, le regard dans le vague. Ils sont restés silencieux. Elle l'observait.

— Bon ! Eh bien, en tout cas, ça n'est plus ton problème, a déclaré Virginie, en haussant les épaules, après un moment.

— Non, ça n'est plus mon problème.

— Ça a quand même l'air de te chambouler.

Il s'est redressé.

— J'ai autre chose à t'annoncer...

Nathan Kaplan a alors révélé à Virginie qu'il avait quitté le domicile conjugal, qu'il s'était installé dans un appartement en ville et que son épouse avait demandé le divorce ; avec son accord, a-t-il précisé. Il avait d'abord hésité, craignant de ne plus voir autant ses enfants. Ilana lui avait ri au nez. Pour ce qu'il les voyait depuis leur naissance ! avait-elle raillé.

— Bonjour l'ambiance ! Bon courage pour au moins trois ans de procédure ! s'est écriée Virginie.

— Trois ans ? Mais non ! Six mois tout au plus.

— Plus les enjeux financiers sont importants, plus les couples qui se séparent se déchirent, ne serait-ce que sous l'influence de leurs avocats. D'après ce que je sais de ta femme, elle fera tout pour te mettre sur la paille.

— N'exagérons rien ! Elle aura des exigences, je les accepterai. Je ne vais pas me pourrir la vie — nous pourrir la vie ! — pour des histoires de gros sous.

Virginie est restée interdite. A-t-elle bien entendu ? A qui pensait-il en insistant sur le « nous » ? Le patron apportait leurs plats, ils ont dû écouter sa dernière blague et faire mine de rire. Quand il se fut éloigné, Nathan a clarifié de lui-même son propos.

— Je vais être enfin libre, Virginie, libre, ce que je n'ai jamais été, a-t-il dit en l'enveloppant de son regard qui tirait sur le vert. On m'a mis des œillères quand j'étais petit. Elles étaient tellement ajustées, que je les ai gardées tout au long de mon parcours professionnel, tout au long de mon parcours familial. J'ai toujours fait à fond ce que je devais faire. A fond. Mais j'ai enfin réussi à me libérer.

Il la regardait avec une intensité qu'elle ne lui connaissait pas.

— Serais-tu d'accord pour m'épouser ? a-t-il demandé.

Une proposition qu'elle avait attendue désespérément pendant des années. Elle restait immobile, la bouche entrouverte, les yeux dans les siens, comme hypnotisée. Mais son esprit fonctionnait à pleine allure. Que signifiait cette demande en mariage impromptue ? Se rendait-il compte de ce qu'elle avait souffert ? Il croyait s'en tirer comme ça ? Et puis quel intérêt à se marier à leur âge ? Qu'en penserait Raphaël, son fils, un adorable adolescent qui n'avait jamais entendu parler de Nathan Kaplan ? Et lui, justement, après la cession de Kaplement, devrait-elle l'avoir sur le dos toute la journée ?

Elle se posait des questions qui amenaient des réserves. Elle était embarrassée et hochait la tête de droite à gauche sans en prendre conscience. Sa réponse lui échappa.

— Je ne sais pas, Nathan. Notre relation a été très particulière. Je te connais sans te connaître, cela se confirme encore ce soir… Et Sylvain est mon compagnon depuis plus de dix ans. Il ne m'a jamais laissé tomber… Il sort de prison la semaine prochaine…

FIN

Mise au point

L'idée d'écrire ce roman m'est venue à la lecture d'articles publiés dans des magazines d'information, relatant des faits divers crapuleux, auxquels des sous-officiers de la DGSE sont soupçonnés d'avoir participé, commandités par des hommes et des femmes peu scrupuleux du monde des affaires et de la politique.

Je me suis partiellement inspiré de certains épisodes réels, mais les détails des intrigues que je raconte sont totalement imaginaires. Il en est de même pour les personnages du roman ; toute ressemblance avec des personnes réelles ne pourrait être que fortuite.

Je tiens à affirmer toute l'estime et l'admiration que j'éprouve pour la DGSE et ses effectifs, ainsi que pour toutes les institutions œuvrant pour le service et la défense de la France.

Remerciements

Un grand merci à Gisèle, mon épouse. Elle est toujours la première à me lire et elle a supporté avec vaillance le temps que j'ai consacré pendant plusieurs mois à Virginie, Nathan, Sylvain, Mehdi et les autres.

Merci aussi à la talentueuse graphiste Lydie Wallon (2LI) et à la très efficace attachée de presse Guilaine Depis (Balustrade).

A mes lectrices et mes lecteurs

Je vous remercie sincèrement d'avoir consacré du temps à lire La trahison de Nathan Kaplan.

Qu'en avez-vous pensé ?
Quelle note lui donnez-vous sur une échelle de 1 à 5 ?
Quels commentaires vous inspire-t-il ?

Soucieux de savoir si vous avez pris du plaisir et/ou trouvé de l'intérêt à me lire, je vous serais reconnaissant de me répondre par mail : alainschmoll@outlook.fr

Vous pouvez aussi laisser un message sur la plateforme où vous avez acheté le livre, en cliquant sur le lien : https://www.amazon.fr/review/create-review?&

Table

Printed in France by Amazon
Brétigny-sur-Orge, FR

12920874R00170